Verlag
Michael
Weyand

Mischa Martini

INKASSO MOSEL

Mischa Martini

INKASSO MOSEL

Verlag
Michael
Weyand

Ein besonderer Dank an Birgit Weyand, Gabriele Belker, Marie Therese Frigerio, Hans-Joachim Kann und Matthias Lazzaro für Lektorat und wertvolle Anregungen.
Satz: Verlag Michael Weyand GmbH, Trier
Druck und Bindung: Clausen & Bosse, Leck
Titelentwurf: Bob, Trier

ISBN 3-935 281-21-8

Personen und Handlungen
sind frei erfunden.

Ähnlichkeiten mit
Verhaltensweisen von Menschen
an der Mosel und anderswo
sind zufällig,
mitunter unvermeidlich

Birgit, Anna Lena und Theresa
gewidmet

Es ist der Kunstgattung des ‚Kriminalromans mit Lokalkolorit' wesensimmanent, dass es gewisse Übereinstimmungen mit der Realität gibt. Machte man nun die Veröffentlichung und Verbreitung des Romans davon abhängig, dass keinerlei Übereinstimmung mit realen Orten und Persönlichkeiten erkennbar bleibt, nähme man der hier vorliegenden Kunstgattung gerade ihr prägendes, wesenseigene Merkmal.

Aus einer Urteilsbegründung des Landgerichts Münster (AZ 12 0 601/02)

Mittwoch, 20. November

Walde stand auf der Leiter und trug mit einem Pinsel Farbe rund um das Kabel der von der hohen Zimmerdecke herabhängenden Glühbirne auf. Sein Nacken schmerzte. Unpassende Töne mischten sich in die Musik, die von den leeren Wänden widerhallte. Er lauschte. Da waren sie wieder. Sein Telefon läutete. Beim Hinabsteigen hielt er sich mit einer Hand an der Leiter fest, mit der anderen balancierte er eine Plastikschale, auf der ein Pinsel hin und her rollte.

Das Klingeln kam aus dem Kleiderbündel in der Ecke. Ein Stück Zeitungspapier blieb unter seinem Turnschuh haften. Er versuchte, mit dem anderen Fuß darauf tretend, sich davon zu befreien. Beide Hände waren mit Farbe beschmiert. Es klingelte zum vierten Mal. Walde eilte zur Leiter zurück und nahm den Lappen von der obersten Sprosse.

»Ja, ja, ich komme schon!«

Auf dem Weg zurück pappte wieder das Blatt unter seiner Sohle. Mit dem Ellenbogen schob er den Lautstärkeregler des Rekorders auf Null. Es klingelte zum sechsten Mal. Walde hielt vor dem Kleiderbündel inne. Hatte der Anrufer aufgelegt? Es läutete zum siebten Mal. Mit spitzen Fingern zog er das Handy aus der Hosentasche.

»Ja? Bock?«

»Wo sind Sie denn?«, die weibliche Stimme klang unfreundlich.

»In Afrika, es ist hier mitten in der Nacht«, sagte Walde, der die Stimme der Sekretärin des Polizeipräsidenten erkannt hatte.

»Was machen Sie denn in Afrika?«

»Safari, Tiger jagen, was man im Urlaub halt so macht.«

Am anderen Ende war Stille.

Walde sah sich in dem kahlen Raum um. Die Ränder der grauen Raufasertapete waren über den Fußleisten und an den Kanten zur Decke himmelblau gestrichen. Er hatte das Gefühl, als befände er sich im Inneren eines riesigen mit einer blauen Schleife umwickelten Pakets.

»Ich dachte«, die weibliche Stimme klang unsicher, »Sie würden nicht wegfahren, wegen des… ich mach' dann mal besser Schluss, sonst wird das zu teuer, schönen Urlaub noch und entschuldigen Sie.«

Das Telefon hatte einen blauen Fleck. An der Hose oben auf dem Kleiderbündel klebte ebenfalls Farbe.

»Mist«, fluchte Walde. Er legte das Handy auf ein sauberes Zeitungsblatt.

ERMITTLUNGEN IM FALL DES MOSELMÖRDERS EINGESTELLT. Die dicken Lettern sprangen ihn an. Der Artikel war mit einem Archivfoto bebildert, das Walde bei der Pressekonferenz nach der Festnahme des selbst ernannten Racheengels Ströbele vor mehr als einem halben Jahr zeigte.

»Da hast du noch fünf Jahre jünger ausgesehen.«

Walde zuckte zusammen.

»Ich kann mich immer noch nicht an deine neue Frisur gewöhnen.«

Walde drehte sich um. Uli, im farbverschmierten Blaumann, stand dicht hinter ihm und schaute ihm über die Schulter. »Die Tür war offen.« Er stellte eine große Kühltasche mit *Coca-Cola*-Aufdruck ab. Uli hatte nach Jahrzehnten in der örtlichen Tageszeitung aus Frust darüber, nicht als Nachfolger des in den

Ruhestand gehenden Chefredakteurs berücksichtigt worden zu sein, den Kram hingeworfen und damit auch gleichzeitig seiner Ehe den Rest gegeben. Nun betrieb er am Hauptmarkt ein Bistro mit dem passenden Namen ‚*Gerüchteküche*', gab unregelmäßig ein ‚*Extrablatt*' heraus, das vornehmlich Themen behandelte, die seiner alten Tageszeitung zu heiß waren, hatte eine neue Freundin und regelmäßige Kontakte zur alten Familie.

»Die Haustür war offen?«, fragte Walde.

»Deine Nachbarin von oben war so freundlich, mich ins Haus zu lassen. Dafür hab' ich ihre Einkäufe nach oben getragen.«

»Die Frau ist noch keine dreißig!«

»Na und?«

»Ich hoffe, dass sich deine Tatkraft für heute nicht in Jungen-Damen-die-Taschen-Schleppen erschöpft hat!«

Uli stellte eine weitere Kühltasche neben das Kleiderbündel: »Hier ist auch noch was Gutes drin. Aber vor das Vergnügen hat Gott die Arbeit gesetzt.«

Wieder klingelte das Telefon.

»Ja? Bock?«

»Herr Bock?«, fragte eine Stimme, die Walde gleich Polizeipräsident Stiermann zuordnete.

»Ja?« Walde wünschte sich, schlagfertiger zu sein, aber ihm fiel nichts ein, um das Gespräch blitzschnell beenden zu können.

»Ich mach' das wirklich sehr ungern, Sie im Urlaub zu behelligen, aber wir brauchen Sie hier.«

Die Idee kam Walde zu spät. Er hätte behaupten können, sich im Kreißsaal bei der Geburt seines ersten Kindes zu befinden. Aber die Wahrheit schien ihm Entschuldigungsgrund genug: »Ich stecke voll in der Renovierung meiner neuen Wohnung. Ende nächster Woche ist Umzugstermin, wir haben zwei Wohnungen zu räumen, und hier ist noch eine Menge zu tun. In spätestens drei Wochen kommt unser Nachwuchs. Ich kann beim besten Willen nicht kommen.«

»Es ist ein Notfall, Herr Bock, sonst würde ich ganz bestimmt...«

Walde streckte den Arm mit dem Telefon aus und schnaubte. Für einen Moment hätte er es am liebsten in den vollen Farbeimer gepfeffert, den Uli gerade mit einem scheppernden Plopp öffnete. Er atmete tief durch und hielt das Handy wieder ans Ohr.

»Herr Bock? Hallo?«

»Ja, Herr Stiermann.«

»Ich dachte, Sie hätten... Sei's drum. Wie ist es nun, können Sie sich loseisen?«

Eine Orgelsequenz schallte aus der Diele. Die Wohnungsklingel, ein Überbleibsel der Vormieter, spielte von einem Zufallsgenerator ausgewählte Melodien ab. Der letzte Mieter war Intendant am Stadttheater und künstlerischer Leiter der Antikenfestspiele gewesen.

Mit den Augen bedeutete Walde Uli, die Tür zu öffnen. Als sein Freund den Raum verlassen hatte, sagte er ins Telefon: »Ich bin in zehn Minuten da.«

Walde streifte den Papieroverall ab und stieg in seine Jeans. Oberhalb der rechten Hosentasche entdeckte er einen blauen Klecks. Als er ihn prüfend mit einem Finger berührte, blieb frische Farbe daran haften. Vergeblich versuchte er, den Fleck mit einem Zeitungsschnipsel abzutupfen. Aus der Diele hörte er den unsanften Aufprall von etwas Metallischem auf das Parkett und den Bass seines Freundes Jo.

Kurz darauf wurde die Klinke kraftvoll nach unten gerissen und Jos massiger Körper füllte den Türrahmen. Dr. Joachim

Ganz, von seinen Freunden Jo genannt, war bereits seit Schulzeiten Waldes Freund. Sie hatten auch während der räumlich getrennten Studienzeit stets Kontakt gehalten. Jo führte den Titel Kommissar für Reblausbekämpfung, ein Überbleibsel aus der Zeit um 1900, als eine große Reblausplage den gesamten Weinbestand der Mosel bedrohte und eine behördliche Stelle zur Bekämpfung des kleinen Schmarotzers eingerichtet werden musste. Ein altes Messingschild mit dem Titel zierte immer noch den Eingang seiner Abteilung bei der Land- und Weinbaubehörde.

»Wie, ich dachte, es gäbe viel zu tun?«, fragte Jo verdutzt, als er den sich ankleidenden Walde sah. Hinter ihm lugte sein Sohn Philipp, in Körperumfang seinem Vater sehr ähnlich, herein.

»Stimmt, aber ich muss kurz weg.«

Walde führte Uli, Jo und Philipp durch die Wohnung und zeigte ihnen, welche Arbeiten anstanden: »Raufaser soll an die Wände von Wohnzimmer, Arbeitszimmer, Musikzimmer und Küche.«

»Was ist mit der Tapete, die noch dran ist?«, fragte Jo.

»Die muss natürlich ab.«

»Das mach' ich«, meldete sich Philipp.

»Du weißt nicht, worauf du dich da einlässt«, sagte sein Vater.

»Im Bad müssen Armaturen gewechselt und eine neue Duschkabine angebracht werden. Priorität hat das Kinderzimmer, dann Bad, Küche und Schlafzimmer.« Walde warf den Papieroverall auf seine Werkzeugkiste. »Bis später.«

An der Tür blieb er stehen: »Falls Doris fragen sollte, ich bin zum Baumarkt.«

»Wohin sonst, du hast ja schließlich Urlaub«, grinste Jo.

*

Vor der Tür schaute Walde zum ersten Mal an diesem Tag zum Himmel. Obwohl bereits früher Nachmittag war, hing noch Nebel über der Stadt. Es war einer dieser Tage, an denen er froh war, etwas zu tun zu haben, um nicht auf trübsinnige Gedanken zu kommen. In der Zuckerbergstraße bemerkte Walde, dass er auf dem Weg zum alten Präsidium war. Die Macht der Gewohnheit. Er bog in die Johannisstraße ab und von dort in die Frauenstraße. Im vollgeparkten Hof des neuen Präsidiums war kein Platz für seinen sperrigen *Volvo*. Er rangierte den Wagen rückwärts aus dem Hof und parkte im Halteverbot neben dem Seitenflügel des Präsidiums. Bevor er ausstieg, suchte er nach einer Visitenkarte. Er fand einen alten Parkschein, kritzelte auf die Rückseite seine Telefonnummer und legte ihn hinter das Lenkrad aufs Armaturenbrett.

Das Gebäude wirkte ausgestorben. Ohne jemandem im Treppenhaus und im Flur des ersten Stocks zu begegnen, gelangte er zum Büro des Präsidenten. Im Vorzimmer wurde er gleich durchgeschleust.

»Herr Bock, wie geht's?« Stiermann war aufgestanden und kam ihm mit ausgestreckter Hand entgegen. Er trug wie immer Cowboystiefel zum Anzug.

»Danke«, Walde erwiderte den kräftigen Händedruck. »Und selbst?«

»Kommen wir gleich zur Sache«, der Polizeipräsident deutete auf eine Sitzgruppe, wo Tassen und eine Schale mit Gebäck auf einem kleinen Tisch standen. Er schenkte Kaffee ein.

Walde schob sich ein Plätzchen in den Mund. Als ihm bewusst wurde, dass er seit dem Frühstück nichts mehr gegessen hatte, schob er gleich das nächste hinterher.

»Schmeckt's?«

Walde nickte mit vollem Mund.

»Weihnachtsplätzchen schmecken lange vor dem Fest am besten. Hat meine Tochter gebacken.«

Walde steckte sich ein Vanillekipferl in den Mund und trank einen Schluck Kaffee.

»Leider ist das die traurige Überleitung zu der Geschichte, weswegen ich Sie gebeten habe, herzukommen.« Stiermann verharrte einige Sekunden mit ernstem Blick. »Meine Tochter ist etwa so alt wie Hanna. Nicht auszudenken... Ich kann den Schmerz der Familie Harras nachempfinden.«

Als Walde nichts sagte, fuhr sein Chef fort: »Sie wurde heute Morgen in ihrer Wohnung tot aufgefunden. Die Spurensicherung ist bereits vor Ort.«

Walde versuchte, die Informationen zu sortieren: »Es ist also nicht Ihre Tochter, sondern…«

»Hanna Harras, die Tochter von Richter Dr. Winfried Harras.«

»Ich verstehe nicht ganz, warum ich herkommen sollte. Gabi und Grabbe können…«

»Grabbe ist seit gestern krank gemeldet, und…«, Stiermann zögerte. »Ich sage es Ihnen, wie es ist. Ich halte es für das Beste, wenn Sie dabei sind. Zumindest, was die Gespräche mit Herrn Dr. Harras angehen. Er ist Witwer und soviel ich weiß war Hanna sein einziges Kind. Ich hätte mich persönlich darum gekümmert, aber ich müsste schon längst nach Kaiserslautern unterwegs sein. Der amerikanische Botschafter hat sich zu einem Besuch in Rheinland-Pfalz angesagt.« In Stiermanns Stimme klang Stolz mit. »Und ich bin dort eingeladen in meiner Eigenschaft als Präsident der Deutsch-Amerikanischen-Gesellschaft.« Der Chef sah Walde an: »Wie ist es, können Sie mir helfen?«

»Was ist mit Gabi?«

»Ihre Kollegin hat manchmal eine nicht so sensible... «, Stiermann stockte. »Sie hat noch nicht die Erfahrung.«

»Harras, Richter am Landgericht. Habe ich das recht verstanden?«

Stiermann nickte: »Ich erwarte von Ihnen das nötige Fingerspitzengefühl.«

Walde schoss ein Gedanke durch den Kopf: »Dann lassen Sie sich aber bis zu meinem Erziehungsurlaub etwas einfallen.«

Stiermann hielt in der Trinkbewegung inne und sabberte Kaffee auf die Untertasse: »Davon wusste ich noch gar nichts.«

*

Walde fuhr die Kohlenstraße hinauf. Je höher er kam, umso dichter wurde der Nebel. Als rechts die ersten Studentenwohnheime des Universitätsgeländes schemenhaft auftauchten, bog Walde nach links in den Weidengraben ab. Dabei kippte ein Bündel alter Zeitungen um, der im hinteren Teil des Wagens lag. Vor einem der Wohnblocks stand die ihm vertraute Wagenflotte, die üblicherweise bei solchen Anlässen zum Einsatz kam.

Den Namen Harras fand er weiter unten auf der großen Klingeltafel. Die Haustür stand offen. Die Fliesen im Flur waren sauber, keine Graffiti an den Wänden. Walde lauschte. Er hörte das leise Surren des Fahrstuhls. In dem breiten Korridor des zweiten Stock-werks hingen gerahmte Zeichnungen mit Stadtmotiven an den Wänden. Neben einigen Wohnungstüren standen Pflanzen, teils auf winzigen Holztischen mit kleinen Perserteppichen darunter. Walde erinnerte sich an die mit besticktem Brokat bezogenen Sofakissen und den farblich darauf abgestimmten Telefonbezug von Tante Martha. Gerade wollte er zurück in den Fahrstuhl, als sich eine Wohnungstür öffnete und ein Kollege von der Spurensicherung herauskam. Er grüßte Walde und hielt ihm die Tür auf. In der Diele sah Walde durch die offenen Türen, dass in allen Räumen emsige Betriebsamkeit herrschte. Er folgte dem Klang von Gabis Stimme, die kurze Anweisungen gab. In der Küche fand er seine Kollegin mit einem Gerichtsmediziner und dem Fotografen vom Erkennungsdienst. Eine weitere Person nahm seine ganze Aufmerksamkeit in Anspruch. Im grellen Licht von zwei Fotolampen lag eine nur mit Slip und kurzem T-Shirt bekleidete junge Frau auf dem Fußboden. Sie lag bäuchlings, einen Arm und die obere Hälfte eines angezogenen Beines von ihrem Rumpf verdeckt, das andere Bein gerade, den sichtbaren Arm parallel zur Schulter weggestreckt. Der seitlich auf den Fliesen liegende Kopf war fast gänzlich von Haaren verhüllt. Ein geöffnetes Auge starrte zwischen den blonden Strähnen ins Nichts. Walde atmete tief durch.

»Bevor wir sie umdrehen, knips sie bitte noch von dort hinten.« Gabi wies mit dem Zeigefinger.

»Nur für den korrekten Sprachgebrauch, ich bin Fotograf und kein Knipser.« Der Mann stellte das Stativ mit der Kamera an die von Gabi gewünschte Stelle.

»Ach, hallo, Walde, komm‘ ruhig näher, die Spurensicherung ist hier schon fertig«, empfing Gabi ihren Kollegen.

Walde ging im Bogen um den Körper herum, drückte dem Gerichtspathologen Dr. Hoffmann die wie erwartet eiskalte Hand und nickte seinem Kollegen mit der Kamera zu.

»Was ist das?« Walde deutete auf die Flüssigkeit, die sich unter der Toten angesammelt hatte und an den Rändern bereits eingetrocknet war.

»Ich hab's noch nicht probiert, tippe mal auf Urin.« Walter Hoffmann nahm eine Banane aus seinem Parka und begann sie sorgfältig zu schälen.

Auf der Spüle stand benutztes Geschirr: Besteck, zwei Teller und zwei Weingläser. Walde strich mit der Hand über die kühle, schwarz glänzende Oberfläche der Arbeitsplatte und das Holz der Schränke.

»Kirschbaum«, bemerkte Gabi, »schwarzer Marmor, Küche von *Boffi*. Der Rest der Wohnung ist auch nicht übel. Vier Zimmer, 100 Quadratmeter. Ganz beachtlich für eine Studentenbude.«

»Ich bin soweit.« Der Fotograf schraubte die Kamera vom Stativ.

»Okay, dann können wir.« Gabi zog die Hosenbeine ihres Papieroveralls hoch und hockte sich in Höhe der Schultern neben die Tote. Ihre sehnigen Waden spannten sich über den hochhackigen Pumps. Hoffmann ging in Hüfthöhe des Opfers in die Knie, wobei er seinen rechten Schuh in den Urin stellte. Ungerührt biss er noch einmal ab, schob die halb gegessene Banane in die linke Hand und packte mit der rechten zu.

»Ich zähle bis drei, Gabi. Eins, zwo, drrrei.« Hoffmann und Gabi rollten den Körper auf den Rücken. Keines der Glieder veränderte seine Position. Der vorher nicht zu sehende Arm und das angewinkelte Bein blieben in ihrer Position, als sei die Frau in einer ungewöhnlichen Gymnastik erstarrt.

»Keine sechzig Kilo«, Hoffmann betrachtete den Körper und schob sich den Rest der Banane in den Mund. Dann verharrte er einen Moment unschlüssig mit der Schale in der Hand und steckte sie in die Jackentasche. Aus einer weiteren Tasche beförderte er Handschuhe und ein Diktiergerät.

»Könnte ich mehr Licht auf diese Seite haben?«, sagte er zu

dem Fotografen, streifte sich die Handschuhe über und sprach in das Gerät.

»20. November, 15 Uhr 20, Auffindungsort, Harras…« Er schaltete das Gerät ab und fragte: »Wie war der Vorname?«

»Hanna.«

»Hanna Harras…«, fuhr der Pathologe fort.

»22 Jahre«, ergänzte Gabi.

»22 Jahre«, wiederholte Hoffmann in das Diktiergerät. Er hielt sich schützend eine Hand über die Augen, als der Fotograf die Lampen neu ausrichtete. »Rektaltemperatur folgt.« Hoffmann stand auf, ging um die Tote herum und kniete sich auf den trockenen Fußboden auf der anderen Seite. Er packte das Kinn, der ganze Kopf folgte dem Zug seiner Hand. Er berührte die Finger und dann den Ellenbogen.

»Leichenstarre in vollständiger Ausbildung«, fuhr er fort. Er schob das T-Shirt hoch und drückte auf einen kirschroten Fleck zwischen den Brüsten. »Totenflecke voll ausgebildet, noch wegdrückbar.«

Hoffmann betastete den Arm: »Verdacht auf komplette Fraktur des linken Unterarms, Hämatome und Stranguliermale an den Handgelenken. Hämatome im Bereich der unteren Wirbelsäule; Schnittwunde unter der Fingerbeere D5 links.« Er tastete den Oberkörper bis zum Kopf ab: »Verdacht auf Rippenserienfraktur im Bereich des oberen Rippenbogens; Hämatome und Stranguliermale im zentralen Halsbereich; Prellmarke an der rechten Schläfe.« Dann befühlte er den Nacken, schloss die Augen und wiederholte die Untersuchung: »Verdacht auf Fraktur Halswirbelkörper fünf bis sieben.« Er schaltete das Gerät ab und steckte es in seine Jackentasche.

Dr. Hoffmann erhob sich umständlich und bog mit schmerzverzerrtem Gesicht den Rücken ins Hohlkreuz, die Hände in die Hüften gestemmt.

»Woran ist sie gestorben?«, fragte Gabi.

»Möglicherweise an den gebrochenen Halswirbeln, weiteres wird die Obduktion bringen. Der Todeszeitpunkt liegt etwa 15 Stunden und mehr zurück, das kann ich dir sagen, wenn die genaue Rektaltemperatur vorliegt. Todesursache…«, Hoffmann schmunzelte, »da ist die Kripo gefragt. That's your turn.«

»Schöne Scheiße«, murmelte Gabi.

»Apropos schön, wenn ich mir die Bemerkung erlauben darf, das Mädchen muss gestern noch sehr gut ausgesehen haben. Ich hab' da einen Blick für, egal, wie sie jetzt zugerichtet ist.«

Der Fotograf schoss weitere Fotos, Dr. Hoffmann reichte Gabi und Walde seine unverändert kalte Hand: »Ich erwarte die Dame bei mir in der Pathologie.«

»Ich schätze, sie wird dir in der nächsten halben Stunde gebracht werden«, sagte Gabi.

»Ihr duzt euch?«, fragte Walde, als Hoffmann zur Tür hinaus war.

»Wir kennen uns schon länger.« Gabi fingerte am Reißverschluss ihres Overalls. »Kannst du mir bitte helfen?«

Walde trat hinter sie und zog den Reißverschluss auf. Sie blieb einen Moment unbewegt stehen.

»Soll ich dir weiter beim Ausziehen helfen oder worauf wartest du?«

Gabi schüttelte den Kopf: »Dafür ist jetzt wirklich nicht der richtige Zeitpunkt, Walde. Vielleicht komme ich später auf dein Angebot zurück.«

»Woher kennst du Hoffmann?«

»Sehe ich da Eifersucht in deinen Augen blitzen?« Gabi

streifte den Anzug über die Arme.

Walde verdrehte die Augen. Nachdem sein Kollege Harry vor etwa einem Jahr bei der Festnahme eines Schwerkriminellen einen komplizierten Beinbruch erlitten hatte, war Gabi von der Sitte zur Mordkommission gewechselt. Da Harry trotz Operationen und Rehabilitationsbemühungen noch immer nicht einsatzfähig war, würde Gabi dem Team noch eine Zeitlang erhalten bleiben. Nach anfänglichen Irritationen kam Walde inzwischen recht gut mit ihr aus. Allerdings wartete er vergeblich darauf, dass Gabi ihre burschikose und provozierende Art, die sie offensichtlich von der Sitte her gewohnt war, ablegen würde.

»Wir kennen uns von *amnesty international.*«

»Du bist bei *amnesty?*«, fragte Walde überrascht.

»Nicht mehr wirklich, nur noch inaktiv, ich zahle Mitgliedsbeitrag und setze ihn von den Steuern ab.«

»Und wie bist du dahin gekommen?«

»Bei einer Altneunundsechzigerin blieb das nicht aus.«

»Neunundsechzig? Verwechselst du da nicht was?«

»Ich glaube, was Sexpraktiken angeht, brauche ich nach fünf Jahren Sitte keine Nachhilfe mehr«, antwortete Gabi und knallte Walde den Arm auf die Schulter, um sich den Anzug im Stehen über ein Bein zu streifen.

»Verwechselst du das nicht mit den Achtundsechzigern?«

»Die Achtundsechziger Revolte kam in Trier erst ein Jahr später an, wie vieles andere im Laufe der Geschichte auch, zum Beispiel die Miniröcke, das Heroin, Aids, Internet, Handys, die Rezession…«

»... wer hat sie gefunden?« Walde schaute auf seine Uhr. Die Zeit lief ihm davon. Es gab noch sehr viel in der neuen Wohnung zu tun.

»Ein Nachbar, dem sie versprochen hatte, die Wohnung zu

hüten. Er wollte heute Morgen verreisen. Hanna galt als zuverlässig. Außerdem stand ihr Auto vor der Tür und sie hatte nicht Klavier gespielt, was sie immer morgens tat, weil sie mit den Nachbarn ein Abkommen getroffen hatte, nur vormittags zu spielen. Er hat gegen elf Uhr die Polizei gerufen. Und die den Notarzt, aber da war längst nichts mehr zu machen.« Gabi ging in die Diele, Walde folgte ihr. In den übrigen Zimmern wurde noch gearbeitet.

»Da, schau mal ins Wohnzimmer«, forderte sie ihn auf.

»Hallo«, grüßte Walde den Kollegen, der damit beschäftigt war, etwas Winziges in einer Folie zu verstauen.

Ein Bügelbrett lag umgestürzt auf dem Teppich vor einem Bücherregal. Zwei Stöße gefaltete Wäsche waren auf dem gläsernen Tisch vor der Couch gestapelt, ein weiterer mit Unterwäsche auf dem Deckel des Klaviers an der Wand. Eine Wasserflasche lag in einem leeren Wäschekorb.

»Hier scheint es eine Auseinandersetzung gegeben zu haben«, sagte Gabi. »Die dann ihr finales Ende in der Küche fand.«

»Final ist das gleiche wie Ende.« Meier tauchte in der Diele auf, wie immer rauchend, mit einem Blumentopfuntersetzer voller Asche in der Hand.

»Was?«, fragte Gabi.

»Fine, das Wort hast du vielleicht schon mal im Kino gesehen, am Ende von französischen Filmen…«, erläuterte Meier.

»Du brauchst mir nichts von frankophilen, rotweintrinkenden Käselutschern zu erzählen, Schlaumeier, schaff' lieber ein paar Kollegen her, die sollen die Leute im Haus befragen.«

»Was ist mit euren Leuten?«, gab Meier zurück.

»Grabbe hat frei, Harry ist schon wieder operiert worden, Monika auf Lehrgang und Walde in Urlaub.«

»Das sehe ich.« Meier drückte die Zigarette aus und steckte sich gleich eine weitere an.

Waldes Handy klingelte. Als er auf dem Display sah, dass es Doris war, steckte er es wieder in die Tasche zurück. Gabi zuckte die Schultern und zündete sich ebenfalls eine Zigarette an.

Als das Handy endlich Ruhe gab, sagte sie: »Was machst du überhaupt hier? Solltest du nicht bei deiner hochschwangeren Freundin sein?«

Walde seufzte: »Stiermann meint, ich sollte mit Richter Harras reden.«

»Da hab' ich nichts dagegen. Ich dachte schon, der traut mir den nicht alleine zu.« Gabi zog eine Schublade aus einem kleinen Schränkchen neben dem alten zweitürigen Garderobenschrank.

»Ich glaube«, Walde sah Gabi in die Augen, »der Chef befürchtet, du könntest dem Richter gegenüber vielleicht nicht den richtigen Ton treffen.«

»Unsere Nachbarn hatten einen Hund, der hieß Harras. Ziemlich scharf war der, aber geradezu handzahm gegenüber dem, was Dr. Harras zu seinen Zeiten als Haftrichter drauf hatte.« Gabi hob einen Stapel Lederhandschuhe aus der Schublade und legte sie wieder zurück. »Besonders wenn es sich um ausländische Frauen aus dem Rotlichtmilieu oder Drogendelikte handelte, kannte Harras kein Pardon. Erst in den Knast und dann Abschiebung.«

»Harras ist inzwischen Richter am Landgericht als Vorsitzender einer Großen Strafkammer«, sagte Meier. »Ich hab' mit ihm öfter zu tun gehabt, früher, als er noch Haftrichter war. Der war okay, hart, aber okay.«

»Das ist wohl eine Frage der Perspektive«, grummelte Gabi.

Walde öffnete am CD-Player die Ladeklappe. Darin lag ein CD-Rohling, auf dem etwas von Hand notiert war: »Joni

Mitchell ‚*Travelogue*', die höre ich auch ganz gerne.«

Walde ging in die Diele und wandte sich an Meier: »Kommst du mit zu Harras? Dann brauche ich ihm die Todesnachricht nicht allein zu überbringen. Wie ich Stiermann verstanden habe, ist er Witwer und er hatte nur eine Tochter.«

»Schöne Scheiße«, war Gabis Kommentar.

*

Vor dem Gerichtsgebäude, einem unscheinbaren Zweckbau aus den 50-er Jahren des letzten Jahrhunderts, waren die wenigen Parkplätze belegt. Walde bog um die Ecke und parkte im Halteverbot. Als sie ausstiegen, prüfte er, ob zwischen Wagen und Hauswand noch genügend Platz für einen Kinderwagen war. Meier stand vornübergebeugt und versuchte, sich gegen den Wind eine Zigarette anzuzünden. Waldes Wagen gehörte zu den wenigen rauchfreien Zonen, die er akzeptierte.

Die Männer hinter der Glasscheibe an der Pforte nickten ihnen freundlich zu. Walde versuchte besonders freundlich zurückzulächeln, wohl wissend, dass Meier seine versteinerte Miene beibehielt.

»Warum sitzen da drei Leute?«, brummelte Meier.

»An der Pforte?«

»Überall wird gespart und die drei sitzen sich da den Hintern platt.«

»Da sind nicht immer so viele, vielleicht ist einer von ihnen nur auf Besuch«, vermutete Walde.

»Hat der sonst nichts zu tun, als bei denen herumzulungern?«

»Was fragst du mich?« Walde wich einem Anwalt aus, der links und rechts eine schwarze Aktentasche trug und obendrein einen Umhang über einer Schulter balancierte.

Auf der Treppe nahm Walde immer zwei Stufen auf einmal. Meier blieb zurück. Schon nach wenigen Stufen hörte Walde ihn hinter sich keuchen. Im Flur verlangsamte Walde seine Schritte. Mehrere Türen zu den Büros der Richter standen offen. Hin und wieder nickte einer ihm zu.

»Haben die ihre Türen auf, weil sie hoffen, sie bekämen Arbeit?« Meier hatte Walde schnaufend eingeholt. »So gut müsste man es haben! Denen kann doch keiner mehr was vorschreiben. Schöne Unabhängigkeit, können tun und lassen, was sie wollen. Da ist mir klar, wo die Zustände an der Pforte herkommen.«

Sie waren an der geschlossenen Tür von Richter Harras' Büro angelangt. Walde sammelte sich einen Moment, bevor er anklopfte. Niemand antwortete. Er drückte den Türgriff. Abgeschlossen. Im Sekretariat erfuhren sie, dass Harras schon nach Hause gefahren sei. Walde ließ sich die Privatadresse geben.

»Klar, noch nicht mal vier Uhr und der Herr ist schon zu Hause. Wahrscheinlich ist er erst um zehn gekommen und hat zwischendurch zwei Stunden Mittag gemacht«, wetterte Meier, als sie wieder die Treppen hinunterstiegen.

Während der Fahrt griff Meier unvermittelt in die Tasche seiner Daunenjacke. »Hier auch«, sagte er ins Telefon. »Wie geht's?«

Meier hörte eine Weile zu, dann sagte er: »Es wird heute wahrscheinlich später, ich rufe nochmal an. Falls etwas ist, weißt du ja, wie du mich erreichen kannst.«

Meier steckte das Telefon ein. Als er die Hand aus der Tasche nahm, sah Walde aus den Augenwinkeln eine Zigarettenschachtel. Meier tastete die Tür ab: »Wo ist denn der Griff für den Fensterheber?«

»Hier«, Walde deutete auf die Tastatur auf der Konsole zwischen den Sitzen.

»Was, dieses alte Modell hat schon elektrische Fensterheber?«

»Stimmt«, antwortete Walde, »es hatte mal welche. Auf deiner Seite funktionieren sie nicht mehr. Ich kann die Heizung ausstellen, wenn du möchtest.«

Walde schielte zu seinem Beifahrer. Der steckte die Packung wieder ein.

»Alles in Ordnung zu Hause?«, fragte Walde, um seinen Kollegen von den Entzugserscheinungen abzulenken.

»Ja«, brummelte Meier. »Wie immer.« Er blickte hinter sich auf die umgelegte Rückbank und die Zeitungen, die im wilden Durcheinander lagen: »Was macht die Renovierung?«

»Ist noch viel zu tun«, antwortete Walde.

Die Ampel auf der Römerbrücke zeigte Rot. Der Scheibenwischer beseitigte den dünnen Film aus feinem Niesel. Über den Bürgersteig wackelte eine Greisin, mit einer Hand einen leeren Rollstuhl vor sich her schiebend und mit der anderen ein Handy ans Ohr drückend.

»Und bei dir, ist es bald soweit mit dem Nachwuchs?« Meier hatte sich auf eine höfliche Gegenfrage besonnen.

»In drei Wochen ist Termin.«

Damit endete der Small talk zu den Familienverhältnissen. Walde wusste, dass Doris ein Mädchen erwartete. Er hatte viele Bilder von Geburten im Kopf, von glitschigen kleinen Lebewesen, die ans Licht der Welt drängten. Aber seine Erwartungen waren diffus. Er dachte oft daran, konnte sich aber nicht vorstellen, wie seine Tochter tatsächlich aussehen würde. Als die Wagen vor ihm anfuhren, gab Walde Gas.

Richter Harras wohnte mitten im Stadtteil Euren. Die düstere Einfahrt führte zwischen hohen Nadelbäumen hindurch zu einem Haus, vor dem sich ein Hügel aus Holzscheiten türmte. Daneben stand ein älterer *VW Passat* unter einem Carport.

Walde hielt am Ende der Auffahrt. Links und rechts war gerade genug Platz um auszusteigen. Kinderwagen oder Rollstühle kämen nicht mehr vorbei. Aber damit war hier auch nicht zu rechnen.

Er glaubte sich zu erinnern, dass Meiers Frau an Multipler Sklerose litt. Womöglich brauchte sie einen Rollstuhl. Verdrehte Welt, er konnte sich noch kein Bild von seiner Tochter machen, geschweige den Schmerz erahnen, den der Verlust des Kindes für ihn bedeuten würde, und sollte jetzt einem Mann die Nachricht überbringen, dass dessen Tochter tot war.

»Guten Tag, Herr Dr. Harras«, hörte Walde seinen Kollegen sagen.

Meier ging auf einen Mann zu, der eine leere Schubkarre hinter dem Wagen hervorschob. Der Mann war groß und hager. Das kurze weiße Haar stand wie eine Bürste von seinem Kopf ab. Er trug einen grauen Fleecepulli, eine verwaschene, ehemals schwarze Jeanshose und zu Arbeitsschuhen degradierte Wanderschuhe.

Als Walde näher kam, erinnerten ihn die vorstehenden Augen hinter der dunklen Hornbrille daran, dass er ebenfalls schon persönlich mit dem Richter zu tun gehabt hatte.

Harras stellte die Schubkarre neben dem Holzstapel ab. Er streifte die Arbeitshandschuhe ab und streckte Meier eine Hand entgegen.

»Was verschafft mir die Ehre?«, sagte er mit einem Gesichtsausdruck, den man mit etwas Phantasie als ein Lächeln deuten konnte.

»Kripo Trier, mein Name ist Meier und das ist mein Kollege, Herr Bock.«

Auch Walde gab dem Richter die Hand.

»Es ist zwar schon Jahre her, aber wir hatten öfter miteinander zu tun«, sagte Meier.

Der Richter nickte: »Kommen Sie herein, meine Herren!«

Walde folgte den beiden durch eine mit Zeitungsstapeln voll gestellte Diele in ein Zimmer mit einem schweren Esstisch aus Eiche, um den ein halbes Dutzend dunkler Stühle mit hoher Lehne standen.

Dr. Harras wischte sich mit beiden Händen die Hose ab, bevor er sich auf den mit Gobelin bezogenen Stuhl am Kopfende setzte. Die beiden Polizisten nahmen nebeneinander Platz.

»Was darf ich Ihnen anbieten?«, sagte der Richter.

»Danke, bemühen Sie sich nicht«, sagte Meier und schaute Walde an, um ihm das Wort zu übergeben.

»Wir haben leider eine sehr traurige Nachricht.« Walde beobachtete, wie der Richter mit der linken Hand den Kopf aufstützte, als befürchte er, der zu erwartenden Last nicht standhalten zu können. »Ihre Tochter… sie ist ums Leben gekommen.«

Harras' Schultern sackten ab. Es schien, als fahre alle Kraft aus seinem Körper. Walde hielt sich bereit, um dem Richter beizustehen, falls er ohnmächtig wurde. Harras' Kinn senkte sich zur Brust. Er hielt die Augen offen und stierte auf die Tischplatte.

»Sie wurde tot in der Wohnung gefunden«, fuhr Walde fort. »Ein Fremdverschulden ist sehr wahrscheinlich. Wir haben die Ermittlungen aufgenommen.«

Der Richter stützte den hängenden Kopf in die Hand.

»Soll ich Ihnen einen Arzt rufen oder jemand anderen informieren?«

Kaum merklich schüttelte Harras den Kopf.

*

»Hätten wir nicht doch noch etwas bleiben sollen?«, fragte Walde auf der Rückfahrt.

»Er wollte allein sein.« Meiers Stimme war belegt. Er räusperte sich. Hatte er so etwas wie Mitgefühl bei Meier gehört? »In seinem Job ist er schon mit vielen Schicksalsschlägen konfrontiert worden. Da wird man...« Meier suchte nach dem passenden Wort.

»Abgebrüht«, half Walde aus.

»Nein, ich würde sagen: verschlossen, insichgekehrt.«

Am liebsten hätte Walde gesagt, so wie du, statt dessen sagte er: »Nicht, dass er sich was antut?«

»Ruf' ihn doch heute Abend nochmal an, wir müssen sowieso noch weitere Fragen mit ihm klären.«

»Nicht mehr heute!«

»Ist klar.« Meier nahm seine Zigaretten-Packung aus der Tasche und legte sie aufs Armaturenbrett, als brauche er sie als Gedächtnisstütze, um die nächste Rauchmöglichkeit nicht zu versäumen.

»Macht es dir was aus, wenn wir kurz zu meiner Baustelle fahren?«

»Nur zu, auf die paar Minuten kommt es auch nicht mehr an.« Meier steckte die Zigaretten wieder ein.

Im Flur dröhnten *Hip-Hop*-Rhythmen. Walde ging an der Tür mit den Jugendstil-Glasornamenten vorbei, aus der die Musik wummerte. Im Kinderzimmer saßen Uli und Jo auf Farbeimern. Zwischen sich, auf einem zusammengeklappten Tapeziertisch, hatten sie einen Imbiss aufgebaut.

Walde stellte vor: »Herr Abend, Herr Ganz, mein Kollege, Herr Meier.«

Uli wies auf das Essen: »Greift zu, es ist genug da!«

Walde besah sich das für eine Baustelle recht opulente Mahl, bestehend aus Baguette, Wurst, Käse, Gurken, Tomaten, Oliven und einer Flasche Rosé: »Sieht gut aus.«

»Und was sagst du hierzu?« Uli wies auf die Wände ringsum.

»Oh, schon fertig, das wird Doris freuen.«

»Ich denke, wir müssen noch einmal streichen, die Farbe deckt nicht so richtig«, sagte Jo, der gerade einen Bissen mit einem Schluck Wein hinuntergespült hatte. »Aber dafür sind die Armaturen im Bad komplett angeschlossen.«

Immer noch hämmerte nebenan der gleiche Rhythmus.

»Toll, danke. Ihr müsst entschuldigen, dass ich euch so lange allein gelassen habe.« Walde schob sich eine Käsescheibe in den Mund, nahm sich ein Stück Baguette und bedeutete Meier, ebenfalls zuzugreifen.

Der hatte bereits eine Zigarette zwischen den Lippen, zögerte aber mit dem Anzünden: »Ich schau mir mal den Garten an.«

»Ist noch eher ein Urwald, du kommst vom Wohnzimmer aus auf die Terrasse, du musst nur der Musik folgen«, erklärte Walde.

»Vielleicht können Sie meinen Sohn dazu bringen, die Musik etwas leiser zu stellen«, bat Jo. »Ich habe schon versucht, missionarisch auf ihn einzuwirken.«

Meier war kaum verschwunden, als das Wummern schlagartig an Intensität abnahm.

»Alle Achtung«, meinte Jo mit vollem Mund. »Der kann mit Jugendlichen umgehen.«

»Ich habe zwar keinen Schuss gehört, aber vielleicht hat Meier einen Schalldämpfer benutzt«, vermutete Walde.

Die drei sahen, wie Meier auf der Terrasse auftauchte und erste Rauchzeichen sendete.

»Warum musstest du weg?«, fragte Uli.

»Wenn du versprichst, kein *Extrablatt* herauszugeben, verrate ich es dir.«

»Das kann ich nicht versprechen, kommt drauf an, was passiert ist.«

»Eine Tote, wahrscheinlich Fremdverschulden.«

»Promi?«, fragte Uli.

»Nein.«

»Dann gibt's kein *Extrablatt*, unter Zeugen versprochen.«

Jo schenkte Wein nach und tat, als habe er nicht zugehört.

»Eine Studentin, in ihrer Wohnung in der Nähe der Uni. Sie ist übrigens die Tochter von Harras.«

»Dr. Winfried Harras, früher Haftrichter, heute Vorsitzender Richter am Landgericht.«

»Du kennst ihn?«, fragte Walde.

»Wer kennt ihn nicht, das war früher ein ganz scharfer Hund. Soviel ich weiß, hat der es fertiggebracht, einen 14-Jährigen in den Knast zu schicken, weil er Vaters Auto geklaut hatte.«

»Und heute?«

»Harras ist ruhiger geworden, seit sein Sohn verschwunden ist.«

»Davon wusste ich nichts«, sagte Walde.

»Das sind schon ein paar Jahre her. Sein letztes Lebenszeichen ist in Form eines Abschiedsbriefs gekommen, dem er seinen Wehrpass beigelegt hat. In Marseille verliert sich seine Spur.

Dort hat er auch sein Motorrad stehen lassen.«

»Wurde eine Vermisstenanzeige erstattet?«

»Und wenn schon, der Junge war volljährig. Den konnte man ja nicht zwingen, wieder zurückzukommen.«

»Und was ist aus ihm geworden?«

»Es wird vermutet, dass er sich nach Indien abgesetzt hat. Wahrscheinlich ist er längst tot, an einem indischen Strand an einer Überdosis oder an AIDS gestorben oder schon auf der Reise Opfer eines Raubmords geworden.«

»Und woher weißt du das alles?«

»Ich habe oft genug Gerichtsberichte für den *Trierischen Volksfreund* verfasst. Es gibt keine Behörde, wo mehr getratscht wird als bei der Justiz.«

Meier kam zurück: »Einen schönen Blick hat man von der Terrasse.«

»Dahinter ist der Garten des Josefstifts, ein riesiges Areal. Zumindest solange noch, bis einer von den Immobilienhaien es schafft, den Nonnen das Grundstück abzuschwatzen.«

»Dann wäre auch der Blick auf die Porta weg.«

»Hoffentlich nicht zu bald. Das ist einer der wichtigsten Gründe, warum wir die Wohnung ausgesucht haben.«

»Den größten Baulöwen gibt es ja nicht mehr«, sagte Jo und spielte damit auf Fellner an, der im Frühjahr ermordet worden war.

»Aber der Balzer ist auf dem besten Weg, in dessen Fußstapfen zu treten«, bemerkte Meier. »Aber ganz so einfach kriegt der solche Geschäfte nicht mehr über die Bühne. Dafür werden allein schon Fellners ehemalige Banken sorgen. Gebrannte Kinder scheuen bekanntlich das Feuer.«

»Apropos Kind, bevor ich es vergesse, hat Doris dich erreicht?«, fragte Jo. »Sie hat schon zweimal hier angerufen.«

»Das sagst du erst jetzt?« Walde eilte ins Wohnzimmer, wo das Kratzen von Philipps Spachtel die Musik übertönte.

»Philipp, super, du hast ja schon zwei Wände fertig«, lobte Walde und suchte in einem Meer von Tapetenschnipseln nach dem Telefon. Endlich fand er es und wählte Doris an. »Wie geht‘s, ist alles in Ordnung?«

»Wo warst du?«, fragte sie. Walde erkannte am Ton dieser drei Worte, dass er auf der Hut sein musste.

»Ich musste ins Präsidium.«

»Da hab' ich dich nicht erreicht.«

»Da war ich wohl im Baumarkt.« Im selben Moment, als er es sagte, bereute Walde es.

»Über Handy hab' ich‘s auch versucht.«

Walde überlegte kurz: »Das hab' ich im Auto liegen lassen.«

»Und warum sagst du mir immer, dass man keine Wertgegenstände im Auto lassen soll?«

»Jo fragt, was unsere Traudel macht?« Er wollte das Thema wechseln, bevor er sich noch tiefer in Ausreden verstrickte.

»So wird sie ganz bestimmt nicht heißen.«

»Ihr Zimmer ist fast fertig. Noch einmal streichen, dann können die Fußleisten dran.«

»Wo bist du?«

»Im Wohnzimmer, da sind auch schon an zwei Wänden die Tapeten runter. Was machst du?«

»Aussortieren, was ich beim Umzug nicht mehr mitnehmen möchte.« Doris hörte sich besänftigt an.

»Brauchst du Hilfe?«

»Nein, Marie kommt gleich vorbei.«

»Okay, dann mach' ich hier mit dem Rest von Maries Familie weiter, ich melde mich später wieder.«

In der Diele berichtete Meier: »Gabi hat angerufen. Dr. Hoffmann hat das Ergebnis der Obduktion. Ich geh zu Fuß rüber.«

»Ich komme mit.«

Die Dämmerung setzte ein, leichter Wind war aufgekommen. Sie kletterten über ein Mäuerchen, das zu der Ruine eines alten Wehrturmes in der Stadtmauer führte, und folgten einem schmalen Trampelpfad zwischen tropfenden Hecken quer durch die Allee. Waldes Schuhe sanken in den aufgeweichten Grund unter dem nassen Laub ein. Auf der anderen Seite schlängelten sich die beiden Männer durch den Stop-and-go-Verkehr in der Nordallee zur Krankenhauseinfahrt.

Meier versenkte den Rest seiner Zigarette im Sand des Kippenkübels vor der aufschwingenden Glastür. Es dauerte eine Weile bis der Fahrstuhl kam. Unten angekommen, gingen sie durch den hell gefliesten Flur des Kellers. Noch bevor die Milchglastür der Pathologie auftauchte, verriet der Geruch, wo sie sich befanden. Drinnen war es ruhig, keine enervierenden Maschinengeräusche, die Walde überhaupt nicht mochte. Am zweiten Tisch arbeitete Dr. Hoffmanns Assistent. An eines seiner Brillengläser war eine Lupe geklemmt. Als er zu den beiden Besuchern aufsah, glotzte sie ein riesiges Auge aus dem teigigen Gesicht des Mannes an.

Aus dem Nebenraum kam Hoffmann auf sie zugeeilt: »Kennen Sie den? Ein Skelett wird unter der Treppe gefunden. Die Polizei ermittelt.« Er schaute die beiden erwartungsvoll an. »Na?« Dann sagte er: »Eine Blondine, die beim Versteckspielen gewonnen hat.« Es folgte das schallende Gelächter des Pathologen, begleitet von dem Versuch eines Grinsens bei Walde und Null Reaktion bei Meier.

»Übrigens, hier hab' ich etwas, das Herrn Meier interessieren dürfte.« Der Arzt führte sie zum Tisch seines Kollegen. Vor ihnen lag ein über und über mit bläulichen Krampfadern bedeckter Unterschenkel, der in einem schwärzlichen Fuß endete. Der Assistent wischte sich mit der Hand den Schweiß von der Stirn. Dabei blieb eine Hautschuppe am Rahmen seiner fettigen Brille hängen.

»Widerlich!«, entfuhr es Walde.

»Das wurde heute einem Mann amputiert, der partout nicht vom Rauchen lassen will. Wenn der so weiter macht, werden wir bald das Gegenstück hier liegen haben«, erläuterte Hoffmann.

Meier betrachtete ungerührt das Exponat. Vom Gang her war ein Klappern zu vernehmen, das zweifellos die Ankunft von Gabi ankündigte. Die Tür flog auf und sie stöckelte mit *Tempo* herein, Grabbe auf leisen Sohlen im Schlepptau. Er blieb an der Tür zurück, während Gabi sich über den Seziertisch beugte.

»Zu spät für eine Venenkur«, war ihr Kommentar. »Welche Eigenschaften schätzt Frau am Mann am meisten?« Sie wartete einen Moment. »Er sollte eine Kanone im Bett sein, viel Geld verdienen und was von Hausarbeit verstehen.« Sie grinste den Pathologen an: »Dabei sollte Frau nur eins beachten: Die drei dürfen sich nie begegnen.« Das Duett aus Gabis und Hoffmanns Lachen hallte von den kahlen Wänden wider.

Grabbe stand immer noch in Türnähe und fixierte einen Punkt an der Decke.

»Kommen wir zu dem Grund, warum ich Sie hergerufen habe.« Hoffmann gab seinem Assistenten einen Wink. Der legte sein Messer beiseite, räusperte sich und verschwand im Nebenraum, um kurz darauf eine Bahre hereinzurollen, auf der ein mit einem Tuch bedeckter Körper lag.

»Danke, Gottfried.« Hoffmann nahm das Tuch von dem Leichnam. Die Ermordete hatte nicht mehr die verrenkte Körperstellung, wie Walde sie vor wenigen Stunden gesehen hatte. Sie lag auf dem Rücken, die Beine gestreckt, die Arme gerade neben dem Körper. Nur die feinen Nähte verrieten, dass sie einer Autopsie unterzogen worden war.

»Meine Vermutung hat sich bestätigt: Eine akute Blutung bei HWK-Fraktur fünf bis sieben ist die eindeutige Todesursache. Daneben haben wir eine Rippenserienfraktur zwei bis fünf mit akutem Pneu, dem Zusammenfallen des rechten Lungenflügels, und eine Ulnarfraktur loco typico links gefunden.« Hoffmann wies mit der Hand auf die jeweiligen Stellen. »Dazu kommen Würgemale am Hals und weitere Zeichen von Gewalt an den Handgelenken und ein Schnitt am kleinen Finger der linken Hand.«

Der Pathologe fasste unter die Hand und hielt sie in die Höhe, wobei der gesamte gestreckte Arm bewegt wurde. »Ein ungewöhnlicher Schnitt an der Außenseite der Handfläche, zumal die Ausbildung der Muskulatur darauf hindeutet, dass es sich bei der Toten um eine Linkshänderin handelte.«

Das Zuschlagen der Tür ließ alle aufblicken. Grabbe war verschwunden.

»Du meinst, man schneidet sich als Linkshänder in die rechte Hand«, bemerkte Gabi.

Dr. Hoffmann nickte: »Der Todeszeitpunkt liegt zwischen 22 und 23 Uhr des gestrigen Abends. Übrigens hatte sie kurz vor ihrem Tod Geschlechtsverkehr.«

«Spuren einer Vergewaltigung?», fragte Gabi.

«Was den vaginalen Bereich angeht, deutet nichts auf Gewalt hin.»

*

In der Diele der neuen Wohnung stieß Walde auf Uli, der ihm mit einer Kühlbox in der Hand entgegen kam. Aus dem Wohnzimmer wummerten wieder die Bässe.

«Ich muss in die *Gerüchteküche*, ich hab‘ Elfie versprochen, dass ich ab sieben wieder da bin.»

«Danke für deine Hilfe», sagte Walde.

«Kein Problem, das Kinderzimmer kann spätestens in zwei Stunden nochmal gestrichen werden. Am Samstag bin ich beim Umzug dabei.»

Jo kam aus dem Bad. Er hatte sich umgezogen. «Ich bin auch weg, hab‘ gleich Sitzung vom Kunstverein.»

Damit waren die beiden aus der Tür. Walde schaute bei Philipp herein, der mit einem tropfenden Schwamm die Stelle an der Wand betupfte, an der noch eine dünne Restschicht Tapete klebte.

«Hast du was gegessen?«, brüllte Walde gegen die Musik an.

Philipp nickte. Er drehte die Musik einen Tick leiser.

»Gute Arbeit«, lobte Walde. Drei Wände waren komplett von Tapete befreit und die meisten Schnipsel in Müllsäcke gefüllt.

»Ich mache das noch fertig.«

»Danke.«

In der folgenden Stunde verspachtelte Walde schadhafte Stellen im Putz, während Philipp sich mit den hartnäckigen Tapetenresten abmühte. Anfangs dachte Walde, die harten Beats von Philipps Musik nicht ertragen zu können. Er befürchtete, irgendwann aggressiv zu werden. Später schaffte er es, sich auf seine Arbeit zu konzentrieren und den *Hip-Hop*-Sound nur noch als Hintergrundgeräusch wahrzunehmen.

Nachdem Philipp gegangen war, verpasste Walde dem kompletten Kinderzimmer einen zweiten Anstrich. Am Schluss wurde die Farbe knapp und er musste den letzten Rest aus dem Eimer kratzen. Als er auf die Uhr sah, war es kurz vor elf.

Er rief bei Doris an. Ihre Stimme klang müde. Sie erzählte, dass sie zusammen mit Marie einen Film anschaue und bald schlafen gehen wolle.

Walde ging hinaus auf die Terrasse. Die riesige Libanonzeder im Klostergarten hob sich schwarz gegen den rötlichen Nachthimmel ab. Dahinter zog die angestrahlte Porta Nigra seinen Blick an. Er stellte sich vor, hier an einem warmen Sommerabend zu sitzen. Allein diese Atmosphäre war es wert gewesen, die Wohnung zu nehmen. Mist, er hatte vergessen, sich nach dem Befinden von Richter Harras zu erkundigen. Er zögerte einen Moment, dann ging er hinein.

Nach dem dritten Läuten wollte er auflegen. Da meldete sich der Richter.

»Entschuldigen Sie, dass ich Sie so spät noch anrufe, Kommissar Bock hier. Ich wollte mich erkundigen, ob ich etwas für Sie tun kann.«

»Danke der Nachfrage.« Harras schwieg.

Walde überlegte. Eine gute Nacht zu wünschen wäre ebenso Hohn gewesen wie eine ‚angenehme Nachtruhe‘ oder ähnliches. »Gut, dann bis später!«

Als sein Gegenüber aufgelegt hatte, hielt Walde noch eine Weile den Hörer in der Hand.

Ein kalter Ostwind war aufgekommen. Walde zog den Reißverschluss seiner Jacke bis unter das Kinn. Von den Bäumen in der Allee tropfte der alte Regen. Er nahm nicht den direkten

Weg nach Hause. Vom Simeonstift-Platz bog er durch das Margaretengässchen in die Fußgängerzone ein. Die über die Simeonstraße gespannten Weihnachtslichterketten waren erloschen. Ab und zu ließ ein Windstoß sie schwanken und schickte den wenigen Leuten, die zu später Stunde noch unterwegs waren, nasse Grüße entgegen.

Am Hauptmarkt duckten sich die geschlossenen Holzbuden des Weihnachtsmarktes vor St. Gangolf, als halte hier eine stumme Herde Rast.

Das Licht hinter den Fenstern der *Gerüchteküche* schien ihm so warm und einladend entgegen, dass Walde dorthin strebte wie die Motte zum Licht.

Drei Augenpaare blickten zu ihm herüber, als er durch die Tür kam. Vor Uli, dem Wirt, saßen Rita und Jupp an der Theke. Walde setzte sich auf den freien Hocker zwischen ihnen.

»Und, weitergekommen?«, fragte Uli hinter der Theke.

Walde nickte: »Das Kinderzimmer ist fertig. Und, wie läuft"s bei dir?«

»Nix los«, Uli wies auf die leeren Tische und zapfte Bier in ein Glas.

»Tach, Rita«, begrüßte Walde die Frau zu seiner Linken.

»Tach, lange nicht mehr gesehen.« Rita hörte sich leicht betrunken an.

Jupp zu seiner Rechten schüttelte den Würfelbecher und linste auf seinen Wurf: »Pasch fünf.«

»Will ich sehn«, sagte Uli.

»Dann guck«, er hielt ihm grinsend den Bierdeckel mit den beiden Würfeln unter die Nase. »Ein sauberer Hattrick, ist nicht dein Abend, Uli.«

Im Hintergrund lief leise ein alter Live-Mitschnitt von Frank Zappa.

»Wie sieht's aus, Uli«, fragte Rita. »Gibt's noch was zu essen?«

»Du siehst ja, ich bin allein. Elfi hat um zwölf Schluss gemacht. Höchstens einen Toast oder einen Salat kannst du haben.«

»Vielleicht noch ein wenig Putenbrust auf dem Salat?«, flötete Rita.

»Für mich auch, wenn's keine Umstände macht.« Walde hatte den ganzen Tag über nichts Vernünftiges gegessen.

»Weil ihr es seid.« Uli stellte Walde ein Glas Bier hin und verschwand in der Küche, wo bald darauf die Lüftung rauschte.

Ulis Knobelpartner machte ein paar Probewürfe.

»Wann ist es soweit?«, fragte Rita und schickte eine Weinfahne zu Walde hinüber.

»Dass die Eintracht in die Erste Bundesliga aufsteigt?«

»Mit eurem Nachwuchs, du Blödmann.«

»In zwei, drei Wochen.« Walde trank einen großen Schluck.

»Und der Umzug?«

»Läuft in einer Woche, wenn alles gut geht.«

Rita zündete sich umständlich eine Zigarette an: »Dann wird's ja so schnell nicht langweilig.«

»Soviel ich weiß, ist das hier immer noch die einzige rauchfreie Kneipe in der Stadt«, bemerkte Jupp von nebenan.

»Entschuldige, hab' ich verdrängt.« Rita fuchtelte auf der Suche nach einem Aschenbecher hilflos mit der Zigarette herum. Walde griff nach seinem Glas und musste feststellen, dass es bereits leer war.

»Kann ich noch ein Bier haben?«, rief er in Richtung Küche. Als er keine Antwort erhielt, rutschte er vom Hocker und ging hinter den Tresen.

Unter dem Zapfhahn standen zwei mit Schaum gefüllte Gläser.

»Für mich auch noch eins«, meldete sich Ulis Knobelpartner. »Wie ist es mit einer Partie?« Jupp schüttelte den Knobelbecher. »Und bitte andere Musik.«

»Einen Moment.« Walde ließ Bier nachlaufen und sah die CDs im Regal hinter der Theke durch, entschied sich für eine weitere CD von Frank Zappa und drehte die Musik lauter. Er schenkte wieder Bier nach und stellte Jupp ein überschäumendes Glas auf den Deckel. Mit zwei Schaumfängern versuchte er, das Malheur zu beheben.

Die Kneipentür ging auf. Ein Mann in schwarzer Lederjacke, den Walde noch nie hier gesehen hatte, kam herein. Er blieb in der Tür stehen und ließ seinen Blick durch das Lokal schweifen.

»Der hat uns heute noch gefehlt!«, seufzte Jupp.

»Was hast du gegen Zappa?«

»Nee«, Jupp deutete mit dem Kopf zur Tür.

»Gibt's Ärger mit dem?«, Walde flüsterte.

»Keine Ahnung, der guckt so bös', sieht nach Kontrolle aus«, Jupp deutete mit dem Kopf zur Küche.

Der neue Gast setzte sich auf den ersten Hocker in der Nähe des Eingangs.

Das musste ein Kontrolleur vom Gewerbeaufsichtsamt sein. Dass der zu so später Stunde noch unterwegs war? Walde überlegte, ob er in der Küche Bescheid sagen sollte. Er nahm eine Speisekarte vom Stapel neben der Kaffeemaschine und blätterte sie durch. Soweit er sehen konnte, waren darin die Zusatzstoffe vermerkt. Er erinnerte sich, dass Uli sich kürzlich darüber aufgeregt hatte, dass er 20 Euro Strafe zahlen musste, weil er keine Phosphate und ähnliches Zeug auf der Karte vermerkt hatte, wie es das Lebensmittelgesetz neuerdings vorschrieb.

Walde reichte dem neuen Gast die Karte hinüber.

Der sah nicht hinein und sagte: »Muss ernste Wort räden mit dir!«

»Sie stammen wohl nicht von hier?« In dem Moment, als er es sagte, bereute es Walde schon.

»Ist Probläm?«

»Nein, nein«, bemühte sich Walde seinen Fauxpas auszubügeln. »Aber ich wüsste nicht, was Sie mit mir zu besprechen hätten.«

»Wenn mein Job vorbei, mach' was dagegen, Jungä«, beharrte der Besucher.

»Machen Sie Ihren Job«, forderte ihn Walde genervt auf.

Der Mann warf die Karte auf die Theke: »Isch nix ässen, isch will...«

Zappas Gitarrensolo übertönte die Stimme des Besuchers. Walde beugte sich über die Theke, um ihn besser verstehen zu können. Er spürte, wie sein Gegenüber leicht zurückzuckte. Was war mit dem Kerl los?

Walde zapfte Bier nach.

»Tschö, ich bin weg.« Ulis Knobelpartner stellte den Becher neben sein leeres Glas und rutschte vom Hocker.

»Wie ist es mit Bezahlen?«, rief ihm Walde nach.

»Ich hab' mehr gewonnen, als ich getrunken hab'.« Jupp schlurfte, sich seine Jacke überstreifend, in Richtung Ausgang und nickte dabei Rita zu.

In der Küche rauschte weiter die Lüftung. Wann war Uli endlich mit dem Essen fertig?

»Du schwär krank, Jungä«, fing der Kerl wieder an und schüttelte den Kopf.

»Und wie lautet die Diagnose, Herr Doktor?«

»Du mähr verzocken als verdienän.«

»Ich denke, das geht Sie einen feuchten Kehricht an. Apropos Dreck, hier ist alles in Ordnung, da drüben ist die Küche. Wenn Sie einen Blick...« Weiter kam Walde nicht. Der Mann packte ihn blitzschnell am Hemdkragen und riss ihn zu sich. Walde stützte sich im letzten Moment mit den Händen an der Theke ab, um nicht mit der Brust aufzuschlagen. Er starrte auf ein Messer in der Linken des Mannes. Der Griff an seinem Hals wurde noch fester.

Die Augen des Mannes funkelten. »Du morgen zahlen Rächnung von Rotdruck, sonst isch kommä wieder.« Sein Atem roch nach Pfefferminze.

Walde versuchte die Worte zu verstehen. Er schielte nach rechts. Rita saß teilnahmslos auf ihrem Platz und starrte vor sich hin. Von Uli war immer noch nichts zu sehen.

»Ganz ruhig, alles klar«, Walde versuchte, deutlich zu reden. »Ich habe verstanden, geht in Ordnung.«

Seine Gedanken rasten in Höchstgeschwindigkeit. Eskalation vermeiden, Ruhe in die Situation bringen, Forderungen akzeptieren. Es blieb ihm auch nichts anderes übrig. Seine Dienstpistole lag im Präsidium. Wie gerne hätte er jetzt die hektische Musik leiser gedreht.

Der Kerl war kein Lebensmittelkontrolleur. Er musste ein Schuldeneintreiber sein, der ihn mit Uli verwechselte. Der hatte anscheinend seine Druckereirechnungen für das *Extrablatt* nicht bezahlt.

Vorsichtig löste Walde eine Hand von der Theke und zeigte die offene Innenfläche.

»Hand runter!«

Walde tat wie befohlen. Er überlegte. Sollte er versuchen, das Missverständnis aufzuklären?

»Du verstanden?«

»Ja, ich bezahlen«, fiel Walde ins gleiche Kauderwelsch. »Bargeld oder Scheck?«

»Nix Bargeld, nix Schäck, du gähn zu Bank.«

»Jetzt?«, fragte Walde.

»Nix jätzt, du gähn morgen zu Bank, sonst...«, er hob das Messer, »isch komme wieder.«

Das Messer schnellte nach vorn. Walde schloss die Augen und wartete auf den Schmerz. Er spürte, wie der Druck an seinem Kragen nachließ, und federte zurück. Der Mann knallte die flache Hand auf die Theke, drehte sich um und ging zum Ausgang.

Walde atmete tief durch. Wie dumpfe Hammerschläge pochte der Herzschlag in seinen Ohren. Vor ihm lag etwas Winziges auf der Theke. Es war rund und milchig weiß. Walde betastete seinen Hemdkragen. Der oberste Knopf fehlte. Er strich mit den Fingerspitzen am Hals entlang und betrachtete anschließend seine Hände. Es klebte kein Blut daran.

Die Küchentür schwang auf, Uli balancierte zwei große Teller in Schulterhöhe.

»Na endlich gibt's Essen!«, lallte Rita.

Walde starrte auf den Salatteller, der vor ihm auf der Theke stand. Langsam wurde ihm bewusst, was soeben passiert war. Seine Hand wanderte zum Hemdkragen und befühlte die Stelle, wo sich noch bis vor wenigen Minuten ein Knopf befunden hatte. Eine falsche Bewegung, und der Kerl hätte ihm...

Er wollte den Gedanken nicht weiterspinnen. Mit Verletzungen am Hals war nicht zu spaßen, das wusste er von Messerstechereien, bei denen er ermittelt hatte.

»Was ist los?«, fragte Uli.

»Hast du Schulden?«

»Alle Geschäftsleute haben Schulden.«

»Dann möchte ich doch lieber im Staatsdienst bleiben.« Walde trank sein Bier aus und hielt Uli das leere Glas hin. »Du hast dir den richtigen Zeitpunkt ausgewählt, in die Küche zu gehen.« Walde erzählte, was geschehen war.

»Oh Gott, so ein Mist, das darf doch nicht wahr sein.« Uli bekam sich nicht mehr ein vor Ärger und Scham. »Dass ich dich in so eine Situation bringen musste!«

»Egal.« Walde winkte ab. »Aber beim nächsten Mal mach' ich die Putenbrust.«

Donnerstag, 21. November

Walde wachte in seiner alten Wohnung auf. Er lauschte. Keine Vogelstimmen waren zu vernehmen. Auch die noch schwachen Geräusche des Verkehrs sagten ihm, dass es vor Tagesanbruch sein musste. Im Kopf ging er eine Liste von Materialien durch, die er im Baumarkt besorgen wollte. Dann überlegte er, welche Renovierungsarbeiten er heute in Angriff nehmen würde. Darüber schlief er wieder ein.

Im Traum tauchten diffuse Bilder aus dem Kreißsaal auf. Er blickte in das Gesicht eines Kindes. Es wirkte wächsern. Ein Kranz von Haaren, die sich lang an den Körper schmiegten, rahmte es ein. Sie reichten bis über die Hüften. Ein Bein verharrte in einer unnatürlichen Position. Er schreckte auf. Schwaches Tageslicht drang durch die Fenster und dazu das Brausen des Verkehrslärms. Die Uhr zeigte sieben Uhr dreißig.

Eine Stunde später lud er Farbtuben, Spachtelmasse und einen variabel verstellbaren Schraubenschlüssel, dem er am Schnäppchenregal des Baumarktes nicht hatte widerstehen können, aus dem Kofferraum des *Volvo*s. Eine Kiste Wein, von zu Hause mitgebracht, trug er als erstes in den Keller. In der Wohnung hatte der Geruch nach altem Kleister und Tapeten noch immer die Oberhand über die frische Farbe behalten.

Walde hatte gerade einen Becher Spachtelmasse angerührt, als es an der Wohnungstür klingelte. Diesmal war es die bekannte Zwei-Ton-Sequenz aus Beethovens Fünfter Sinfonie, die der Zufallsgenerator ausgewählt hatte.

»Stör' ich?« Grabbe blieb in der Wohnungstür stehen.

»Komm' herein!«, forderte Walde ihn auf.

»Stör' ich wirklich nicht?«

»Wenn es dir nichts ausmacht, dass ich weiterarbeite?« Walde schüttete Pulver aus der Kleisterpackung in einen halb mit Wasser gefüllten Eimer. »Du warst gestern so plötzlich aus der Pathologie verschwunden.«

»Ich musste an die frische Luft.«

»Ist dir wieder schlecht geworden?«

»Dieser Assistent von Hoffmann ist ein Ekelpaket. Hast du gesehen, dass der nicht mal Handschuhe trug?« Grabbe verzog das Gesicht. »Und dann hat er sich noch den Hautfetzen an die fettigen Brillengläser geschmiert. Unmöglich, dieser Typ.«

»Das Bein war schlimmer«, sagte Walde.

»Hatte er kurze Hosen an?«

»Nein, das Raucherbein, das er auf dem Tisch hatte.«

Grabbe schüttelte zweimal ruckartig den Kopf, als wollte er die Gedanken aus dem Kopf schleudern. »Kann ich dich mal kurz sprechen?«

»Ich dachte, das tun wir bereits.« Walde ließ den Stab in den Kleister sinken und richtete sich auf. »Woher hast du meine neue Adresse?«

Grabbes Blick folgte Waldes Kopf wie einem Fahrstuhl, der nach oben fuhr und nun ein Stockwerk über ihm anhielt.

»Von Gabi, aber ich bin privat hier.«

»Um was geht es?« Walde legte eine Zeitung auf einen gedeckelten Farbeimer und bedeutete Grabbe, darauf Platz zu nehmen. Er selbst klappte die Werkzeugkiste zu und setzte sich darauf.

Grabbe schreckte zusammen, als sich beim Hinsetzen der Deckel des Eimers verschob: »Das würde noch fehlen, dass ich in der Farbe lande.«

»Was ist los?«

»Du weißt ja selbst, was bei uns los ist. Zu wenig Personal, Überstunden bis zum Abwinken. Und obendrein lief in letzter Zeit für mich noch einiges schief«, hob Grabbe in resigniertem Ton an. »Erst passiert das mit der Leiche auf der Insel, wo ich versäumt habe, die Taschen zu untersuchen, dann kriege ich so langsam wieder die Kurve und mache etwas Boden gut, aber dann gräbt Gabi mir das Wasser ab.«

»Warum?«

»Sie hat einen Zeugen gefunden, der am Tatabend einen Mann beobachtet hat, der bei Hanna Harras zu Besuch war«, sagte Grabbe.

»Und?«

»Es soll ein Promi sein.« Grabbe schüttelte den Kopf. »Und Gabi sagt mir nicht, wer es ist.«

»Das wird sie schon noch tun müssen«, bemerkte Walde.

»Mir geht das auf den Geist, außerdem...«

»Was?«, fragte Walde, als sein Gegenüber schwieg.

»Ich glaube, ich bin nicht für diesen Job geschaffen. Zumindest nicht für alles. Schon den Geruch in Krankenhäusern kann ich kaum ertragen. Und dann erst die Pathologie...«

»Dann versuche, im Dezernat von Meier unterzukommen«, schlug Walde vor.

»Nee, da läuft mir zuviel Routine. Mich reizen knifflige Ermittlungen.« Grabbe versuchte, eine andere Position auf dem Eimer einzunehmen. »Aber das ist jetzt auch egal. Gestern habe ich mich in Luxemburg vorgestellt.«

»Bei der Gendarmerie?«

»Nein, bei einer Security-Firma, die so ziemlich alles anbietet, von Objektschutz bis zu Werttransporten.«

»Auch Inkasso?«, fragte Walde.

»Nein«, Grabbe sah seinen Kollegen irritiert an. »Ich würde fast das Doppelte verdienen.«

»Und?«, hakte Walde nach.

»Ausgerechnet an dem Tag, wo ich in Luxemburg bin, wird diese Harras gefunden und Gabi kann sich den Fall unter ihre langen Nägel reißen.«

Walde zuckte die Schultern.

»Ich weiß, du hast andere Probleme, entschuldige, dass ich dich von der Arbeit abhalte.« Erst jetzt schaute sich Grabbe im Raum um. »Toller Stuck, aber ganz schön hohe Decken.«

»Mir täte es Leid, wenn du gehen würdest«, sagte Walde. Er zog den Kleistereimer zu sich heran, dessen Inhalt inzwischen verarbeitungsfertig schien. Walde erhob sich und baute den Tapeziertisch zusammen. Dabei schob er mit dem Fuß Farbeimer und Abdeckfolie zur Seite. Grabbe half ihm, das Gestell unter dem Tisch zusammenzustecken.

»Ich würde es bedauern, wenn du nach Luxemburg gingst«, wiederholte Walde.

»Wirklich?«

»Ich schätze deine Stärken.«

»Wirklich?«

»Die liegen vielleicht nicht im Bereich Tat- oder Fundortermittlung, aber ich finde, du bist ein guter Polizist und hast auf vielen Gebieten Stärken, die wir im Team gut gebrauchen können. Du hast zum Beispiel ein Händchen für Computer und du recherchierst gut.«

Grabbe schwieg.

»Und ich bin sicher, dass andere ebenso denken, auch Gabi.«

Es klingelte. Grabbe nahm sein Telefon heraus.

»Grabbe!«

Er hörte eine Weile zu und sagte dann: »Ich bin gleich da.«

Er steckte das Telefon wieder ein. »Gabi hat einen Durchsuchungsbeschluss. Der Promi, der bei Hanna zu Besuch war, heißt Balzer, dieser Immobilienhai, du hast bestimmt auch schon von ihm gehört.«

»Wer kennt ihn nicht?« Walde unterließ es zu erwähnen, dass er mit Balzer fünf Jahre im selben Klassenraum gesessen hatte.

*

Kaum schlug die Eingangstür des Präsidiums hinter Grabbe zu, kam ihm Gabi an der Spitze einer Gruppe Kollegen entgegen. Unter ihrem offenen Mantel trug sie wie üblich einen kurzen Rock. Ihre Pumps klapperten über den Marmor des erst kürzlich bezogenen Gebäudes, in dem bis vor wenigen Jahren die Kommandantur einer französischen Garnison untergebracht war.

»Los, Grabbe, aufsitzen!«, Gabi stürmte an Grabbe vorbei, dicht gefolgt von Meier und einem halben Dutzend Polizisten in Uniform und vier Technikern, die Koffer und Gerätschaften schleppten.

Gabi fuhr wie immer am Limit. Neben ihr saß Meier, die rechte Hand am Haltegriff über der Tür, in der Linken eine Zigarette. Grabbe hatte sich auf der Rückbank festgeschnallt und kämpfte gegen die aufkommende Übelkeit an.

»Wir fahren zu Balzers Wohnung, sein Büro wird gleichzeitig durchsucht, ich will keine Minute verlieren«, sagte Gabi, die den Wagen in der Südallee durch den mäßigen Vormittagsverkehr schlängelte. »Den pack' ich mir an seinem knackigen

Arsch.« Sie überholte im Kreisverkehr vor den Kaiserthermen einen Bus und bog dicht vor ihm in die Olewiger Straße ab.

»Gib' mir auch eine«, sagte sie zu Meier, der ihr gleich bereitwillig die offene Packung hinhielt.

Bis sie vor Balzers Haus anhielt, war es Grabbe trotz heruntergedrehter Scheibe kotzübel. Er lehnte sich, tief durchatmend, an den Wagen, während Gabi telefonisch den Befehl an die Kollegen gab, nun auch in Balzers Firma loszuschlagen.

Balzer öffnete ihnen in Shorts und T-Shirt. In sein blendendes Zahnpastalächeln mischte sich Überraschung, als Gabi ihm das Blatt mit dem Durchsuchungsbeschluss unter die Nase hielt. Ein Pulk Polizisten drängte an den beiden vorbei ins Haus.

»Mit wem wollen Sie telefonieren?«, fragte Gabi, als Balzer nach dem Telefon griff.

»Na, mit wem schon, Mädel?« Balzer hatte in Sekundenschnelle seine Fassung wiedergewonnen. Sein kantiger Kopf hatte kaum mehr Umfang als sein breiter Hals. Der Mann strahlte enorme körperliche Kraft aus.

»Sag's mir, Junge«, Gabi stellte sich dicht vor ihn und schaute zu Balzer auf, dem das Grinsen wieder abhanden kam.

»Mit meinem Anwalt, Dr. Haupenberg, wenn es der Dame recht ist.«

»Geht in Ordnung, mein Herr, wir fangen derweil schon mal an.« Gabi streifte sich Gummihandschuhe über. »Halten sich zur Zeit noch weitere Personen im Haus auf?«

»Nein, die Kinder sind in der Schule, meine Frau ist zur Arbeit und ich habe auch gleich einen Geschäftstermin.«

Balzer ging in einen Nebenraum.

»Tut mir Leid, ich muss Sie begleiten.« Gabi folgte ihm.

»Warum?«

»Sie könnten Beweisstücke verschwinden lassen.«

»Dann gehe ich raus auf die Terrasse.«

»Wenn Sie keine Angst haben, sich in dem Aufzug den A...«, Gabi sah Balzer auf die muskulösen Beine, »sich was abzufrieren, hab' ich nichts dagegen.«

»Aber dann ist hier kein Zeuge zugegen«, bemerkte er.

»Dann bleiben Sie doch hier!«

»Da habe ich einen anderen Vorschlag. Ich gehe jetzt raus und Sie warten solange.«

Gabi nickte genervt und wies ihre Kollegen, die bereits in den Schränken stöberten, an, ihre Arbeit zu unterbrechen.

»Der weiß genau Bescheid«, sagte Meier, der sich nach einem Ascher für seine Zigarette umsah. »Er hat seine Karriere beim Finanzamt begonnen und war jahrelang in der Steuerfahndung tätig. Zudem kennt er sich bestens in Wirtschaftsrecht aus. Man sagt, er würde dieses Wissen heute mehr denn je nutzen, um auf dem schmalen Grat am Rande der Illegalität zu balancieren.«

Als Balzer zurückkam, verteilten sich die Polizisten auf verschiedene Räume. Gabi folgte Grabbe in ein Zimmer, das neben einem Schreibtisch, Regalen mit Büchern und einer Musikanlage, eine Vielzahl von LPs und CDs enthielt.

Draußen quietschten Reifen.

Gabi sah durchs Fenster: »Haupenberg ist schon da.«

»Da hat er aber alles aus seinem *Maybach* herausgeholt«, sagte Grabbe.

»Nee, den hat er nicht mehr, er fährt jetzt *Porsche*.«

»Und wo ist der *Maybach* geblieben?«

»Der ist den Bach runter, zusammen mit seinem guten Ruf und einem Großteil seiner Mandanten. Seit sein Höhenflug als Wirtschaftsberater eine jähe Bruchlandung erlebt hat, ist er auf jeden Auftrag angewiesen.«

»Immerhin fährt er noch *Porsche*«, bemerkte Grabbe.

»Aus dritter Hand, alt und klapprig, meinen *Z 3* würde ich nicht mal gegen drei von der Sorte tauschen.«

*

Walde schwitzte. Er versuchte, die Temperaturregelung der Heizung zurückzudrehen und stellte dabei fest, dass der Heizkörper bereits abgedreht war. Die erste Wand war beklebt. Weitere Tapetenbahnen hingen eingekleistert über der Tür. Er rückte geräuschvoll die Aluminiumleiter weiter, als Doris zur Tür hereinkam. Ihr heller Mantel spannte über dem Bauch.

»Hallo«, Walde wischte sich an einem Lappen die Hände ab und ging auf sie zu.

»Pass' bitte auf«, sagte sie und hielt ihm abwehrend die Hände entgegen.

»Keine Sorge, ich erdrück' euch nicht«, versuchte Walde sie zu beruhigen.

»Ich meine den Kleister, pass' bitte auf, dass nichts davon auf den Mantel kommt.«

Walde küsste sie und drückte sie mit abgewinkelten Armen an sich. Ihr Duft ließ ihn ein paar tiefe Atemzüge durch die Nase nehmen: »Hm, ich hab' euch vermisst, was macht unsere Kleine, Jo hat einen neuen Namen für sie: Lioba!« Er strich Doris sanft über den Bauch und zog dann erschreckt die Hand zurück, um zu sehen, ob er nicht doch Kleisterspuren hinterlassen hatte.

»Sag' ihm, auch Lioba wird sie ganz sicher nicht heißen. Ich bin unterwegs zum Ultraschall. Letzte Nacht hat sie mir mitgeteilt, dass sie sich noch nicht zwischen Boxen und Fußballspielen entscheiden kann.« Doris schaute sich im Raum um. »Sehr schön! Auch das Kinderzimmer habt ihr gut hingekriegt.«

»Warst du schon drin?«, fragte Walde.

»Ich hab's gestern geseh'n.«

»Gestern?«

»Ich war zweimal hier, aber du warst immer unterwegs.«

»Da war ich wohl gerade zum Baumarkt.« Walde zeigte auf die Eimer und Materialien, die ringsum auf dem Boden standen. »Irgendwas fehlt immer.« Im selben Moment hätte er sich sonst wohin beißen können. Warum hatte er Doris nicht gesagt, dass er von seinem Chef um Hilfe gebeten worden war? Es ging doch mit der Renovierung gut voran und alles lief im Zeitplan. Sie konnte ihm nicht vorwerfen, dass er sich zu wenig um die neue Wohnung kümmerte.

»Fallen dir wirklich keine Namen ein, die man halbwegs gebrauchen könnte, wie zum Beispiel Hanna «, fragte Doris.

»Wie kommst du auf Hanna?«

»Was hast du gegen Hanna?«

Walde überlegte. Heute hatte er noch keine Tageszeitung gelesen. Stand schon etwas über den Mord drin? Von der Presse hatte er überhaupt nichts mitbekommen.

»Soll ich dich zum Arzt begleiten?«, fragte er.

»Dann trocknen die eingekleisterten Bahnen ein.« Doris strich mit einer Hand an den über der Tür hängenden Tapeten vorbei. »Ich ruf' dich später an und sag' dir, was der Arzt meint.«

*

Balzer öffnete seinem Anwalt die Tür. Haupenberg, im langen braunen Mantel mit dunklem Pelzbesatz am Kragen und breitkrempigen Hut, trat in die Diele.

»Schön, dass Sie so schnell kommen konnten«, Balzer nahm Haupenberg Mantel und Hut ab.

Gabi, mit Grabbe im Schlepptau, kam hinzu und reichte dem Anwalt die Hand.

»Wir kennen uns bereits«, sagte sie und registrierte, wie der Anwalt unter ihrem festen Händedruck zusammenzuckte. Balzer führte die drei in sein Arbeitszimmer, wo sie sich um einen mit Plänen bedeckten Tisch setzten.

»Darf ich...«, Haupenberg unterbrach sich, als Gabi ihm den Durchsuchungsbeschluss herüberreichte. »Können Sie bitte näher begründen, warum Sie das Haus meines Mandanten durchsuchen?« Haupenberg nahm eine randlose Lesebrille aus einem goldglänzenden Etui.

»Nicht nur die Wohnräume, auch das Büro und den Wagen von Herrn Balzer«, grinste Gabi.

Balzer griff reflexartig zum Telefon, legte es aber wieder zurück, nachdem er mit Haupenberg einen Blick gewechselt hatte.

»Warum erfahre ich das erst jetzt?«, fragte Haupenberg.

Er bekam keine Antwort. Haupenberg blickte zwischen Gabi und Grabbe hin und her.

»Womit begründen Sie die Durchsuchung?«, kam Haupenberg auf seine ursprüngliche Frage zurück.

»Vorgestern Abend ist die Studentin Hanna Harras in ihrer Wohnung am Weidengraben ermordet worden.«

Balzer wischte sich mit der Hand über die Stirn, sodass Gabi keine eindeutige Reaktion in seinem Gesicht ausmachen konnte.

»Uns liegen Hinweise vor«, Gabis Blick fixierte immer noch Balzer, »dass Sie sich zur Tatzeit in der Wohnung aufgehalten haben.«

»Hinweise?« Haupenberg nahm die Lesebrille ab.

»Eine Zeugenaussage«, sagte Gabi. »Sollten Sie die Aussage anzweifeln, werden wir gerne eine Gegenüberstellung arrangieren.«

Haupenberg wechselte erneut einen Blick mit seinem Mandanten: »Dazu äußern wir uns später.«

»Klären Sie uns dann bitte auch über die Art der Beziehung zwischen Ihnen und Frau Harras auf.« Gabi schaute weiter unverwandt zu Balzer hinüber. »Und für den Fall, dass Sie bestreiten, an dem besagten Abend bei Frau Harras gewesen zu sein, teilen Sie uns bitte mit, was Sie mit wem und wo getan haben.«

»Das ist mir doch zu dumm«, platzte Balzer heraus. »Ich lasse mich nicht in die Defensive drängen. Ich hatte nichts mit der Harras, wenn Sie darauf hinauswollen. Die war bei mir im Büro beschäftigt.«

»Ich dachte, Frau Harras war Studentin.«

»Ja, ja, ist... war sie wohl auch. Sie hat bei mir ein Praktikum absolviert und wurde anschließend als geringfügig Beschäftigte weitergeführt.«

»Und Sie pflegen abends die geringfügig Beschäftigten zu besuchen?«

»Ich habe ihr auf dem Heimweg etwas gebracht.«

»Ah, ja«, murmelte Gabi. »Und was?«

»Arbeit, irgendwelche eiligen Sachen aus dem Büro.«

»Ah, ja!«, war abermals Gabis Kommentar.

»Was heißt das denn, welchen Ton schlagen Sie überhaupt an?«, Balzer befand sich wieder auf dem Weg zur gewohnten Form.

»Bei Ton fällt mir ein, dass ich eine CD, es handelt sich um eine Doppel-CD von Joni Mitchel, in Ihrem Regal entdeckt habe, deren Kopie sich Hanna Harras wahrscheinlich vor ihrem Tod angehört hat.«

»Wollen Sie etwa damit diese Farce hier begründen?«

»Wir können genau feststellen, ob die Kopie von dieser CD stammt. Trotz aller digitalen Präzision, keine CD ist wie die andere. Es gibt immer Besonderheiten, feine Schwankungen, Abnutzungen, Beschädigungen. Müssen wir eine genaue Analyse vornehmen?« Grabbe nickte zu Gabis Ausführungen.

»Kann sein, dass ich ihr mal eine CD kopiert habe.« Balzer ignorierte die Geste seines Anwalts, die ihm bedeutete, nichts mehr zu sagen.

»Ah, ja, Sie kopieren CDs für geringfügig Beschäftigte.« Gabi zündete sich eine Zigarette an und beobachtete durch die offene Tür, wie die Kollegen Körbe mit in Folie verpackter Wäsche durch die Diele trugen.

»Was ist denn da los?« Balzer sprang erneut auf.

»Wir nehmen Ihre Wäsche mit.« Gabi blies den Rauch in Balzers Richtung.

»Was soll das?«

»Wir untersuchen Ihre Wäsche nach Faserspuren. Besonders die Schmutzwäsche.«

»Was soll das?«

»Das hat Ihnen meine Kollegin bereits erklärt«, ergriff Grabbe das Wort, »ich muss Sie bitten, mir auch die Kleidung auszuhändigen, die Sie im Moment tragen.«

»Soll ich nackt herumlaufen?«

»Wir haben Ihnen Ersatzkleidung mitgebracht.« Grabbe reichte Balzer eine Plastiktüte über den Tisch.

Balzer zog einen grünen Jogginganzug und Feinrippunterwäsche heraus. »Soll das ein Witz sein?«

Grabbe schüttelte den Kopf.

»Muss ich mir das gefallen lassen?«, wandte sich Balzer an seinen Anwalt, der gequält das Gesicht verzog.

»Herr Haupenberg, unterrichten Sie Ihren Mandanten darüber, dass er sich einigen Tests unterziehen muss.« Für Gabi hatte sich Balzer in Luft aufgelöst. »Das Mordopfer hatte kurz vor seinem Tod Geschlechtsverkehr. Es wurde zwar ein Kondom benutzt, aber andere Spuren an der Leiche und im Bett werden analysiert.«

»Ich hab' nichts damit zu tun«, Balzer stand auf. Für einen Moment wirkte er, als wolle er die Flucht ergreifen.

Gabi stand ebenfalls auf und bewegte sich in Richtung Tür, um ihm den Weg abzuschneiden.

Haupenberg griff ein: »Herr Balzer, bleiben Sie ruhig!«

»Niko, denk daran, wer hier wen bezahlt, ich lasse mir in meinem Haus von keinem vorschreiben, was ich zu tun habe!«, brüllte Balzer, der in seinem Anwalt ein Ventil für seine Wut fand.

Auf der Rückfahrt fragte Grabbe seine Kollegin: »Gabi, ist das wirklich nachweisbar, von welcher CD kopiert wurde?«

»Keine Ahnung, ist doch von Vorteil, wenn man neben Skat spielen auch ein wenig pokern kann.«

»Du meinst bluffen. Ich kann mir dich überhaupt nicht beim Pokern vorstellen.«

»Das hab' ich früher mal gespielt, Strippoker und so.«

»Du hättest es dir einfacher machen können«, sagte Grabbe.

»Das weiß ich heute auch, die anderen hatten immer mehr Unterwäsche an als ich.«

»Nein, ich meine eben bei Balzer.«

»Was hat der mit Strippoker zu tun?«

»Du hättest ihm mit einem Schriftvergleich drohen sollen. Die CD ist von Hand beschrieben, das hat er doch bestimmt selbst gemacht oder ist dafür seine Sekretärin zuständig?«

»Als Spielerin sollte man immer einen Trumpf in der Hinterhand haben.« Gabi lächelte verschmitzt.

*

Waldes Handy klingelte. Doris konnte das noch nicht sein.

»Hallo, Walde, wo bist du?«, fragte Gabis unverkennbare rauchige Stimme.

»Bei der Arbeit, wo sonst?«

Die Anruferin zögerte: »Beim Renovieren?«

»Ja, was gibt's?«

»Wir haben dem Balzer gehörig eingeheizt.«

»Und?«

»Und seine Wäsche...«

»Du bist ihm an die Wäsche gegangen?«

»Die haben wir komplett beschlagnahmt. Er war an dem besagten Abend bei ihr..., blödes Arschloch, kannst du nicht aufpassen?«

Die Hintergrundgeräusche, die aus Waldes Hörer kamen, klangen wie Reifenquietschen.

»Ich meine nicht dich«, Gabi sprach etwas lauter.

»Du bist mit dem Auto unterwegs?«, fragte Walde.

»Ja, so ein Capriodepp ist gerade vor mir eingeschert.«

»Du fährst doch nicht selbst?«

»Stell dir mal vor, der fährt bei diesem Scheißwetter noch mit offenem Verdeck!«

»Aber du benutzt doch hoffentlich die Freisprechanlage.«

»Und eine Sonnenbrille hat er auch noch auf. Dabei hat sich die Alte schon seit einer Woche nicht mehr blicken lassen.«

»Wer hat sich nicht mehr blicken lassen?«

»Och, Walde, du stehst auf der Leitung. Am besten hole ich dich ab. Dann fahren wir zu Harras.«

»Ich muss heute noch ein Zimmer fertig tapezieren, vorher kann ich hier nicht weg.«

Walde spürte, wie nach dem Gespräch schlechte Laune in ihm aufstieg. Lustlos kleisterte er die Tapete ein und fluchte, als er beim Zusammenklappen erst beim dritten Mal die Naht traf. Er wischte mit einem Lappen den Tapeziertisch sauber und schaute in den Garten, wo welke Blätter auf dem moosigen Rasen klebten. Er musste mit Gabi reden. Sie war keine schlechte Polizistin, aber ihre Umgangsformen gingen ihm mächtig auf den Geist.

Zwei Minuten später erklang eine Sequenz aus Robert Schumanns *Träumerei*. Walde versuchte von der Leiter aus, eine frische Bahn unter der Decke anzusetzen. Die Klingel gab ‚*Freude, schöner Gotterfunken*' zum Besten.

»Shit!« Walde eilte zum Türöffner.

Gabi stöckelte herein: »Tut mir Leid, ich hab' keinen guten Parkplatz gefunden. Wir sollten möglichst bald aufbrechen. Harras ist zu Hause, ich hab' uns angemeldet.«

Walde betrachtete ihre spitzen Absätze. Er befürchtete Abdrücke im Parkett.

»Gefallen dir die Schuhe?«

»Nein…«

»Du bist aber heute Morgen gar nicht charmant.«

»Nein, ich dachte nur, deine Schuhe könnten Abdrücke im Holzboden...«

»Das wird echt schön!«, unterbrach ihn seine Kollegin. »Aber die Tapete ist nicht ganz gerade.« Sie deutete auf die Bahn, bei der Walde gestört worden war. Sie hatte sich unter der Last der noch gefalteten unteren Hälfte gelöst und hing nun etwa einen Meter schräg unter der Decke. Draußen hupte jemand.

Walde rückte die Tapete in die richtige Position und strich sie mit einer Bürste glatt. »Woher hast du meine Adresse?«

»Von Grabbe. Können wir dann?«, drängte Gabi. Wieder hupte es draußen.

»Darf ich mich noch umziehen?« Walde schnappte sich seine Kleider und ging Richtung Bad.

»Du kannst dich ruhig hier bei mir umziehen, ich habe schon mehr als einen nackten Mann gesehen«, rief Gabi hinter ihm her.

Als sie aus der Tür kamen, war ein lautes Hupkonzert im Gange. Gabis *Z3* versperrte die Einbahnstraße. Hinter ihr stand eine Reihe von Fahrzeugen, darunter ein Stadtbus. Die Fahrer waren teils ausgestiegen und schimpften, als Gabi auftauchte. Sie stöckelte schnurstracks auf einen kräftigen Mann im grauen Kittel zu, der direkt hinter ihrem Auto neben einem Lieferwagen stand.

»Hast du die ganze Zeit da gestanden?«, rief Walde. Er sah, wie Gabi dem Mann etwas zurief, was Walde nicht verstand, und ihre Handtasche öffnete. Sie ließ ihn hineinschauen. Der

Fahrer stieg wortlos in seinen Lieferwagen und traute sich nicht mehr, über das Armaturenbrett hinauszusehen.

»Gabi, nun komm' endlich!«, rief Walde, während er versuchte, seine Beine im Wagen unterzubringen. Mit Schaudern registrierte er, dass das Verdeck offen war.

»Das musste mal gesagt werden.« Gabi ließ sich auf den Sitz plumpsen und startete den Wagen.

»Ich will nicht wissen, was du dem armen Mann erzählt hast«, Walde beeilte sich mit dem Anschnallen, schaffte es aber nicht mehr rechtzeitig, bevor die Reifen des *BMW* auf dem Pflaster durchdrehten. »Ich muss mal mit dir reden.«

»Schieß los.«

»N i c h t jetzt.«

Gabi bog im dritten Gang auf den Simeonstift-Platz ein. Der Wagen schleuderte über drei Spuren und kam dem angrenzenden Busparkplatz bedenklich nahe. Das Gebläse pustete volle Kanne warme Luft aus dem Fußraum hoch.

»Ist dir aufgefallen, dass wir November haben?« Walde schaute zu Gabi hinüber und bemerkte erstaunt, dass sie inzwischen Kopftuch und Sonnenbrille trug.

»Wem musst du eigentlich ständig beweisen, dass du die ruppigsten Manieren der ganzen Trierer Polizei hast?«

»Das hab' ich mir bei der Sitte so angewöhnt.«

»Das kann vielleicht im Rotlichtmilieu von Nutzen gewesen sein, aber sonst ist das nur kontraproduktiv, nervend und, was weiß ich... einfach idiotisch.«

»Jetzt krieg' dich aber wieder ein«, maulte Gabi. Sie schnaubte eine Weile, sichtlich bemüht, sich zu beherrschen. Als ihre Atmung sich wieder beruhigt hatte, fragte sie mit halblauter Stimme: »Ist es wirklich so schlimm?« Dabei überfuhr sie eine rote Ampel.

»Noch schlimmer«, entgegnete Walde. »Du fährst auch noch wie ein Henker.«

»Mein Vorgänger Harry hat auch einen ziemlich heißen Reifen gefahren.«

»Erstens ist Harry hoffentlich bald wieder im Dienst und zweitens ist er nur schnell gefahren, wenn es darauf ankam.«

»Okay. Was soll ich tun? Ich kann nicht von heut‘ auf morgen vom Saulus zum Paulus werden.«

»Mein Vater hat immer gesagt ‚Selbsterkenntnis ist der erste Weg zur Besserung‘, da ist was dran. Versuche doch einfach mal, deine Gewaltausbrüche nur zu denken.«

»Du meinst als so eine Art Gewaltfantasie?«

Walde nickte: »Und noch ein Tipp: Zähl immer erst bis zehn.«

»Warum denn das?«

»Zehn Sekunden können ausreichen, sich wieder halbwegs in den Griff zu kriegen.«

In der Auffahrt zu Richter Harras‘ Haus schlitterte Gabis Wagen bis knapp an den chromglänzenden Bullenfänger eines gewaltigen *Dodge* mit Koblenzer Kennzeichen heran. Als Walde und Gabi ausstiegen, entdeckten sie hinter dem Pickup einen Haufen gespaltener Holzscheite. Auf der Ladefläche lagen verstreute Reste dunkler Baumrinde.

Gabi stapfte in den Carport hinein, wo der Wagen des Richters stand.

»Der hat eine Menge Holz in der Hütte.« Sie strich an den Scheiten vorbei, die rings um den Wagen an den Bretterwänden aufgeschichtet waren. Walde blieb draußen stehen.

»Was haben wir denn hier?«, hörte er Gabi rufen. »Eine 1000er *Yamaha* hätte ich dem ollen Harras gar nicht zugetraut.«

Walde folgte ihr durch den Spalt zwischen Holz und Wagen und erblickte dahinter ein verstaubtes Motorrad, das offensichtlich schon seit Jahren dort stand.

»Das hat wohl seinem Sohn gehört«, sagte Walde. »Es ist eine längere Geschichte, die ich dir später erzählen werde.«

Als die beiden aus dem Carport kamen, sahen sie, wie Richter Harras sich an der Haustür von einem weißhaarigen Mann verabschiedete, der ihnen gleich darauf in ausgelatschten Cowboystiefeln entgegenkam.

»Soll ich Sie rauslassen?«

»Das wäre nett, schöne Frau«, sagte der Mann galant und setzte ein gewinnendes Lächeln auf.

In Anspielung auf den Stau, den sie vor Waldes Tür verursacht hatte, sagte Gabi: »Ich will ja niemanden unnötig aufhalten.«

»Mit Verlaub«, der Cowboy kletterte nach oben in seinen Wagen. »Meinen *Dodge* kann man schlecht aufhalten, und mich erst recht nicht.«

Mit röhrendem Motor fuhr er dem rückwärts rangierenden *BMW* hinterher.

Harras war an der Haustür stehen geblieben und wartete zusammen mit Walde auf Gabi.

»Netter Holzfäller«, sagte Gabi, als sie zurückkam und sie gemeinsam ins Haus gingen.

Harras führte sie in das Zimmer, im dem Walde auch am Vortag empfangen worden war. Ohne den Besuchern etwas anzubieten, nahm der Richter am Kopfende des Tisches Platz. Walde und Gabi setzten sich nebeneinander an eine Längsseite. Auf einer Kommode stand ein gerahmtes Foto, auf dem Hanna und ein ebenfalls blonder junger Mann in die Kamera lächelten.

»Bitte entschuldigen Sie, dass wir Sie schon wieder aufsuchen, aber Ihnen brauche ich ja nicht zu erklären, dass wir nur unsere Arbeit tun und jeder Spur nachgehen müssen.«

Der Angesprochene nickte kaum merklich. Walde kannte Harras nicht gut genug, um Vergleiche ziehen zu können. Der Mann war aber sicher nicht immer so blass. Ohne viel Beobachtungsgabe war zu sehen, dass er letzte Nacht nicht geschlafen hatte. Die Haut unter den Augen des Richters war mehr als fingerbreit dunkel gefärbt.

»Wir haben noch ein paar Fragen«, fuhr Walde fort. »Ich weiß, dass das sehr, sehr schwer für Sie ist. Können Sie uns dennoch sagen, mit wem Ihre Tochter Umgang hatte? Freunde, Freundinnen, Kommilitonen.«

»Mit dem Roland war sie befreundet, der war oft hier, aber das ist vorbei«, sagte Harras.

»Ist es dieser hier?«, Gabi zog einen Briefumschlag aus der Tasche und zeigte dem Richter den Absender.

Dieser nickte: »Der Name stimmt, aber die Adresse...«

»Da war er bei der Bundeswehr. Der Brief ist mehr als ein Jahr alt. Nach dem Inhalt zu urteilen, schienen sie schon damals nicht mehr zusammen gewesen zu sein.«

»Roland studiert, soviel ich weiß, in Tübingen. Hanna und ich hatten leider in letzter Zeit sehr wenig Kontakt«, sagte Harras. »Ich hatte gehofft, sie an Weihnachten zu sehen.«

Auf der Rückfahrt begann es zu regnen und Gabi musste das Verdeck schließen.

»Weißt du mehr über diesen Roland?«, fragte Walde, der versuchte, seinen Sitz etwas weiter nach hinten zu verstellen.

»Ich habe mit ihm telefoniert. Seine Tübinger Nummer war

in Hannas Notizbuch. Er hat angeblich vorgestern Abend zusammen mit zwei Kommilitonen für eine Klausur gebüffelt.«

»In Tübingen, den ganzen Abend?«

»Bis 23 Uhr«, ergänzte Gabi. »Da hätte er nicht mehr zur Tatzeit von Tübingen nach Trier kommen können. Aber ich lasse es von den Kollegen dort überprüfen.«

Sie zog, mit einer Hand steuernd, ihren Lippenstift nach und warf einen prüfenden Blick in den Innenspiegel.

»Harras war ganz schön einsilbig«, kommentierte sie die spärlichen Auskünfte des Richters. »Ich habe den Eindruck, dass er total abwesend war.«

»Ich habe schon Leute erlebt, die gelacht haben, als sie vom Tod eines nahen Verwandten erfahren haben«, sagte Walde.

»Waren es die Erben?«

Walde schüttelte den Kopf. »Lachen und Weinen liegen ganz dicht beieinander. Manchmal ist der Schock so groß, dass man sich nicht mehr unter Kontrolle hat.«

»Harras sah aus wie ein Gespenst.« Gabi bemerkte nicht, dass die Ampel auf Rot umsprang und fuhr weiter. Als ein Autofahrer, der ihretwegen bremsen musste, hupte, gestikulierte sie wild mit den Armen.

»Die war rot«, sagte Walde. In diesem Moment klingelte sein Telefon.

Doris war dran: »Wo bist du?«

»Im Auto unterwegs.« Um weiteren Fragen zuvor zu kommen, erkundigte er sich: »Was sagt der Ultraschall?«

»Es dauert nicht mehr lange. Alles in Ordnung, das Kind liegt noch richtig. Ich hatte befürchtet, es hätte sich gedreht. Arbeite nicht zuviel!«

Nachdem Doris aufgelegt hatte, überlegte er, was sie mit der Bemerkung gemeint haben könnte. Wusste Sie, was er tat?

Gabi fragte: »Was war mit dem Motorrad?«

Walde berichtete ihr, was er von Uli erfahren hatte.

»Und der Sohn hat seither kein Lebenszeichen mehr von sich gegeben?«

»Soviel ich weiß, nein.«

»Schöne Scheiße.«

*

Die stupide Arbeit ließ Walde ungehindert seinen Gedanken nachhängen. Richter Harras war sicher einmal ein glücklicher Familienvater mit Frau und zwei Kindern gewesen. Er hatte einen angesehenen Beruf, der ihm obendrein noch Freiraum für die Familie ließ. Sie lebten in einem ruhig und doch zentral gelegenen großen Haus. Dann verschwand der Sohn spurlos. Die Frau kam nicht über den Verlust hinweg. Und nun wurde die Tochter ermordet. Wie sollte der Mann damit fertig werden?

Kurz nach zwei Uhr nachmittags traf Jo in der neuen Wohnung ein.

»Hast du schon frei?«

»Ich habe die Mittagspause durchgearbeitet«, antwortete Jo.

»Hunger?«, fragte Walde. »Soll ich etwas zu essen besorgen?«

»Nö, ich hab' was gegessen und Marie will heute Abend noch was leckeres kochen.«

»Ich dachte, du hast die Mittagspause durchgearbeitet.«

»Ich hab' mir eine Pizza bringen lassen, und da alle dachten, ich wäre in der Pause, konnte ich in Ruhe in meinem Büro essen.«

»Aha, und wie ist es mit einem guten Schluck?«

»Wenn es denn wirklich ein guter Schluck ist, sag' ich nicht nein.«

Während Jo sich umzog, holte Walde eine Flasche aus dem Keller und schenkte ihm ein Glas ein. Er drehte die Flasche so, dass Jo das Etikett nicht lesen konnte.

Jo schlürfte die ersten Tropfen und hielt sie eine Weile im Mund, bevor er schluckte. »Kein ganz junger, das ist schon mal klar.« So begann er die Ermittlung des Jahrgangs, was für ihn zu den Fähigkeiten eines Kommissars für Reblausbekämpfung dazugehörte.

Jo nahm einen weiteren Schluck: »Das kann nur ein 1996er sein. Stimmt es oder hab' ich recht?«

»Wie hast du das rausgefunden?«

»Du brauchst ein gutes Gedächtnis, eine sensible Zunge und musst von jedem Jahrgang das ein oder andere Fläschchen getrunken haben. Bei dem hier«, Jo hielt das Glas gegen das Licht, »handelt es sich zum einen um eine Spätlese und zum anderen um einen Wein, der älter als fünf Jahre, aber noch keine zehn Jahre alt ist. Längst nicht in jedem der fraglichen Jahrgänge gab es Spätlesen, und der 96er hat obendrein einen ganz typischen Geschmack.«

Während Walde anerkennend nickte, spielte die Wohnungsklingel eine neue Melodie.

Jo stellte sein Glas ab: »Ich mach' auf.«

»Hallo?«

»Uli hier!«

»Das war die Sonate Nr. 16 in C-Dur mit Glenn Gould am Klavier, Köchelverzeichnis Nummer fünfhundertund..., ich bin mir nicht ganz sicher, Uli, läute bitte nochmal.«

Der Zufallsgenerator landete bei einer anderen Melodie.

»Ah, ja, Johann Strauß Junior«, konstatierte Jo. »*An der schönen blauen Donau.*«

»Lass' mich endlich rein, es regnet!«

»Ganz eindeutig eine Aufnahme des Philadelphia Orchestra aus den 80er-Jahren des vergangenen Jahrhunderts, für einen Moment dachte ich, es wäre Herbert von Karajan mit den...«

»... das ist billigster Elektronik-Kitsch und obendrein *Wiener Blut*«, schallte Ulis Stimme aus der Sprechanlage. »Unter das sich bald dein Blut mischen wird, wenn du nicht auf der Stelle die Tür öffnest!«

»Wohl nicht gut gelaunt?«, fragte Jo, als Uli patschnass in die Diele stapfte.

»Bis eben war ich noch bester Laune.« Uli stellte geräuschvoll eine große Kühltasche ab.

»Oh, was hast du denn Feines mitgebracht?«

»Nicht ein Bissen davon ist für dich.« Uli warf seine nasse Jacke über die Kühltasche.

Drei Stunden später waren zwei weitere Zimmer fertig renoviert. Uli und Jo hatten sich wieder versöhnt und verwandelten den Tapeziertisch in eine opulente Vesper-Tafel. Als Walde mit zwei Flaschen Wein aus dem Keller kam, hatten es sich die beiden schon gemütlich gemacht.

»Was macht der Harras-Mord? Habt ihr den Balzer schon eingelocht?«, fragte Uli.

»Machst du ein *Extrablatt?*«, entgegnete Walde.

»An der Story ist schon die Tageszeitung dran, außerdem kriege ich dafür keine Werbekunden. Ich habe den Polizeibericht gelesen, da stand nicht viel Aufregendes drin. Kein Wort über die Durchsuchung bei Balzer.«

»Und woher weißt du davon?«

»Mindestens ein halbes Dutzend Leute in der *Gerüchteküche* haben mir davon erzählt.«

»Wovon?«, fragte Jo.

»Walde weiß das besser. Der Balzer wurde gefilzt, weil er wahrscheinlich was mit der Hanna Harras hatte.«

»Und was sagt seine Frau dazu?«, fragte Jo.

»Die wird nicht erbaut sein, wenn die Geschichte an die große Glocke gehängt wird. Dass ihr Mann notorisch fremd geht, machte ihr scheinbar nichts aus, aber so eine öffentliche Geschichte ist was ganz anderes.«

»Lässt sie sich scheiden?«, fragte Walde.

»Kann man nie wissen, falls Balzer ins Schleudern kommen sollte. Auch wenn er nach außen als Baulöwe auftritt, so basiert vieles in seiner Firma auf dem Vermögen seiner Frau.«

»Hört sich an, als habe er sie wegen ihres Geldes geheiratet«, sagte Jo.

»Und sie ihn, weil er mächtig Sexappeal hatte.«

»Der war doch Basketballer bei der TVG und spielt heute noch jeden Tag Tennis. Beim Stadtlauf ist er den Halbmarathon in eineinhalb Stunden gelaufen«, erzählte Uli. »Aber ich kann sein falsches Lächeln trotzdem nicht ausstehen.«

Walde hatte den Wein eingeschenkt und prostete seinen Freunden zu: »Auf die bisher gut gelaufene Renovierung und auf die fleißigen Helfer, danke!«

Als er sein Glas abgesetzt hatte, fragte Jo: »Stimmt es, dass dieser Balzer mal in deiner Schulklasse war, Walde?«

»Von der fünften bis zur zehnten Klasse. In Sport war er ein absolutes As. In den restlichen Stunden hat er sich geschont.«

»Hat er bei euch auch schon den Würgegriff drauf gehabt, wegen dem er später bei der TVG öfter vom Platz geworfen wurde?«

»Er hat mich auch mal so am Kragen gehabt«, sagte Walde. »Ich dachte, er bricht mir das Kreuz.«

»Das war sein Mittel gegen Größere. Das Foul im Pokalendspiel gegen diesen Zweimeterzehn-Center von Brand Hagen ist legendär«, sagte Uli. »Aber zu Balzers Ehrenrettung muss auch gesagt werden, dass der ihm vorher per Ellenbogencheck die Nase gebrochen hat.«

»Für einen Basketballer schien er mir eigentlich zu klein«, fuhr Walde fort. »Aber er war ein begabter Sportler mit Technik, Kraft und gewaltigem Biss.«

»Diesen Biss hat er heute noch«, stellte Uli fest.

Mittwoch, 27. November

Der Spachtel war stumpf von der zähen Tapete, die sich ebenso schnell wieder an der Schneide festsetzte, wie Walde sie mühsam abkratzte. In den drei Stunden, in denen er sich seit sieben Uhr früh bereits abmühte, hatte er kaum mehr als einen Quadratmeter Putz freigelegt. Das einzig Interessante an der Arbeit war, die verschiedenen Perioden des letzten Jahrhunderts anhand der Tapetenschichten zu verfolgen. Die Textiltapete rechnete er den 80-er-Jahren zu, die Goldornamente den 70-ern, die blassen Farben den 50-ern. Die unterste Schicht bildete gar eine Zeitung, die auf dem Kopf stehend an der Wand klebte. Er hatte ein Inserat entziffern können, das aus den 20-er Jahren zu stammen schien.

Walde blickte sich in der geräumigen Diele um. Es harrten noch mindestens vierzig Quadratmeter alter Tapeten seiner Spachtel, für die er, seinen bisherigen Erfolg hoch gerechnet, gut und gerne 120 Stunden benötigen würde. Auch wenn er Tag und Nacht durcharbeitete, war das bis zum Umzugstermin nicht zu schaffen.

Eine Walzermelodie von Johann Strauß unterbrach seine Gedanken. Es war Meier, der, eine Rauchfahne hinter sich herziehend, in die Diele stürmte.

»Hast du einen Spachtel übrig?« Der Besucher hängte seine Jacke über die Tür und band sich die Krawatte auf.

Walde griff wortlos in einen Eimer und reichte Meier das Werkzeug.

»Ich bin jetzt vierzig Jahre im Dienst. Nicht, dass ich immer voll bei der Sache war. Früher haben wir auch ab und zu mal über die Stränge geschlagen und einen drauf gemacht. Heute gibt es das ja kaum mehr, es wird viel weniger gesoffen.«

»Was ist los?« Walde wurde nicht schlau aus dem, was sein Kollege sagte.

Meier scheuerte, die Zigarette im Mundwinkel hängend, wie wild an der Tapete. Als er feststellte, dass er mit der Spachtelei kaum etwas ausrichtete, nahm er den nassen Schwamm aus dem Eimer und klatschte ihn an die Wand.

»Was ist passiert?«, wiederholte Walde seine Frage.

»Nichts, gar nichts! Außer, dass ich so richtig eine in die Fresse gekriegt hab', ist gar nichts passiert.« Meier krempelte die Ärmel seines Hemdes hoch und scheuerte weiter.

Walde beschloss, ihn in Ruhe zu lassen und widmete sich wieder der Tapete.

»Scheiße, wieviel Schichten sind das denn? Würde mich nicht wundern, wenn wir irgendwann auf ein römisches Fresko stoßen.« Meier kratzte mit den Fingernägeln über einen dicken Fetzen Tapete, den er vom Boden aufgehoben hatte. Dann ging er zum Fenster und warf die Kippe hinaus in den Garten. »Ist kein Filter dran, im Frühjahr wird nichts mehr davon zu finden sein. Die ist dann genauso spurlos verschwunden wie die beiden Jungs, die heute freigelassen wurden.«

»Wer ist freigelassen worden?«

»Die beiden Geiselnehmer. Die Inkassotypen mit der Giftspritze, denen der Typ auf dem Weg zur Bank aus dem Auto abgehauen ist. Für die habe ich einen Tag lang die eine Hälfte der Innenstadt gesperrt und die andere in ein Verkehrschaos verwandelt.«

»Geiselnahme in Tateinheit mit räuberischer Erpressung, dafür ist die Mindeststrafe fünf Jahre«, sagte Walde.

»Sie sind nach sechs Monaten rausgekommen.«

»Mit einem guten Anwalt hätten sie mit sechs Jahren zufrieden sein können«, sagte Walde.

»Das Trierer Landgericht hat gepennt. Die haben die Fristen versäumt und das Koblenzer OLG musste der Haftbeschwerde stattgegeben, weil nach sechs Monaten noch kein Verhandlungstermin in Sicht war.«

»Willst du damit etwa sagen, dass die beiden...«

»... ohne Auflagen entlassen wurden. Das musst du dir vorstellen. Die hauen hundertprozentig ab, dann platzt der Prozess, weil nicht mal eine Adresse vorhanden ist, über die sie geladen werden können.« Meier zündete sich eine weitere Zigarette an. »Die Staatsanwaltschaft hat den Fall vor Monaten abgeschlossen, da gab es nichts mehr zu ermitteln, alles klar wie Kloßbrühe, und das Landgericht lässt die Akten vor sich hingammeln, bis es zu spät ist.«

»Hätte das OLG denn nicht noch was machen können?«

»Die Koblenzer haben Schiss vor dem Bundesgerichtshof. Das Gesetz lässt nur bei triftigen Gründen eine längere Untersuchungshaft zu, und hier wurde nicht mal der Versuch gemacht, eine Haftverlängerung zu begründen.«

»Wer war das?«, fragte Walde.

»Dreimal darfst du raten.«

»Keine Ahnung.«

»Mit wem hatten wir letzte Woche zu tun?«, fragte Meier.

»Nein, das glaub' ich nicht!«

»Es ist aber so. Richter Harras hat die Sache verbummelt und das OLG musste die beiden Typen laufen lassen.«

*

»Mir fällt die Decke auf den Kopf. Ich kann seit vier Wochen nicht mehr joggen, und Fahrrad fahren ist mir zu gefährlich«, sagte Doris. »Nicht mal Stadtführungen kann ich mehr machen.«

»Was hältst du von einem Heimtrainer?«, schlug Walde vor.

»Nee, das ist zu langweilig, immer auf der gleichen Stelle zu strampeln.«

»Und schwimmen?«

»Mit dieser Figur lasse ich mich im Stadtbad nicht blicken.« Sie umfasste mit beiden Händen ihren Bauch.

»Ich komme mit und sage jedem, der dich anstarrt, dass ich das angerichtet habe.«

»Ich hab' fünfzehn Kilo zugenommen.«

»Und wenn wir raus in ein anderes Schwimmbad fahren, wo dich niemand kennt?« Er spürte, dass sie zögerte, und fuhr fort: »Zum Beispiel nach Bad Bertrich. So ein Heilbad ist für euch beide gesund.«

»Ich passe nicht mal mehr in meinem Auto hinters Lenkrad.«

»Ich fahre. In den *Volvo* passt du bestimmt noch rein.«

»Und was ist mit unserer Wohnung?«

Zwei Stunden später schwamm Walde hinter Doris durch die kleine Flügeltür, die vom Hallenbad in das beheizte Außenbecken führte. Ein paar Badekappen mit den unterschiedlichsten Designs lugten aus dem dampfenden Wasser. Doris und Walde strebten zum Beckenrand, wo die Novembersonne es gerade noch schaffte, eine Ecke des Pools zu bescheinen.

Walde tauchte quer durchs Becken. Doris hielt sich mit langgestreckten Armen am Rand fest und machte mit den Beinen Radfahrbewegungen.

»Und, wie gefällt es dir?«, fragte Walde, als er neben ihr auftauchte.

Sie löste ihre Hände von der Stange und ließ sich treiben: »Das Wasser trägt fast wie im Toten Meer.«

»Ist ja auch eine Menge Salz drin.« Walde ließ den Blick ringsum über die kahlen Wälder schweifen, wo sich nur noch spärliches braunes Laub an den Ästen hielt. »Habe ich dir zuviel versprochen?«

»Inwiefern?«

»Dass du trotz neuntem Monat die Frau mit der besten Figur im Bad bist.«

»Bei der Konkurrenz.« Doris blickte auf das betagte Kurpublikum.

Ein kalter Wind kräuselte das Wasser. Walde bereute es, getaucht zu sein. Seine nassen Haare erzeugten eine unangenehme Kälte. »Ich schwimme wieder rein.«

Auch das Hallenbad war nicht wirklich zum Schwimmen angelegt. Nach einer Weile stieg er aus dem Wasser und ergatterte einen freien Platz in einem Whirlpool. Er schätzte die Wassertemperatur auf etwa 40 Grad. Nur die an den Beckenrand gelehnten Köpfe seiner vier Mitinsassen waren zu sehen. Das Wasser fing so heftig an zu brodeln, als habe es Siedetemperatur erreicht. Als er die Augen schloss, tauchte das Motorrad vor den Holzstapeln im Carport von Richter Harras auf. Walde verließ das Becken und ging zu seinem Liegestuhl. Er nahm sein Handy aus der Badetasche und rief im Präsidium an. Nach wenigen Sekunden hatte er den Präsidenten an der Strippe.

»Bock hier, ich hab' eine Frage.«

»Schießen Sie los.«

»Herr Stiermann, Sie engagieren sich doch in der Deutsch-Amerikanischen Partnerschaft.«

»Das heißt aber nicht, dass ich mit den restriktiven Methoden der zur Zeit praktizierten amerikanischen Außenpolitik übereinstimme«, sprudelte Stiermann los.

»Meine Frage bezieht sich mehr auf ein mögliches Mitglied Ihres Vereins. Kennen Sie vielleicht zufällig einen Koblenzer Vereinskameraden mit einem Pickup, einem *Dodge*«, Walde zögerte, »jemanden, der Ihre Vorliebe für Cowboystiefel teilt.«

»Hört sich nach Holger, genannt Hoss, Schaffreck an.«

»Was macht er beruflich?«

»Man sieht es ihm nicht an, aber er ist Richter am OLG. Darf ich fragen, warum Sie das wissen wollen?«

»Gibt es Zufälle«, murmelte Walde.

»Was sagten Sie?«

»Ich kann noch nichts dazu sagen, ich halte Sie auf dem Laufenden«, wich Walde aus.

»Was macht die junge Familie?«

»Wächst und gedeiht, danke.«

»See You.«

Walde hatte nicht bemerkt, dass Doris es sich neben ihm im Liegestuhl bequem gemacht hatte.

»Das erinnert mich an einen Comic, in dem die Missionare in Afrika von Menschenfressern in einem großen Topf gekocht werden.« Doris zeigte auf den Whirlpool, wo vier Männer im brodelnden Wasser hockten. »Vier Missionare im Kochtopf.«

»Plus eine schwangere Nonne, wenn du dich zu ihnen gesellen würdest«, ergänzte Walde.

»Mit wem hast du telefoniert?«, fragte Doris.

»Da hatte jemand im Präsidium eine Rückfrage wegen einer älteren Geschichte.«Mist, hätte er ihr doch von Anfang an vom Fall Harras erzählt, dann müsste er nicht immer weitere Ausflüchte finden.

»War es eine Kollegin?«

Walde hörte einen Anflug von Misstrauen in Doris' Stimme.

Sie wartete die Antwort nicht ab: »Warum hast du überhaupt das Telefon mitgenommen?«

»Ich habe es eigentlich nur für den Fall der Fälle dabei...«

»Dass du zu einem Mord gerufen wirst?«

»Nein, ich dachte eigentlich eher an das Gegenteil.« Er streichelte sanft über ihren Bauch.

Auf der Rückfahrt setzte sich Doris ans Steuer. Walde döste auf dem Beifahrersitz, das warme Wasser hatte ihn schläfrig gemacht. Im Halbschlaf registrierte er, dass sie durch Tunnel fuhren. Er nickte ein. Nach einer Weile glaubte Walde, dass sie sich auf der Autobahn zwischen Wittlich und Trier befänden. Er schlug die Augen auf und sah links einen steilen Berg, der oben im Nebel endete. Rechts war Wasser.

»Wo sind wir?«

»An der Mosel.«

»An der Mosel?«

»Sieht so der Orinoko aus?« Doris überholte einen Traktor, der einen hoch mit Kelterabfällen beladenen Anhänger zog. »Der bringt die Trauben wieder in den Weinberg zurück. Aber den Saft hat er behalten, würde Jo dazu sagen.«

Sie kamen in einen Ort, in dem Doris einen großen Parkplatz am Moselufer ansteuerte. »Ich hab' Hunger!«

Walde gähnte, reckte sich und realisierte, dass sie sich in

Bernkastel-Kues befanden.

Nach dem Essen musste Walde ans Steuer. Doris behauptete, jetzt auch für den *Volvo* zu dick geworden zu sein. Zur Abwechslung schlief nun sie, den Kopf seitlich an die Scheibe gelehnt. Wie immer in den letzten Wochen hielt sie ihre Hände über dem Bauch gefaltet. Walde versuchte, jeder Unebenheit auf der Straße auszuweichen. Vor Doris' Wohnung verabschiedeten sie sich.

*

Es dämmerte bereits, als Walde wieder den Spachtel in die Hand nahm. Die Haut seiner Handfläche war rot entzündet. Die am Morgen freigelegte Fläche sah aus, als habe eine Granate in die Wand eingeschlagen. Lustlos schaute er in den Eimer, wo ein Schwamm in einer milchigen Brühe dümpelte. Für heute war keine Hilfe mehr zu erwarten. Jo hatte am Abend eine Weinprobe zu kommentieren und Uli verbrachte wie immer den Dienstag bei seinen Söhnen und der Exfrau.

Walde zog die Jacke an. Das Laub unter den Alleenbäumen war nass. Im Moseltal musste es geregnet haben, während in der Eifel das schönste Wetter gewesen war. In der Pathologie schien Hochbetrieb zu herrschen. Walde wartete eine halbe Stunde in Dr. Hoffmanns Büro, bis dieser endlich Zeit für ihn hatte.

Hoffmann reichte ihm die wie immer unterkühlte Hand. »Kennen Sie die drei Eigenschaften, die eine Frau haben sollte?«

Walde bemühte sich, so zu tun, als höre er den Witz zum ersten Mal.

»Also«, hob Hoffmann an und musste vor lauter Vorfreude ein Lachen unterdrücken. »Sie muss fantastisch kochen können, eine Granate im Bett sein und einen Job mit einem super Gehalt haben.«

Hoffmann schaute Walde solange an, bis der sich genötigt fand, zu nicken. Erst dann fuhr er fort: »Aber da gibt es ein Problem.« Der Pathologe legte einen Ausdruck der Betroffenheit in seine Miene: »Die drei dürfen sich niemals kennenlernen.«

Das heisere Lachen hatte in dem mit Akten und Büchern vollgestopften Raum einen anderen Klang, als Walde es von den gekachelten Räumen der Pathologie her kannte. Er grinste höflich und überlegte, solange sich sein Gegenüber vor Lachen bog, ob er sich den Witz für Jo oder Uli merken oder ihn Gabi zurückerzählen sollte.

Endlich hatte sich Hoffmann wieder im Griff: »Sie müssen entschuldigen, dass ich Sie warten ließ, aber der Sensenmann fährt die Ernte ein.«

»Ich verstehe nicht?«

»Im November beginnt die Sterbezeit, dann treten neben den üblichen auch noch diejenigen ab, die sich gerade noch über den Sommer geschleppt haben, und einige davon landen auf meinem Tisch.« Hoffmann deutete mit dem Zeigefinger ein Zeichen in der Luft an. Walde war sich nicht sicher, ob es ein Kreuzzeichen oder ein Ypsilon darstellen sollte.

»Ich wollte von Ihnen wissen, wie Sie die Todesursache bei Hanna Harras einschätzen. Was könnte es genau gewesen sein?«

»Sie müssten den Bericht doch längst haben.«

»Ja, vielen Dank, so schnell wie immer.«

»Habe ich etwas vergessen?«

»Nein, das haben Sie nicht. Ich wollte nur Ihre persönliche Einschätzung hören, wie es zum Tod gekommen sein könnte.«

»Sie wurde sehr grob angefasst. Das steht fest.«

»Geschah das in der Absicht, sie zu töten?«

»Das ist natürlich reine Spekulation, aber mein Gefühl sagt mir, dass der Täter sich mit ihr zwar gewalttätig auseinandergesetzt hat, aber ihren Tod eher nicht absichtlich herbeigeführt hat.«

*

Schon knapp zwei Wochen hatte Walde den Flur zu seinem neuen Büro im Präsidium nicht mehr betreten. Eine Neonröhre flackerte. Die Umgebung war ihm noch wenig vertraut. Auf dem Weg zum Präsidium hätte er um ein Haar wieder die alte Strecke eingeschlagen. Umso überraschter war er, als er in seinem Büro Gabi, Grabbe und Balzer am Besprechungstisch antraf.

»Darf ich vorstellen, Herr Balzer, Kommissar Bock«, stellte Gabi vor.

»Herr Bock«, Balzer war mechanisch aufgestanden und drückte Walde die Hand.

»Herr Balzer«, die Worte hallten in Waldes Ohren nach. Soeben hatte es sein alter Klassenkamerad geschafft, dass er ihn siezte. Hinter Balzers breiten Schultern, über denen eine etwas zu enge Trainingsanzugsjacke spannte, sah Walde auf den Turm der beleuchteten Pauluskirche.

»Dann bis später«, Walde fiel nichts Besseres ein, seinen Rückzug anzukündigen. Gabi folgte ihm auf den Flur.

»Wir warten noch auf Haupenberg, bevor wir mit der Vernehmung beginnen.« Sie wies auf Waldes Bürotür. »Du hast ja Urlaub, deshalb…«

»Kein Problem.«

»Möchtest du dabei sein?«

»Nein, was macht Meier?«

»Wenn du dir das antun willst, dann versuch es mal in der Kantine.«

In der Kantine war wenig los. Walde grüßte vier Techniker vom Erkennungsdienst, die an einem Tisch neben der Theke saßen. Meier saß allein an einem Tisch in der Ecke. Neben einem vollen Aschenbecher und einer zusammengeknüllten Bildzeitung standen ein halbvolles Glas und eine leere Flasche alkoholfreies Bier.

»Haste auch keinen Bock mehr?«, fragte Meier und versuchte zu grinsen, was seinem faltigen Gesicht Ähnlichkeit mit einer Halloweenmaske verlieh.

Walde war sofort klar, dass in dem Glas kein alkoholfreies Bier sein konnte. »Bist du schon länger hier?«

»Nee, mach' nur Pause.«

»Seit wann?«

»Seit eben… halt.«

»Darf ich?« Walde nahm einen Schluck aus Meiers Bierglas. Das war kein Alkoholfreies. »Willst du noch was arbeiten oder…?«

»Kommt drauf an.« Meier schien wenig interessiert.

»Ich hab' eine interessante Information im Fall Harras.«

»Willst du mich ver… arschen?« Meier legte seine Zigarette ab und nahm einen tiefen Schluck aus dem Glas. Dann zündete er sich eine neue an.

Walde drückte die im Aschenbecher Qualmende aus.

»Können wir bitte zwei Kaffee und einen frischen Aschenbecher haben?«, rief er zur Theke. Dann erzählte er Meier, was er über den Holzlieferanten von Richter Harras herausgefunden hatte.

»Blödes Richterpack«, Meier erwachte aus seiner Lethargie und sprach so laut, dass sich die Kollegen nach ihm umdrehten. »Die können doch machen, was sie wollen, richterliche Unabhängigkeit nennt sich sowas. Egal, ob sie während der Dienstzeit Holz hacken oder Krimi… Krimi… nelle laufen lassen.«

Grabbe setzte sich zu ihnen an den Tisch, machte aber Anstalten, gleich wieder aufzustehen.

»Bleib' sitzen, Grabbe, ich hab' mich schon wieder abge… abgeregt.« Meier legte ihm die Hand mit der Zigarette auf den Arm. »Wo bleibt der Kaffee?«

»Ist fertig!«, wurde von der Theke her geantwortet.

Meier stand auf. Er schwankte leicht, als er den Kaffee von der Theke abholte.

Grabbe klopfte Zigarettenasche von seinem Ärmel. »Ich hatte gerade einen Bäcker da, der von einem Russen übel in die Mangel genommen wurde. Der hat ihm mit dem eigenen Backschieber vor den Kopf gehauen.«

»Warum?«

»Eine Inkassogeschichte«, antwortete Grabbe.

»Für welche Firma?«, fragte Walde.

»Wollte der Bäcker nicht sagen«, Grabbe wedelte mit der Hand den Rauch zur Seite, der vom Aschenbecher in seine Richtung zog. »Wir können froh sein, dass der Bäcker überhaupt Anzeige erstattet hat. Ich denke mal, dass wir in den allerwenigsten Fällen eingeschaltet werden.«

»Warum?«, fragte Walde.

»Die Forderungen sind in der Regel korrekt. Die Methoden, mit denen sie eingetrieben werden, stehen auf einem anderen Blatt. Wer kann, zieht den Schwanz ein und zahlt.«

»Mit dem Backschieber ist er verhauen worden?«

Grabbe nickte.

»Wo ist er jetzt?«

»In seiner Backstube, irgendwo in Trier-Nord.«

*

In dem Anbau auf der Rückseite des Hauses brannte Licht. Durch das schmutzige Fenster beobachtete Walde einen älteren untersetzten Mann, der aus einem über seiner Schulter liegenden Sack Mehl in einen Bottich schüttete.

Walde klopfte an die Scheibe. Der Mann zuckte zusammen. Ohne sich von der Stelle zu bewegen, starrte er zum Fenster.

»Ich bin von der Polizei«, brüllte Walde.

Der Mann griff nach einem Werkzeug, das aussah wie ein Schürhaken. Als er sich auf das Fenster zu bewegte, war etwas in seinem Blick, das Entschlossenheit ausdrückte. Sein Körper, dem Walde ansah, dass er schon eine Menge Mehlsäcke gestemmt hatte, wirkte angespannt, bereit, sofort zu reagieren, falls es erforderlich sein sollte.

»Mein Kollege, Herr Grabbe, hat mich über Ihren Fall informiert.« Der Bäcker schien den Namen verstanden zu haben und winkte Walde zu einer Tür, die er nach dem Aufschließen einen Spalt breit öffnete.

»Kripo, mein Name ist Bock!«

»Ich hab' schon alles zu Protokoll gegeben.« Der Bäcker ließ Walde in die Backstube, in der es bullig heiß war. Die verfleckte, ehemals wohl einmal weiße Hose und das schmuddelige Unterhemd kontrastierten mit dem weißen Kopfverband des Mannes, unter dem grau melierte Koteletten hervorlugten. Waldes Blick fiel auf das lange Holzteil, das neben dem in die Wand eingelassenen Ofen lehnte.

»Wäre es nicht besser, Sie würden sich ein paar Tage auskurieren?«

»Besser wäre es bestimmt.« Der Mann nickte vorsichtig, als habe er Kopfschmerzen.

»Das hier.« Er zeigte auf die mit einer feinen Schicht überzogenen, alles andere als neu wirkenden Geräte. »Das ist mein Lebenswerk. Hier arbeite ich seit vierzig Jahren Nacht für Nacht. Bis vor ein paar Jahren waren wir noch zu siebt. Da saß jeder Handgriff. Jetzt habe ich noch einen Gesellen, und der beliefert morgens auch noch die beiden Filialen. In einer steht meine Frau den ganzen Tag, in der anderen klauen die Verkäuferinnen wie die Raben.«

»Haben Sie noch nicht ans Aufhören gedacht?«

»Ich denke an nichts anderes.« Der Mann stützte den Kopf auf die Hand.

Nach längerem Schweigen hakte Walde nach: »Und?«

»Ich kann nicht. Damals, als wir anfingen, haben wir jeden Groschen gebraucht. Da war ich jung und stark. An das Alter hat man noch nicht gedacht. Später hatten wir was auf die Beine gestellt. Moderne Backstube, zwei Läden, Häuschen mit Einliegerwohnung. Das war unsere Altersversorgung.«

»Und heute?«

»Das sehen Sie ja.« Der Mann wies um sich. »Alles alter Plunder, viel zu klein, nicht mehr konkurrenzfähig. Die Läden müssten renoviert werden. Die Hypothek aufs Haus war schon mal so gut wie bezahlt. Jetzt ist sie wieder bis auf den letzten Euro ausgereizt.«

»Was werden Sie tun?«

»Ich muss wohl Insolvenz anmelden.« Der Bäcker seufzte tief. »Bevor mich dieser Mafioso totschlägt.« Er schaute zur Decke, die von schwarzen Schlieren überzogen war. »Aufhängen tue ich mich nicht. Das habe ich Marianne versprochen. Das Leben geht weiter, irgendwie.«

»Können Sie Näheres über Ihren Besucher sagen?«

»Nicht mehr, als ich schon zu Protokoll gegeben habe. Dunkle Haare, dunkle Lederjacke, russischer Akzent…«

»Hat er geraucht?«

»In meiner Backstube wird nicht geraucht!«

»Sie konnten ja auch nicht verhindern, dass er Sie angegriffen hat.«

»Als ich das Messer sah, hab' ich hiernach gegriffen.« Der Mann hielt immer noch den Schürhaken in der Hand. »Da hat er mich mit dem Schieber niedergeschlagen. Ich hatte keine Chance.«

Walde schrieb seine Handynummer auf und gab sie dem Mann: »Falls Ihnen noch was einfällt.«

*

Walde fuhr zurück in die neue Wohnung. Diesmal feuchtete er einen Teil der Dielentapete mit dem Schwamm an, bevor er den Spachtel in die schmerzende Hand nahm. In der Handfläche hatte sich unter der hellen Haut eine mit Flüssigkeit gefüllte Blase gebildet. Erst nach einer halben Stunde war die Feuchtigkeit bis zur untersten Tapetenschicht vorgedrungen. Für einige Minuten gelang es Walde, bis zum Verputz vorzudringen. Aber kaum hatte er geglaubt, ein Rezept für das Loslösen der Generationen übergreifenden Tapeten gefunden zu haben, erstarrte das Papier zu einem Schutzschild, das nur Millimeter für Millimeter nachgab.

Stunden später, in denen er kaum merkliche Fortschritte erzielt hatte, verließ er frustriert die Wohnung und machte sich zu Fuß auf den Weg zu Doris.

Neben dem Haus schloss sich in Richtung Porta die lange Klostermauer an. Walde bemerkte ein frisches Graffito. Er war sich ziemlich sicher, dass es am Nachmittag noch nicht dagewesen war. Mit Zeige- und Mittelfinger strich er daran vorbei. Stammten die dunklen Konturen an seinen Fingern von der Farbe? Er hielt die Hand im schwachen Licht der Straßenlaterne nah vor die Augen. Der Geruch von nassem, altem Papier stieg ihm in die Nase. Der kleine Finger schien sauber zu sein. Das änderte sich, als er damit über die bemalte Mauer fuhr. Er überlegte einen Augenblick und nahm dann das Telefon aus der Jackentasche. Die Kurzwahl verband ihn mit dem Präsidium, wo er dem Wachhabenden die Situation erklärte. Der versicherte ihm, dass er die Information an die in der Nähe befindlichen Streifenwagen weitergeben würde.

Walde wusste, was das bedeutete. Die lächerlich wenigen Leuten, die im Nachtdienst waren, hatten wahrscheinlich mit anderen Dingen alle Hände voll zu tun. Gegen Mitternacht begann die Zeit der Kneipenschlägereien und eskalierenden Familienkräche. Wenn sich überhaupt eine Streifenwagenbesatzung in fünf Kilometern Umkreis befand, hatte diese vermutlich schon einen weit dringenderen Einsatzbefehl, als nach den Verursachern einer verschmierten Klostermauer zu suchen.

An der Ecke zum Simeonstiftplatz bemerkte er ein weiteres Graffito unter einer leicht im Wind schaukelnden Lampe. Es waren nur ein paar Striche. Sie schienen trocken zu sein. Walde fand ein Papiertaschentuch in seiner Jackentasche und rieb es über die Farbe. Es blieb nichts daran haften. Falls auch diese Schmiererei vorhin noch nicht da war, konnte das nur bedeuten, dass der oder die Sprayer in der entgegengesetzten Richtung unterwegs waren. Walde lief um die Ecke zum Simeonstiftplatz. Er kümmerte sich nicht um die Leute, die an der Bushaltestelle standen und der vorbeilaufenden hochgewachsenen Gestalt Platz machten. Nach hundert Metern bog er, immer noch der hohen Mauer um das Kloster folgend, in die Kutzbachstraße ein, wo bald das Gemäuer in das Klostergebäude überging, das sich wie eine Trutzburg erhob. Hinter den vergitterten, nur schießschartengroßen Fenstern brannte nirgends Licht.

Immer noch im Laufschritt eilte Walde an dem Gebäude vorbei, an das sich Wohn- und Bürohäuser anschlossen. In der Bruchhausenstraße verlangsamte er sein Tempo. Möglich, dass die Sprayer bereits hier am Werk waren. Mit großen Schritten ging er an renovierten Jugendstilhäusern entlang. In einem hohen Erker auf der gegenüberliegenden Straßenseite brannte noch Licht. Walde sah Regale, die bis zur Decke des hohen Raumes reichten. Huschte da etwas vor ihm in einen Hauseingang?

Als Walde auf der Höhe des Hauses war, sah er einen Mann, der etwas in eine Sprechanlage murmelte. Hinter ihm leuchtete das Jugendstilornament einer Haustür auf. Der Mann verschwand im Hausflur.

Walde ging weiter bis zur Ecke, die wieder auf die Straße zu seiner neuen Wohnung stieß. Dort war niemand auf der rechten Seite zu sehen. Gegenüber der Häuserreihe der Franz-Ludwig-Straße zeichneten sich die Silhouetten der Alleenbäume gegen den rötlichen Nachthimmel über der Stadt ab.

Walde kehrte im selben Moment um, als der Mann wieder aus dem Hausflur auf die Straße zurücktrat. Als er Walde sah, stürmte er los. Walde hinterher. Während Walde den Gehweg zwischen Autos und Häuserwänden entlanglief, schossen ihm mehrere Gedanken gleichzeitig durch den Kopf. Wieviel Ausdauer hatte der Sprayer? Sollte er versuchen, mit einem kurzen Sprint die Distanz zum Vordermann zu verkürzen, oder sollte er auf seine Ausdauer setzen? Was war, wenn er ihn eingeholt hatte und der Kerl sich wehrte?

Walde hatte keine Waffe dabei, nicht einmal einen Dienstausweis, um sich zu legitimieren. Inzwischen war der Verfolgte an der Gabelung angelangt, wo er sich für die Moselstraße entschied, die am Kino vorbei zu zwei Kaufhäusern führte. Walde spürte, dass die Straße leicht bergauf ging. Der Abstand war noch in etwa der gleiche.

Der Sprayer schaute nach hinten. Er hatte eine Kapuze über den Kopf gezogen. Walde konnte sein Gesicht nicht erkennen. Im selben Moment schlug der Läufer einen Haken, kam ins Straucheln und stolperte gebückt ein paar Schritte. Aus einem Hauseingang wurde ein Fahrrad geschoben, mit dem der Verfolgte fast zusammenstieß. Walde konnte rechtzeitig den Bürgersteig verlassen und einen Bogen auf die Straße schlagen. Er hörte wie etwas über den Bürgersteig schlitterte. Der Sprayer hatte sich wieder gefangen und drehte sich im vollen Lauf um. Walde hatte aufgeholt, höchstens zehn Meter trennten die beiden noch. Da sah Walde etwas auf dem Bürgersteig liegen. Er vermutete, dass es sich um eine Spraydose handelte, die bei der Ausweichaktion aus der Tasche seines Vordermanns gefallen war. Er hielt an und bückte sich. Es war ein silberfarbenes Handy.

Vor ihm hatte der Sprayer die Straße überquert und lief durch die Passage zwischen Kaufhof und Karstadt. Walde nahm die Verfolgung erneut auf. Der Abstand war nun so groß, dass er den Sprayer nach rechts um die Ecke biegen sah, als er noch mehr als hundert Meter vor sich hatte. Walde blieb keuchend an einem Schaufenster stehen, in dem sich auf einem Plakat junge, braun gebrannte Menschen an einem Südseestrand räkelten.

In der *Gerüchteküche* saß Elfie auf einem Hocker hinter der Theke. Walde wusste sofort, was das zu bedeuten hatte. Zum einen war sie hundemüde von der Schufterei des Tages, zum anderen – und das war weit schlimmer – war Uli noch nicht von seinem Familientag bei Exfrau und Söhnen zurück.

»Hallo, Elfie.« Walde legte nicht allzuviel Enthusiasmus in seine Begrüßung.

»N'Abend, Walde.« Elfie schien aus einem Halbschlaf aufzuwachen. »Wir haben heute einen neuen Rosé bekommen, den solltest du probieren.«

Walde nickte.

»Regnet es?«

Er schüttelte den Kopf. »Das ist Schweiß. Ich bin ein Stück gelaufen, hätte fast einen Sprayer erwischt.«

»Ich dachte, es gibt jetzt eine Sonderkommission, die sich um die Schmierfinken kümmert.«

»Die arbeiten nur tagsüber, nachts mach' ich das jetzt.« Walde trank sein Glas in einem Zug leer. Elfie schenkte nach.

Walde bedankte sich und fuhr mit gespreizten Fingern durch

sein feuchtes Haar: »Jo würde jetzt sagen, aus deiner Anwesenheit zu dieser späten Stunde ist darauf zu schließen, dass sich Uli noch im Schoße der Familie befindet.«

»Wenn du damit Sex mit der Ex meinst, könntest du richtig liegen«, sagte Elfie lakonisch.

Drei Gläser Rosé später war Uli immer noch nicht zurück. Walde hielt es für das Beste, sich von Elfie zu verabschieden, die auf ihrem Hocker vor sich hin döste.

»Übrigens, wenn Uli wieder über Nacht wegbleibt, kann er gleich bei seiner Ex bleiben«, murmelte sie zum Abschied.

In der Simeonstraße blies Walde ein scharfer Ostwind entgegen. Er war immer noch erhitzt von der Verfolgung. Gerade jetzt konnte er sich keine Erkältung leisten. Er fragte sich, warum er so schlecht drauf war. Hatte er sich von Elfies Laune anstecken lassen? Verdammt nochmal! Ab sofort wollte er nichts mehr vor Doris verheimlichen. Es war eine blöde Geschichte, in die er sich da hineinmanövriert hatte. Dabei hatte er es nur gut gemeint und dann schlecht gemacht oder falsch eingeschätzt, was sich daraus ergeben würde. Walde ging durch die menschenleere Glockenstraße. Wie viele Lkw hatten schon den Erker des Gasthauses *Zur Glocke* gerammt, wo im Dritten Reich die SA getagt hatte? Wie viele Namen hatte man der gegenüberliegenden Kneipe schon gegeben? Sehr lange war es noch nicht her, dass der Junge unten an der Frittenbude erstochen worden war. Nur ein Stich, aber mitten ins Herz. Im Durchschnitt erforderte der tödliche Treffer bei Messerdelikten ein Zigfaches an Stichen.

Rechts ließ er die ‚Sieh um dich' liegen. Gleich morgen wollte er nachsehen, ob hier überhaupt jemand polizeilich gemeldet war. Der neue Rosé aus der *Gerüchteküche* hatte es in sich. In Vino veritas. Walde sollte bei Doris auf der Hut sein, bevor der Wahrheitsdrang des Weins zu sehr die Oberhand bekam. Vor ihrer Tür an der Ecke zur Kochstraße zögerte er einen Augenblick, ob er klingeln oder seinen Schlüssel benutzen sollte.

Er war erleichtert, als es nur wenige Sekunden dauerte, bis der Türöffner summte. Müde stieg Walde die Treppen hoch. Oben erwartete ihn Doris im Nachthemd. Er umarmte sie. Dabei beugte er den Oberkörper nach vorn über ihre gewaltige Bauchwölbung hinweg.

»Elfie hat schon angerufen.«

Das kam für Walde vollkommen überraschend, nahm ihm umständliche Erklärungen ab. »Was?«

»Uli ist wieder da. Das soll ich dir ausrichten und danke, dass du noch ein wenig geblieben bist.«

»Bitte, keine Ursache«, sagte Walde mechanisch.

»Das soll ich von Elfie ausrichten.« Doris' Gesichtsausdruck verdeutlichte, dass sie sich keineswegs persönlich dem Dank anschloss.

Auf dem Weg zum Bad stolperte er über Doris' schwarze Katze Minka, die sich zur Begrüßung an seinen Beinen rieb. Er putzte sich besonders gründlich die Zähne, um die Roséfahne zu neutralisieren. Als Walde sich zu Doris ins Bett legte, nahm er als erstes ihr vertrautes Parfüm wahr, das sie nur nachts benutzte. Er reagierte wie immer, schmiegte sich von hinten an sie und streichelte ihren Körper. Alles fühlte sich so vertraut an. Auch wenn er sich in Erinnerung rief, dass nicht nur ihr Bauch an Fülle zugenommen hatte, fand er ihre Beine und Brüste genauso begehrenswert wie vor Monaten.

»Sorry«, murmelte er. »Alte Gewohnheit, ich will euch beide nicht stören.«

»Mach' weiter, wir freuen uns auf Besuch.«

Donnerstag, 28. November

»Darf ich erfahren, warum Sie meinen Mantel noch festhalten?« Haupenberg, der neben Balzer saß, hatte seinen Dufflecoat nicht ausgezogen und nur den Hut auf die Aktentasche vor sich auf den Tisch gelegt. Er schaute auf seine Armbanduhr. Es war noch nicht einmal acht Uhr morgens. Gabi und Grabbe konnten auf der anderen Seite des Tisches ihr Grinsen kaum verbergen.

»Ist man jetzt bei der Polizei soweit gekommen, dass man sich darüber amüsiert, wenn ein unbescholtener Bürger, der obendrein große Verdienste um das Wohl der Stadt erworben hat…«

«Niemand möchte Ihren Mantel festhalten.«

«Habe ich Mantel gesagt?« Haupenberg stockte. Dann schüttelte er den Kopf und fuhr fort. «Mein Mandant hat vollkommen unnötig eine ganze Nacht in einer Zelle verbringen müssen.«

«Sie haben vergessen zu erwähnen: bei Brot und Wasser. Oder was wurde gestern Abend vom *Le Coque Rouge* und heute Morgen vom Hotel *Kaiserthermen* in Ihre Zelle geliefert?« Gabi sprach Balzer direkt an, um ihn aus der Reserve zu locken, und ignorierte Haupenbergs Bemühungen, das Gespräch an sich zu reißen.

Balzer ging ebensowenig wie sein Anwalt auf ihre Provokation ein. Er warf einen angewiderten Blick auf die grünen Ärmel seines Trainingsanzugs, den er seit der Beschlagnahmung seiner Kleidung tragen musste.

«Kommen wir zur Sache, was wollen Sie noch von meinem Mandanten?«

«Zuerst einmal eine Speichelprobe«, sagte Grabbe.

«Warum?«

«Um eine genetische Übereinstimmung mit den Spuren in Hanna Harras' Wohnung zu überprüfen«, antwortete Grabbe.

«Zum Beispiel mit den Schamhaaren, die im Bett gefunden wurden und eindeutig nicht von der Toten stammen«, ergänzte Gabi. »Oder haben Sie Ihrer Mitarbeiterin die Arbeit ans Bett gebracht und dabei Ihre Hose runterlassen müssen, Herr Balzer?«

Balzer wirkte weit ruhiger als während der Hausdurchsuchung am Vortag. Nur als Gabi sich eine Zigarette anzündete, blitzte seine Gereiztheit auf. Er ließ sich aber gleich wieder von seinem Anwalt besänftigen, der ihm die Hand auf den Unterarm legte: »Was die Beziehung zu Frau Harras angeht, räumen wir eine nähere Bekanntschaft ein.«

»Näher oder intim?« Gabi blies den Rauch über den Tisch in Balzers Richtung. Sie beobachtete, wie die Adern an seinem breiten Hals anschwollen und er sich so weit es ging nach hinten lehnte.

»Ich war mit ihr bekannt«, zischte Balzer. »Aber damit hatte es sich auch.«

Gabi drückte die Zigarette in den Aschenbecher. »Wollen Sie nicht reinen Tisch machen, anstatt hier nach der Salamitaktik eins nach dem anderen zuzugeben, was wir Ihnen sowieso schon beweisen können? Erst müssen wir mit der Gegenüberstellung eines Zeugen drohen, der Sie am Tatabend auf dem Flur vor der Wohnung der Ermordeten gesehen hat. Dann geben Sie zu, bei ihr gewesen zu sein, aber ihr nur Arbeit aus dem Büro gebracht zu haben. Jetzt sind wir bereits soweit, dass Sie eine Bekanntschaft einräumen.« Gabi schlug heftig mit der flachen Hand auf den Tisch und registrierte mit Genugtuung, dass die beiden Herren auf der anderen Tischseite, ihr Kollege Grabbe mit eingeschlossen, zusammenzuckten. »Geben Sie doch endlich zu, dass Sie den Tod von Frau Harras verschuldet haben. Es ist ja durchaus möglich, dass keine Mordabsicht dahinter stand.«

»Es gibt überhaupt keine Beziehung und erst recht kein Motiv, warum mein Mandant Frau Harras hätte töten sollen.«

»Ich könnte Ihnen einen ganzen Koffer voll nennen. Sie wollte nicht mehr die heimliche Geliebte sein, wollte vielleicht mit seiner Frau reden. Eine Trennung von seiner Ehefrau könnte für ihn den wirtschaftlichen Ruin bedeuten.«

»Quatsch, totaler Quatsch«, schrie Balzer und sprang auf. »Das lass' ich mir nicht länger gefallen.«

»Falls Sie gehen wollen, mache ich Sie darauf aufmerksam, dass Sie weiterhin festgenommen sind.«

»Was soll das heißen?«

»Mir bereitet da noch eine Sache Kopfzerbrechen.« Grabbe ging nicht auf die Frage ein. Er sprach vollkommen emotionslos, was seinen Worten eine um so größere Bedeutung gab. »Wir haben gleich mehrere sehr beunruhigende Aussagen über Gewaltausbrüche von Herrn Balzer zu Protokoll nehmen müssen, die sich immer nach dem gleichen Muster abgespielt haben.« Er richtete seine Worte ausschließlich an den Anwalt, als wäre Balzer nicht anwesend. »Ihr Mandant nahm seine Gegner in den Schwitzkasten, wobei er ihnen entweder das Knie ins Kreuz rammte oder sie bis in Hüfthöhe herunterriss.«

»Das ist doch ein abgekartetes Spiel, das gibt eine Dienstaufsichtsbeschwerde«, brüllte Balzer.

Grabbe fuhr ungerührt fort: »Selbst ein Videoband liegt uns vor, in der Balzer während einer Basketballbegegnung einen über zwei Meter großen Spieler der Gegenpartei auf diese Weise attackiert hat. Unser Gerichtsmediziner ist der Ansicht, dass eine so zart gebaute Frau wie Hanna Harras bei einer Attacke in ähnlich heftiger Ausführung, wie sie Herr Balzer bereits zur Genüge angewandt hat, durchaus so schwere Verletzungen davontragen konnte, dass diese zum Tode geführt haben. Die Hämatome im Bereich der unteren Wirbelsäule der Toten dürften vom Knie Ihres Mandanten stammen.«

*

Als Walde mit Zeitung und Brötchen zurückkam, wehte ihm in der Diele Kaffeeduft entgegen. Doris hatte bereits den Frühstückstisch gedeckt, Eier hüpften im blubbernden Wasser. Sie stand am Herd. Ihr Bauch wölbte sich aus dem offenen Bademantel.

Walde umarmte sie von hinten und streichelte ihr über den Bauch: »Wie hast du geschlafen?«

»Unsere Tochter hat mir so auf die Blase gedrückt, dass ich in der Nacht zweimal aufs Klo musste.«

»Hab‘ ich nicht mitbekommen.«

Die Eieruhr klingelte und Doris nahm den Topf vom Herd.

Als Walde die Zeitung auf den Tisch legte, sprangen ihm die fetten Lettern entgegen: ‚SCHLAFKAMMER AM LANDGERICHT VERBUMMELT FALL – GEISELNEHMER FREI‘.

Während des Frühstücks musste er immer wieder auf die Zeitung schielen.

»Nun lies sie doch, wenn du das interessanter findest, als dich mit mir zu unterhalten«, forderte Doris ihn nach einer Weile auf.

»Es ist nur wegen…«, Walde nahm die Zeitung hoch. Er las

‚Dr. Harras, Vorsitzender Richter am Landgericht‘: »Mist, auch das noch.«

»Was ist passiert?«

»Jetzt gerät dieser Harras, das ist der Richter, dessen Tochter ermordet wurde, auch noch beruflich ins Schussfeld.«

»Was hat er denn getan?«

»Einen Termin verbummelt. Deshalb mussten zwei Erpresser vor dem Prozess aus dem Untersuchungsgefängnis entlassen werden, obwohl sie mindestens fünf Jahre Haft zu erwarten hatten.«

»Wie kann denn so was passieren?«

Walde hob die Schultern und warf die Zeitung auf einen Stuhl. Er bemerkte, dass Doris zusammenzuckte. Hatten die Wehen eingesetzt?

»Nur ein freundlicher Guten-Morgen-Tritt«, sagte Doris. »Ist dir aufgefallen, dass wir uns in den letzten Tagen fast gar nicht gesehen haben.«

»Ab Samstag wird sich das ändern.«

»Deine Wohnung ist noch nicht vermietet«, sagte Doris.

Walde spürte ihr Misstrauen: »Wenn wir nicht fertig geworden wären, hätten wir in eine Baustelle einziehen müssen. Am Samstag kommen meine Sachen rüber. Die Möbel, die ich nicht mitnehme, verkaufe ich über die Tageszeitung oder versteigere sie, wenn es klappt, bei *Ebay*.«

»Ich hab‘ das Gefühl, du willst deine Freiheit nicht aufgeben.«

»Das werde ich auch nicht. Wir haben eine große Wohnung, wo jeder sein eigenes Zimmer hat, außerdem gibt es dort einen großen Garten…«

»Du musst mich verstehen, das ist kein einfacher Schritt, nicht dass ich kein Vertrauen zu dir hätte, aber in den letzten Tagen hatte ich die Befürchtung, du willst das alles vielleicht gar nicht.«

Sie schauten beide zur Balkontür, wo Minka sich von draußen an der Scheibe aufgerichtet hatte und mit den Pfoten scharrte. Walde stand auf und ließ sie herein.

»Wenn einer auf seine Freiheit verzichten muss, dann bist du das«, sagte Walde zu der Katze, die, ohne die beiden eines Blickes zu würdigen, in der Diele verschwand.

»Das wird auch für sie nicht leicht, aber in ein paar Wochen können wir sie in den Garten lassen.« Doris schaute der Katze hinterher. Sie zuckte zusammen und fasste mit einer Hand an ihren Bauch.

»Wenn wir zusammen wohnen, werden wir eine andere Beziehung haben. Außerdem bist du ja noch verheiratet.« Die letzten Worte waren Walde herausgerutscht. Als er Doris vor vier Jahren kennengelernt hatte, lebte sie bereits lange von ihrem Mann getrennt, aber eine Scheidung stand nie zur Debatte. Als er sie damals fragte, warum sie sich nicht scheiden ließe, hatte sie geantwortet, das mache sie nur dann, wenn sie sich für eine neue feste Beziehung entschieden habe.

Waldes Handy klingelte und beendete das unangenehme Schweigen.

Sein Kollege Meier meldete sich: »Ich dachte, du solltest wissen, dass dieser Schaffreck, von dem du mir erzählt hast, Richter am Oberlandesgericht Koblenz ist und die Haftbefehle gegen die beiden Trierer Geiselgangster aufgehoben hat.«

»Interessant«, war Waldes Kommentar.

»Interessant? Das stinkt zum Himmel!«

Als Walde aufgelegt hatte, fragte Doris, was er so interessant gefunden habe.

»Das war Meier. Es ging um die Entlassung der Geiselgangster«, entgegnete er und zeigte auf die Zeitung.

»Was hast du damit zu tun?«

»Eigentlich nichts. Ich halte mich nur auf dem Laufenden.«

»Du meinst wohl eher, du wirst von deinen Kollegen auf dem Laufenden gehalten.«

»Du hast Recht«, gestand Walde ein. »Es hat keinen Sinn, im Urlaub zu Hause zu bleiben.«

»Und warum lässt du dann bei mir in der Wohnung dein Handy angeschaltet?«

Walde erschien es besser zu schweigen als eine unüberlegte Antwort zu geben, die Doris auf die Palme bringen würde.

*

Spätestens als sich im Präsidium die Fahrstuhltür vor ihm öffnete, fragte sich Walde, warum er nicht die Treppe benutzt hatte. In der Kabine, die von oben herunterkam, stand Balzer, flankiert von Gabi und Grabbe.

»Morgen«, begrüßte Walde die Ankommenden.

»Morgen, Herr Bock.« Balzer, unrasiert und ungekämmt, sah in dem grünen Jogginganzug ziemlich erbärmlich aus. Der Unternehmer war ein lebendes Beispiel dafür, dass der Spruch ‚Kleider machen Leute' auch im Umkehrschluss gelten konnte.

Walde stieg ein und der Fahrstuhl setzte sich mit einem leichten Ruck Richtung Keller in Bewegung.

»Morgen, Herr Balzer.« Walde rutschte die Entgegnung heraus, obwohl er sich mit einem ehemaligen Klassenkameraden nicht endgültig auf das Sie einlassen wollte.

Im Kellergeschoss überließen Gabi und Grabbe Balzer einem Polizisten, der diesen in die Arrestzelle zurückbringen sollte.

Gemeinsam fuhren sie nach oben.

»Balzer soll also zum Haftrichter?«, sagte Walde.

»Nicht direkt.«

»Was heißt nicht direkt?«

»Das Beweismaterial ist noch zu dünn für einen Haftbefehl.«

»Das war also nur ein Bluff?«

Gabi schwieg.

Walde hakte nach: »Was ist mit Hannas früherem Freund, diesem Roland?«

»Zwischen den beiden ist es schon länger aus. Die alte Geschichte, er geht zur Bundeswehr und lernt, sein Bett ordentlich zu machen und zu saufen. Sie beginnt ein Studium und lernt andere Männer kennen.«

»Und was ist mit seinem Alibi?«

»Ich hab' noch nichts von den Tübinger Kollegen gehört. Die wollten Rolands Angaben überprüfen«, sagte Gabi. »Dass der Mord an Hanna eine Beziehungsgeschichte ist, war mir gleich klar. ‚Cherchez l'homme' und du hast den Mörder.«

»Scherscheh was?«, fragte Grabbe.

»Nun mal ganz langsam für die, die nur Spanisch verstehen. ‚Cherchez la femme' ist eine alte kriminalistische Methode, wie sie bereits Hercule Poirot, Maigret und andere vermeintliche Experten angewendet haben.« Sie vollführte bei ihren Ausführungen mit den Händen weit ausholende Bewegungen in der Luft. »In unserem Fall muss nicht die Frau, sondern der Mann gesucht werden. Hast du verstanden?«

»Und du bist dir sicher, dass es Balzer war?« Grabbe ignorierte ihren belehrenden Ton.

»Das bin ich erst, wenn ich ein Geständnis habe. Aber wir werden ihn so schnell nicht mehr in Ruhe lassen«, sagte Gabi. »Genausowenig wie er bei seinem berüchtigten Würgegriff nachgegeben hat.«

»Diesen Griff habe ich schon mal am eigenen Leib gespürt«, sagte Walde. »Das war noch zur Schulzeit. Ich weiß gar nicht mehr, worum es ging, jedenfalls ist der Balzer damals so ausgerastet, dass mir mein Rücken danach noch tagelang weh tat.«

»Damit bist du unser fünfter Zeuge«, stellte Gabi fest.

»Aber ich kann doch nicht gegen meinen Klassenkameraden…«

»Da braucht man sich über die berühmte Mauer des Schweigens nicht zu wundern, wenn selbst Polizisten sich so bescheuert anstellen.«

»Da hat sie Recht«, nickte Grabbe.

»Okay, okay, ist in Ordnung, ihr könnt das zu Protokoll nehmen«, versuchte Walde zu schlichten. »Aber…«

»Lass' mich raten. Er hat angefangen«, unterbrach ihn Gabi.

»Woher weißt du das?«

»Komm', Grabbe«, Gabi packte ihren verdutzten Kollegen an der Schulter. »Lass' uns den Sandkasten verlassen und uns wieder der Erwachsenenwelt zuwenden. Sag' unten Bescheid, Balzer kann sich ein Taxi rufen.«

Meier war hinzugekommen und hatte den letzten Teil der Unterhaltung gehört: »Ich hätte nichts dagegen, wenn der Balzer in den Knast einfahren würde. Für das, was er vorher schon verbrochen hat, kriegen wir ihn leider nicht am Arsch, dafür ist er zu clever, Al Capone ist ja auch nur wegen Steuergeschichten verhaftet worden.«

»Wir sind nicht mehr in den dreißiger Jahren des letzten Jahrhunderts«, bemerkte Walde.

»So sehe ich das auch«, pflichtete ihm Gabi bei. »Außerdem ist das hier keine Steuersache. Wenn ich alles zusammen habe, wird Balzer ein Geständnis ablegen und Haupenberg kann höchstens noch versuchen, die Sache als Totschlag darzustellen.«

»Ihr wisst ja gar nicht, was Balzer für einen gewaltigen Klumpen Dreck am Stecken hat«, sagte Meier. »Der hat bei der Steuerfahndung die Grenzen zur Illegalität genau abstecken gelernt. Übrigens, weder seine ehemaligen Basketball- noch seine Finanzamtskollegen will er heute noch kennen.«

»Mit den Klassenkameraden verhält es sich ebenso«, ergänzte Walde.

Die Kollegen verschwanden in ihren Büros und ließen Walde allein auf dem Gang zurück. Indem er von außen an seine Jackentasche klopfte, kontrollierte er, ob sich das erbeutete Handy vom gestrigen Abend noch darin befand.

Meier kam aus seinem Büro und stutzte, als er Walde an derselben Stelle wie zuvor antraf.

»Die Sonderkommission Graffiti, wo kann ich die finden?«, fragte Walde.

»Nie von gehört, hat Stiermann sich das ausgedacht?«

»Keine Ahnung.«

»Ich muss dann mal weiter.« Meiers Gesichtsausdruck war anzusehen, dass er sich ernsthaften Aufgaben widmen musste.

»Was macht die family?«, Stiermann kam herangestiefelt. Wahrscheinlich hatte er mitbekommen, dass sein Name gefallen war.

»Wächst und gedeiht«, rutschte es Walde mechanisch heraus.

»Sie sind trotz Urlaub in den Fall Harras involviert, das weiß ich zu schätzen, aber was Herrn Balzer angeht, so ist mir sehr Unerfreuliches zu Ohren gekommen. Herr Balzer ist ein sehr angesehener Großinvestor, mit denen die Stadt nicht gerade gesegnet ist. Er soll soeben in einem schäbigen Trainingsanzug auf die Straße entlassen…«

»Tut mir Leid«, unterbrach ihn Walde. »Ich bin lediglich in meiner Funktion als wachsamer Bürger hier. Es geht um Graffiti. Können Sie mir sagen, wo ich die Sonderkommission finden kann?«

»Kommen Sie mit, ich bin auf dem Weg dorthin.«

Walde fügte sich in sein Schicksal und versuchte mit seinem Chef Schritt zu halten, dessen Stiefel auf den Fliesen metallisch klackten. Das Büro der Sonderkommission lag in einem Nebenflügel. Es war winzig klein und mit zwei Schreibtischen ausgestattet, von denen einer komplett mit Fotos bedeckt war. An dem anderen saß ein Mann mit dunklem Haar und arbeitete an einem Rechner. Als er bemerkte, dass jemand in den Raum kam, drehte er sich um.

Zu seiner Überraschung stellte Walde fest, dass es Rob war. Rob, der Schnauz, wie er genannt wurde, war vorher bei der Verkehrspolizei im Innendienst tätig gewesen. In seiner Freizeit arbeitete er als Fotograf, mitunter auch für Uli's *Extrablatt*.

»Darf ich vorstellen?«, sagte Stiermann.

»Wir kennen uns bereits.« Walde gab dem Kollegen die Hand.

Stiermann strich an der Kante des Schreibtisches vorbei, auf dem Fotos von Graffiti aus dem gesamten Stadtbereich lagen. »Am Busbahnhof neben dem Haus der Barmherzigen Schwestern ist ein neues Graffito aufgetaucht.«

»Ich war schon da.« Rob rief ein Dokument auf und zeigte auf den Monitor, wo sich ein Bild aufbaute. »Das geht meiner Meinung nach auf das Konto der *IWA*.«

»*IWA*?«, fragte Walde.

Der Polizeipräsident ging an eine große Pinnwand neben der Tür, die Walde noch nicht bemerkt hatte. Hier waren mit Magneten befestigte Fotos zu sehen.

»Diese hier stammen von der *IWA*, *Illegal Writers' Activities*. Diese Gruppe, die vornehmlich in der City operiert, erkennt man daran, dass sie American Graffiti auf recht hohem Niveau sprayt. An und für sich ist nichts dagegen einzuwenden, wenn die ein oder andere Unterführung oder...«

Walde schaltete seine Ohren auf Durchzug, um dem gebetsmühlenartig wiederholten jugendsoziologischen Exkurs des Polizeipräsidenten zu entgehen. Als Stiermann geendet hatte, nickte Rob seinem Chef zu, der sich mit einem obligatorischen ‚See You!' verabschiedete.

»Wo ist der Rest der Sonderkommission?«, fragte Walde, als er endlich mit Rob allein war.

»Ha, ha, ich bin der Einzige, der dafür freigestellt ist und versuche erst einmal, ein komplettes Register anzulegen, wobei allein in der letzten Nacht soviel neu gesprayt wurde, dass ich kaum eine Chance habe, nachzukommen.«

Jetzt fiel Walde auf, dass unter jedem Bild Straße und Hausnummer eingetragen waren. »Deshalb bin ich hier.« Walde zeigte auf seine Jackentasche. »Ich hab' hier ein Handy, das letzte Nacht wahrscheinlich ein Sprayer verloren hat.«

»Wahrscheinlich? Ist es nun von einem Sprayer oder nicht?«

»Jedenfalls ist der Typ vor mir davongelaufen, als ich ein frisches Graffito auf der Klostermauer des Josefstifts entdeckt habe.«

»Wie sah der Kerl aus?«

»Es war dunkel. Er war vielleicht Einsachtzig groß, trug dunkle Kleidung, einen Kapuzenpulli und Turnschuhe, glaube ich, und er konnte ziemlich schnell laufen.«

Rob zog einen Handschuh über und hievte das Telefon aus Waldes Tasche in einen Plastikbeutel. »Ich bring' es rüber zur Spurensicherung. Danach werden wir eventuell eingespeicherte Nummern, Mailbox, SMS und so weiter checken. Sowas brauchen wir, einen Fahndungserfolg auf frischer Tat. Soll ich Sie auf dem Laufenden halten?«

Walde gab ihm seine Nummer.

*

Gabi hatte richtig getippt, als sie auf die drei dunkel gekleideten Frauen zuging, die aus einem Hörsaal kamen. Die Telefonnummern der drei Kommilitoninnen hatte sie aus Hannas Taschenkalender. Gabi lud sie in die Cafeteria im Eingangsbereich des C-Gebäudes ein. Während sie sich in der Schlange an der Theke anstellte, beobachtete Gabi die drei, die sich an einen gerade frei gewordenen Tisch setzten.

Plötzlich vernahm sie eine Stimme neben sich. »Sie interessieren sich für Europäisches Straf- und Verfahrensrecht? Darf ich Sie zu einem Kaffee einladen?«

Gabi überlegte, wo sie den Herrn im dunklen Anzug, der freundlich lächelnd neben ihr stand, schon einmal gesehen hatte.

»Tut mir Leid, ich bin schon verabredet.« Gabi zeigte auf den Tisch, von wo die Frauen neugierig zu ihnen herüberschauten. »Ich bin gerade erst angekommen, Herr…«

»Schaffreck«, er schüttelte ihr die Hand. »Vielleicht ein andermal, See You.« Der Mann ging weiter.

Jetzt fiel bei Gabi der Groschen, und sie brachte den Holzfäller mit dem großen *Dodge*, den sie am Haus von Richter

Harras kennen gelernt hatte, mit Schaffreck unter einen Hut. Sie balancierte ein Tablett mit vier Tassen zum Tisch und bekam dort die Auskunft, dass Prof. Dr. Schaffreck soeben die Vorlesung über Europäisches Straf- und Verfahrensrecht gehalten hatte.

»Er fährt einen riesigen Geländewagen und ist Richter am Oberlandesgericht in Koblenz.« Das berichtete die auffallend dünne junge Frau, die ihre beiden Freundinnen um einen Kopf überragte.

»Ah, ja!«, sagte Gabi. »Fährt er einen *Dodge* Pickup?«

Die Studentin nickte, wobei ihre in die Höhe gefönten Haare hin und her wippten. »Hat er Sie zum Candle-light-dinner eingeladen?«

»Wie kommen Sie darauf?«

»Das ist seine Masche, der lässt nichts anbrennen, nicht mal bei seinen Studentinnen.«

»Ah, ja«, wunderte sich Gabi. »Erst mal danke, dass Sie gekommen sind.« Gabi stellte fest, dass der Henkel an der Tasse fehlte und umfasste sie oben am Rand. »Ist Ihnen in letzter Zeit etwas an Hanna Harras aufgefallen?«

Die Große ergriff wieder das Wort: »Sie hat darüber gesprochen, demnächst ein Jahr nach Amerika zu gehen.«

»Wann?«

»Vielleicht schon nach dem Wintersemester«, sagte die Sprecherin; die beiden anderen nippten an ihrem Kaffee.

»Und davon war bei ihr vorher nicht die Rede?«

Die drei schüttelten den Kopf.

»Hing das mit ihrem neuen Freund zusammen?«

»Mit welchem?«, die Große hielt sich erschrocken die Hand vor den Mund. Gabi durchschaute, dass die Szene nur geschauspielert war. »Gibt es mehrere?«

»Das wissen wir nicht so genau.«

»Haben Sie einen davon kennen gelernt?«

Die drei schüttelten den Kopf.

Gabi kam sich vor wie eine Quizmasterin mit drei Kandidaten: »Balzer, der Immobilienhai mit dem Benz *CL 500?*«

»Braun gebrannt, gut gebaut?«, fragte die Dürre zurück.

»Ja.«

»Nein.« Keine der Studentinnen schaute Gabi an.

»Woher wissen Sie denn wie er aussieht?«

»Das erzählt man sich so.«

»Ah, ja«, Gabi seufzte und schoss ins Blaue. »Und Professor Schaffreck?«

»Sie kannten sich privat«, sagte die Sprecherin. »Ich glaube, er hat sie auch mal mit dem *Dodge* nach Hause gebracht.«

»Von hier aus?«, wunderte sich Gabi. »Aber das ist doch nur ein Katzensprung.«

Die drei nickten.

»Und Roland, ihr Ex?« Gabi zündete sich eine Zigarette an.

»Das muss schon vor dem Studium zu Ende gewesen sein.«

»Hier ist Rauchen verboten!«, rief vom Nebentisch ein junger Mann in einem schwarzen Pullunder über weißem Hemd und Krawatte.

Gabi ignorierte den Rufer, öffnete ihre Handtasche und legte drei Visitenkarten auf den Tisch: »Ich weiß, morgen ist die Beerdigung, kein guter Zeitpunkt für eine Befragung. Vielleicht fällt Ihnen später noch was ein, was mir helfen könnte.«

»Hören Sie schlecht?«, ertönte es abermals vom Nebentisch.

Gabi stand auf, nickte den Frauen zum Abschied zu und nahm einen tiefen Zug an ihrer Zigarette. Sie zählte langsam bis zehn. Dabei stellte sie sich vor, wie sie mit drei großen Schritten den Rufer am Nebentisch erreichte, sich zu ihm hinunterbeugte, ihm dabei den Rauch ins Gesicht blies und blitzschnell seine Krawatte packte…

Gabi kehrte in die Realität zurück und ließ die Zigarette zischend in ihre Kaffeetasse fallen. Auf dem Weg zum Wagen lächelte sie zufrieden: »Geht doch!«

*

Bei der Arbeit gab es nur eine Unterbrechung, als sich Walde eine Pizza kommen ließ, die erstaunlich knusprig schmeckte, im Gegensatz zu den vielen labberigen, die er bisher aus den vom Dampf feucht gewordenen Kartons gegessen hatte.

Drei Dielenwände waren gänzlich von Tapete befreit, mit der vierten und schmalsten, in der sich obendrein noch zwei Türen befanden, war er schon ein gutes Stück voran gekommen, als eine Beethovensinfonie gleich zweimal hintereinander erklang.

»Ludwig van Beethoven: Sinfonie Nr. 5, C-Moll, opus 67«, erläuterte Jo beim Hereinkommen. »Ich hab's, glaube ich, raus. Wenn du nach dem ersten Klingeln etwa drei Sekunden wartest und dann nochmal drückst.« Jos Ausführungen wurden von ‚*Wiener Blut*' und direkt daran anschließend einer Fuge von Bach begleitet.

»Oh, Papa, lass' doch!«, Philipp schob sich an seinem Vater vorbei, eine Holzkiste vor dem Bauch gestemmt, in der statt der Weinflaschen, die sich ehemals darin befanden, eine ganze Batterie Farbtuben schaukelte. Er steuerte damit aufs Kinderzimmer zu und wartete, bis sein Vater ihm die Tür aufhielt.

»Darf ich fragen, was ihr vorhabt?«

»Das darfst du.« Jo legte Walde eine seiner großen Pranken

auf die Schulter. »Aber erwarte bitte keine Antwort, Philipp hat eine Überraschung.«

»Ich kann mir denken, um was für eine Überraschung es sich handelt.« Walde sah zu, wie Philipp einen Stapel Zeitungen, Wischlappen und eine Leiter ins Kinderzimmer trug und sich dann Kopfhörer aufsetzte, den Player an seinem Gürtel einschaltete und die Tür schloss.

»Ich möchte meine Tochter nicht schon im zarten Babyalter mit Drachen und Aliens konfrontieren.« Walde dachte an die düstere Wandbemalung in Philipps Zimmer.

»Mach' dir keine Sorgen, notfalls können wir es übermalen«, versuchte ihn Jo zu beruhigen.

»Ich bin froh, dass das Zimmer fertig ist, morgen sollen die neuen Möbel…«

Das Telefon klingelte. Rob berichtete, dass auf dem Handy, das Walde bei ihm abgegeben hatte, keine brauchbaren Fingerabdrücke zu finden waren. Bei der Überprüfung der Nummern hatte sich herausgestellt, dass das Handy am Vortag gestohlen und wahrscheinlich auf der Tauschbörse im Palastgarten oder in einer Spielhölle gelandet war, wo vornehmlich Handys, Walkmans und DVDs gegen Cash oder Drogen getauscht wurden.

»Ich hab' mir ein paar von den Jungs im Telefonbuch herausgepickt und werde sie zur Zeugenaussage vorladen. Vielleicht ist sogar der Sprayer dabei, den Sie verfolgt haben.«

»Der mutmaßliche Sprayer«, korrigierte Walde.

»Wenn wir einen aus der Clique kriegen, dann ist über kurz oder lang auch der Rest dran. Falls die selbst dicht halten, werden schon ihre Eltern dafür sorgen, dass sie auffliegen. Spätestens wenn Papa und Mama mit ein paar tausend Euro Schadensersatz konfrontiert werden, erzählen die uns alles, was wir wissen wollen«, sagte Rob. »Auch wenn sie vielleicht noch so cool tun, sind Sprayer keine Profis. Irgendwie glauben sie, nie erwischt zu werden, und wenn es dann doch passiert, ist der Katzenjammer groß.«

Zwei Stunden später kam Philipp aus dem Kinderzimmer, ließ die Tür offen und verschwand im Bad. Jo linste um die Ecke und verkündete: »Ich glaube, er ist fertig.«

Walde folgte ihm, auf alles gefasst, ins Zimmer. Die Wände waren unverändert. Er schaute hoch und konnte einen Ausruf nicht unterdrücken.

An der Decke leuchteten Mond und Sterne vor dunkelblauem Nachthimmel, der von einigen zartrosa gefärbten Schäfchenwolken im Schein der untergegangenen Sonne überzogen war. Walde brauchte eine Zeit, bis er die kleinen Figuren entdeckte, die sich hinter den Wölkchen versteckten oder am Übergang zur Wand herauslugten. Da waren Putten, Eulen und auch zwei Hände, die sich zwischen Wolken mit den Zeigefingern berührten.

»Super, wirklich Klasse! Michelangelo lässt grüßen«, lobte Walde den aus dem Bad zurückkehrenden Philipp. »Wie hast du das in so kurzer Zeit hingekriegt?«

»Keine Ahnung, ich hab‘ mir eine Skizze gemacht, war kein Problem, ich hab‘ Leistungskurs Kunst«, brummte Philipp und ignorierte dabei seinen Vater, der stolz grinste. »Ich guck es mir noch mal bei Tageslicht an.«

»Ich dachte, du könntest nur…«

»Monster malen?«, vervollständigte Philipp Waldes Satz, und als dieser fast unmerklich zustimmte: »Auch für Monster muss man was drauf haben, das ist zwar nicht jedermanns Geschmack, aber die Technik ist dieselbe. Du bist ja bestimmt auch nicht der Meinung, dass Breughel ein Stümper gewesen ist, obwohl der viel Horror gemalt hat.«

»Keinesfalls.«

Beim zweiten Klingeln wurden sie mit ‚*Freude, schöner Götterfunken*' aus der andächtigen Betrachtung der Deckenmalerei gerissen.

Gabi kam in die Diele gestakst: »Jetzt wird es aber Zeit!«

»Was willst du denn hier?«, Walde war perplex.

»Es geht nicht um mich oder dich, hast du vergessen, dass wir heute Abend verabredet sind?«

»Sicher kein Rendezvous mit dir!«

»Das ist aber gar nicht charmant.« Gabi zog eine Schnute. »Sag' bloß, du hast Harry vergessen?«, sagte sie.

»Mist!« Walde schlug sich an die Stirn. »Ist etwa schon Donnerstag?« Er hatte verschwitzt, dass er zugesagt hatte, zum Treffen mit seinem Kollegen Harry in den *Muselfesch* zu kommen. Zu den Musikproben mit den Bandkollegen, die ebenfalls donnerstagabends stattfanden, hatte er sich bereits seit Wochen abgemeldet.

»Du brauchtest mich nicht abzuholen, bis zum *Muselfesch* hätte ich auch zu Fuß gehen können«, sagte Walde, als er vor der Haustür neben Gabis Wagen stand.

»Spar dir deine Energie für die Renovierung auf und steig endlich ein«, Gabi öffnete ihm von innen die Beifahrertür.

Walde rutschte in den Sitz und Gabi gab augenblicklich Vollgas. Ein Mann mit dunklem Haar und dunkler Lederjacke ging auf dem Bordstein an der Klostermauer entlang. Für einen Augenblick glaubte Walde, es sei derjenige, der ihn in Ulis Kneipe bedroht hatte. Aber bevor er Gabi bitten konnte, anzuhalten, bog sie schon ins Verkehrsgewühl ein. An der roten Ampel vor der Lindenstraße ließ sie den Motor mehrmals im Leerlauf aufheulen. Gabi wuchtete ihre Handtasche vom Wagenboden hoch und warf sie Walde auf den Schoß. Auf der rechten Fahrbahnseite erspähte sie eine schmale Lücke. Sie rangierte den Wagen so forsch, dass sich der Hintermann verzweifelt die Hände vor das Gesicht schlug, und schlitterte dann mit quietschenden Reifen von der linken auf die rechte Spur bis knapp an die Stoßstange eines dort wartenden Lieferwagens.

»Pass' doch auf!«, entfuhr es Walde.

»Wer ist denn hier rücksichtslos?«

»Weißt du eigentlich, dass wir in drei Tagen den ersten Advent haben?« Walde wollte das Thema wechseln, außerdem hatte er keine Lust, sich den kalten Novemberwind um die Ohren wehen zu lassen.

Gabi drehte das Gebläse der Heizung auf die höchste Stufe und fluchte, weil vor ihr ein Wagen bei Gelb an der Ampel hielt. Ihr Telefon piepste.

Noch bevor Walde sich versah, schnellte Gabis rechte Hand in die Tasche, die auf seinem Schoß lag, und wühlte eifrig darin herum.

»Da ist es ja!«, sie grinste Walde an, der sich stocksteif aufsetzte. Endlich hatte sie das Telefon am Grund der Tasche gefunden und sah auf das Display.

»Kaum bin ich vom Hof, hängt ihr schon an der Strippe!«, meldete sie sich. Sie hörte eine Weile zu. »Schöne Scheiße«, entfuhr es ihr. Nach wenigen Sekunden warf sie das Handy in die Tasche zurück und klappte das Handschuhfach auf. Sie zog eine Blaulichtkugel heraus, schaltete sie an und drückte sie dem verdutzten Walde in die Hand.

»Was soll das?«, schrie dieser gegen das Geheul des Martinshorns an.

»Erklär' ich dir später«, schrie Gabi zurück. Sie scherte aus und fuhr neben den bei Grün anfahrenden Vordermann. Als der Fahrer sie wahrnahm, trat er erschrocken auf die Bremse. Gabi gab Vollgas. Keine hundert Meter weiter staute sich der Verkehr vor der Ampel zur Uferstraße. Dahinter ging nichts mehr.

»Schöne Scheiße!«, fluchte Gabi.

»Hier«, Walde reichte ihr das rotierende Blaulicht hinüber.

Gabi gestikulierte hektisch: »Wir müssen da durch. Was soll das?«

»Ich gehe zu Fuß.«

»Wir sind im Einsatz!«

»Ich hab' Urlaub.« Walde setzte das grelle Blaulicht auf der Konsole vor der Windschutzscheibe ab.

»Das kannst du nicht machen!«

»Du siehst doch, dass ich das kann.« Walde öffnete die Beifahrertür.

»Und wo mach' ich das hin?« Sie zeigte auf das Blaulicht.

»Mach' das Verdeck zu«, rief Walde.

»Aber das ist doch nicht magnetisch, wie soll das Ding denn halten? Außerdem hat es Tote gegeben.«

Walde schwang seine Beine wieder zurück, griff nach dem blitzenden Glas und hielt es mit ausgestrecktem Arm fluchend in die Höhe: »Schöne Scheiße!«

Eine Weile rangierte Gabi durch den Stau bis zur Uferstraße, wo sie sich an drei im Konvoi vorankämpfende Wagen der Berufsfeuerwehr hängen konnte.

»Was ist los?«, fragte Walde. Sie waren auf der Kaiser-Wilhelm-Brücke angelangt. Hier war eine Gasse für die Rettungsfahrzeuge freigemacht worden. Kaum ein Autofahrer befand sich noch in seinem Fahrzeug. Einige standen in Gruppen zusammen, andere schauten vom Geländer aus auf die tief unten fließende Mosel.

»Olga«, Gabi sagte diesen Namen, mit dem sich für Walde nur eine Person verband.

»Was ist mit ihr?«

»Weiß ich selbst nicht genau. Jedenfalls ist ein Bananenbomber aus Spanien die ‚Bitburger' runtergesaust.«

»Ist doch für Lkw gesperrt.«

»War dem aber scheinbar egal, bis ihm dann auf der steilen Abfahrt die Bremsen heiß liefen und er die Kurve nicht mehr gekriegt hat. Er soll den Parkplatz an der Villa Kestenberg abgeräumt haben, inklusive Olgas Mobil.«

»Olgas Wohnwagen?«

»Du weißt doch, das Wohnmobil mit dem roten Lämpchen auf dem Parkplatz hinter der FH. Da soll der Bananenbomber auf seiner Schussfahrt reingerauscht sein.«

Hinter der Brücke kamen die Feuerwehrwagen auf den ersten hundert Metern in der schmalen Gasse zwischen dem Staugetümmel nur im Schritttempo voran. Als sie die Kurve an der Napoleonsbrücke hinter sich gelassen hatten, fädelte sich Gabi auf der verwaisten Busspur ein und beschleunigte nun hinter den bergan sausenden Feuerwehrwagen.

In der Kurve an der Villa Kestenberg herrschte totales Chaos. Hier wimmelte es von Fahrzeugen und Menschen, die hin und her eilten. Die Kollegen von der Schupo hatten es geschafft, alle drei Spuren komplett vom übrigen Verkehr freizumachen.

Links waren die doppelt übereinander verschraubten Leitplanken eingedellt, rechts, im Scheitel der 180-Grad-Kurve, lagen sie platt am Boden, als wäre eine riesige Dampfwalze darüber hinweggerollt.

Walde kannte den kleinen Parkplatz, der sich dahinter befand. Von dort starteten tagsüber viele Jogger in den Stadtwald. Nach der Dämmerung übernahm Olga das Revier. In ihrem schummrig beleuchteten Wohnmobil – manchmal war es nur eine Kerze, um die Batterie zu schonen – empfing sie allabendlich ihre Kundschaft. Aus den Anfängen in einem Wohnwagen, dessen Scheiben immer wieder von bigotten Gegnern zerschlagen wurden, hatte sich Olga in ein Wohnmobil hochgearbeitet, das sie zu den üblichen Stoßzeiten hier platzierte.

Diesmal bot sich ein ganz anderes Szenario. Gabi fuhr an einem Durcheinander aus Feuerwehr-, Kranken- und Streifenwagen entlang und fand erst weit hinter den Wagen der Feuerwehr, denen sie gefolgt war, einen Platz zum Anhalten.

*

Hier oben schien das Zentrum der Nebelglocke zu sein, die schon den ganzen Tag über der Stadt hing. Walde und Gabi kamen an hilflosen Polizisten vorbei, die den Versuch, für Ordnung zu sorgen, aufgegeben hatten.

»Schöne Scheiße.« Gabi stakste durch ein Gewirr aus Feuerwehrschläuchen, Kabeln und diversen Rettungsgeräten. Sie näherten sich einer Batterie von Scheinwerfern, die auf den Wald neben dem Parkplatz gerichtet war. Die Äste der Nadelhölzer warfen Schatten auf die dahinter stehenden Stämme. Im unteren Bereich rankten sich silbrig reflektierende Blätter, die von Schlinggewächsen stammten. Ein Geländewagen mit verbeultem Kotflügel stand mit zum Wald hin gerichteter Schnauze, als wolle er das Treiben beobachten, das sich dort abspielte. Der Nebel mischte sich mit Dieselgeruch.

Als Walde näher kam, sah er im Gegenlicht Aluminiumleitern schimmern, über denen sich in der Höhe halbrunde Konturen abzeichneten. Die Szenerie war so unwirklich, dass er eine Weile brauchte, bis er verstand, dass dort oben Räder waren und die Leitern an den Unterboden eines umgestürzten Sattelschleppers gelehnt waren.

Unter seinen Schuhen knirschte Glas. Er hatte den geteerten Bereich des Parkplatzes verlassen. Auf der weichen, mit Tannennadeln bedeckten Erde glitzerten Glassplitter, die kleinere Inseln bildeten. Vor ihm ertönte plötzlich ein markdurchdringendes Geräusch, das eine spontane Fluchtreaktion in ihm auslöste. Er hielt sich die Ohren zu und sah, wie Gabi unbeirrt voranschritt und in dem Gewimmel aus Schläuchen, Kabeln, blinkenden Geräten und Menschen verschwand. Was für eine hilfsbereite Welt, in der er lebte. Ein gewaltiger Aufwand an Menschen und Maschinen wurde hier betrieben, und noch immer kam Verstärkung.

»Was ist das?«, rief Walde in eine nur Sekunden währende ruhige Phase hinein.

»Wir versuchen es mit der Rettungsschere«, antwortete ihm einer der Feuerwehrleute, der sich im Bereich der Lampen aufhielt. »Aber das bringt wahrscheinlich nicht viel. Wir brauchen erst den Kran.«

»Was für einen Kran?«

»Um den hier freizuziehen.« Der Mann zeigte auf das dunkle Ungetüm, das sich gekrümmt wie ein gestrandeter

Pottwal mit abgeknicktem Führerhaus vor ihnen erhob. »Ein Glück, dass er nicht Feuer gefangen hat.« Wieder zerriss das Geheul der Rettungsschere die Luft und fuhr Walde in die Eingeweide.

»Da vorn ist nichts mehr zu machen«, schrie ihm der Feuerwehrmann zu.

Unter der Plane des Sattelschleppers sickerte eine rote Flüssigkeit hervor. Der Mann war Waldes Blick gefolgt: »Der hat Erdbeeren oder sonstwas geladen. Das gibt eine Riesensauerei.«

»Hallo«, grüßte jemand, der mit einer Kamera in der Hand vorbeieilte. Walde folgte ihm, konnte aber nicht mit ihm Schritt halten, weil er entgegenkommende Leute vorbeilassen musste. Vor ihm flackerten Blitzlichter auf. Walde sah für Sekundenbruchteile in eine Mulde, wo sich umgestürzte Bäume über Styropor und zerfetzte Kunststoffteile türmten. Hier roch es stechend nach Diesel.

»Schöne Scheiße.« Gabi kam ihm entgegen und zog ihn am Arm mit sich zurück. »Da vorn klebt nur noch ein Klumpen an den Bäumen. Der Lkw-Fahrer soll noch leben.« Gabi blieb stehen und versuchte, sich eine Zigarette anzuzünden.

»He, lassen Sie das!«, fuhr einer der Feuerwehrleute sie an.

»Klar Mann, ist okay«, versuchte ihn Gabi zu beruhigen. Sie nahm wieder Waldes Arm und sagte: »So wie ich das mitbekommen habe, müssen sie erst mal den ganzen Sattelschlepper entladen. Erst dann können sie das Führerhaus und das, was davor hängt, aus den Bäumen ziehen.«

»Das dauert aber seine Zeit. Und was ist mit dem Fahrer und denjenigen aus dem Wohnmobil?«

»Die Notärzte versuchen, den Fahrer am Leben zu erhalten. Von weiteren Überlebenden weiß ich nichts.«

Sie waren wieder bei dem verbeulten Wagen angelangt. Gabi blieb stehen und zündete sich die Zigarette an. »Hast du was zu schreiben dabei?«

Walde schüttelte den Kopf.

»Dann merk dir die Nummer«, sie zeigte auf das Kennzeichen. »Der war wohl Olgas letzter Freier.«

»Bist du sicher?«

»Was denn sonst? Bei dem Nebel und der Dunkelheit ist wohl kaum mehr ein Jogger im Wald unterwegs.«

»Vielleicht hat er sein Auto hier abgestellt, weil er eine Panne hatte oder mit jemand anderem weitergefahren ist.«

»Wir werden sehen.«

Am Wagen überholte sie der Fotograf von vorhin, den Walde erst jetzt erkannte.

»Hallo, Rob!«, grüßte ihn Gabi.

»Hallo, zusammen«, grüßte er zurück und ging zu einem Motorrad, wo er die Kamera in einer der Seitentaschen verstaute.

*

Gabi wendete ihren *Z3* und fuhr den Berg hinunter in Richtung Innenstadt.

»Fahren wir noch über Euren?«, fragte Walde. Im selben Moment wurde er nach vorn geschleudert, weil Gabi hart auf die Bremse trat. Ein Sattelschlepper brauste mit quietschenden Reifen, unbehelligt von den zahlreichen Polizisten, an der Unfallstelle vorbei, abwärts in Richtung Stadt.

»Hast du den gesehen?«, entrüstete sich Gabi. »Den müsste man aus seiner Kutsche ziehen und dazu verdonnern, beim Bergen seines Kollegen, der da vorn im Wald liegt, zu helfen.«

Nach einer Weile fragte sie: »Wohin willst du in Euren?«

»Zu Richter Harras.«

»Was willst du um diese Zeit noch da.« Gabi fuhr über die Geradeaus-Spur der längst auf Rot gesprungenen Ampel an der Kaiser-Wilhelm-Brücke.

»Ich möchte nur nach Harras sehen. Erst die Sache mit seiner Tochter, dann der Skandal mit der Freilassung der Erpresser. Das ist auch für einen erfahrenen Richter ein bisschen viel auf einmal.«

Walde schien es, als stünden in der Straße vor Richter Harras' Haus die Autos noch enger als sonst. Kölner und Mainzer Kennzeichen waren darunter. Die Auffahrt war zugeparkt. Dahinter belagerte eine Gruppe dunkler Gestalten den kleinen Weg, hinter dem Harras' Haus vollkommen im Dunkeln lag.

»Der Justizskandal scheint sich herumgesprochen zu haben.«

»Das wird in der ganzen Bundesrepublik ein Thema sein.«

»Meinst du, die wissen von seiner Tochter?«

»Deshalb sind sie nicht gekommen, aber inzwischen haben sie auch das längst spitzgekriegt.« Gabi legte den Rückwärtsgang ein. »Das hindert die Pressefuzzis aber nicht daran, dem armen Mann umso penetranter auf die Pelle zu rücken.«

»Fahr' bitte weiter«, Walde hatte keine Lust auf einen Spießrutenlauf durch die Pressemeute.

Gabi fuhr langsam vorbei und wendete am Ende der Sackgasse. Auf dem Rückweg bremste sie kurz hinter Harras' Einfahrt scharf ab. Als der Wagen stand, ließ sie die Scheibe herunter. Walde sah einen korpulenten Mann, der mit Kamera und Stativ vorbeieilte. Er erkannte in ihm den Fotografen der örtlichen Tageszeitung. Noch bevor Walde eingreifen konnte, legte Gabi los: »Du schmieriges, aasfressendes Paparazzi-Arschloch hast hier noch gefehlt!«, keifte sie ihn an. Die Hand mit dem nach oben gereckten Mittelfinger aus dem Fenster, fuhr sie los. Hinter ihnen zuckten Blitze.

»Du solltest nochmal über meinen Tipp mit der Gewaltfantasie nachdenken. Und gezählt hast du auch nicht!«

Gabi presste hervor: »Der kann froh sein, dass du dabei warst, sonst hätte ich ihm ganz was anderes erzählt!« Es klang nicht überzeugend. Walde spürte, dass sie sich über sich selbst ärgerte. Die obszöne Handbewegung war ein gefundenes Fressen für die an akutem Futtermangel leidenden Fotografen.

*

Nach dem zweiten Bier fragte Walde, wie spät es sei. Gabi war sonderbar wortkarg. Monika, auskunftsfreudig wie in Dienstzeiten als Pressesprecherin, schaute auf ihre schmale Uhr mit den goldenen Halbmonden als Zeiger.

Wie sich herausstellte, saß Walde schon über eine Stunde im *Muselfesch*, länger, als er nach der Geschichte auf der Bitburger vorgehabt hatte. Er verabschiedete sich von seinen Kollegen und umarmte Harry, der immer noch zwei Krücken benötigte. Wenn alles gut ginge, komme er in zwei Monaten wieder zur Kripo zurück, versicherte ihm Harry. Er war blass und hatte eingefallene Wangen.

Harry fürchtete nichts mehr als die Frührente. Falls Grabbe nach Luxemburg wechselte, wäre nicht mehr viel übrig von dem eingespielten Team, das sie einmal gewesen waren.

Walde ging zu Fuß zur neuen Wohnung. Zwischen Farbeimern fand er eine Bäckertüte mit zwei Kümmelstangen. Sie stammten vom Vortag und schmeckten auch so. Kauend betrachtete Walde die gelungene Decke im Kinderzimmer. Er konnte sich nicht sattsehen an den vielen Details. Was war das in der unteren linken Ecke, das unter einer Wolke hervorlugte? Walde ging näher heran und legte den Kopf noch weiter in den Nacken. Er glaubte, eine Art Monogramm zu erkennen. Philipp hatte sein Deckengemälde mit drei ineinander verwobenen Buchstaben signiert: *IWA*.

Bachs Fuge geriet zu einer wilden Kakophonie, weil die Klingel offensichtlich mehrmals kurz hintereinander gedrückt wurde.

»Hoffmann hat die beiden auf dem Tisch, kommst du mit?« Gabi versprühte am späten Abend noch den gleichen Elan, den sie schon am Morgen gezeigt hatte. Sie machte diesmal nicht den Versuch, Walde davon abzuhalten, sich zum Umziehen ins Bad zurückzuziehen.

»Er hat Olga und ihren letzten Freier wirklich zusammen auf einem Tisch«, informierte sie ihren Kollegen durch die geschlosseneTür.

*

»Ich hab' noch einen da, der von der Biewertalbrücke gesprungen ist«, der Pathologe deutete zu den Kühlfächern. »Der sieht wenigstens noch wie ein Mensch aus. Aber bei denen hier kann ich teilweise nicht einmal mehr sagen, was zu wem gehört.«

»Dann ist also anzunehmen, dass sie gerade zugange waren, als es den finalen Bums gab«, sagte Gabi. »Ist es nicht so, dass viele Männer sich wünschen, direkt aus den Armen einer schönen Frau in die ewigen Jagdgründe einzugehen?«

»Die Dame war nicht mehr sehr jung«, sagte Hoffmann.

»Schön war sie nie, aber sie hatte innere Schönheit, sonst wäre sie ja wohl nicht so beliebt gewesen«, sagte Gabi.

»Das stammt aus den Fragmenten einer Brieftasche.« Der Pathologe überreichte Walde einen erstaunlich unversehrten Führerschein.

Walde war überrascht, als er das Bild eines Mannes betrachtete, der zu schulterlangen Haaren und Vollbart Jackett und Krawatte trug. Der Führerschein stammte aus dem Jahr 1976 und war auf Karl Schmidt ausgestellt.

»45 Jahre ist er alt geworden, sie war knapp sechzig«, erläuterte der Arzt. »Es hat keine Sekunde gedauert, bis beide tot waren.«

Auf dem Rückweg zum Parkplatz des Krankenhauses sagte Walde: »Ich hab' ihn noch nie so betroffen gesehen.«

»Dafür schien er aber noch in ganz lockerer Verfassung zu sein.«

»Hast du nichts bemerkt?«, fragte er.

»Nee, was denn?« Sie versuchte, sich beim Passieren des Ausgangs eine Zigarette anzuzünden. Ein Windstoß vereitelte ihr Vorhaben.

»Er hat keinen seiner üblichen Witze erzählt.«

Gabi blieb stehen: »Jetzt, wo du es sagst, fällt es mir auch auf.« Sie drehte sich mit dem Rücken zum Wind und schaffte es endlich, die Zigarette anzuzünden. Den Rauch ausstoßend sagte sie: »Du kommst doch mit?«

»Wohin?«

»Zur Witwe. Ich habe sowas noch nicht gemacht, Walde, bitte«, sie tippte ihm an die Schulter, damit er zu ihr herüberschauen und den Schmollmund sehen konnte, mit dem sie bettelte: »Du sollst das so gut können.«

»Was?«

»Schlechte Nachrichten überbringen, das sagen alle.«

»Wer ist alle?«

»Na, die Kollegen bis rauf zum Präsidenten. Du hättest das Zeug zu einem Seelsorger.«

Walde schüttelte den Kopf: »Auch ein Seelsorger hat mal Urlaub.«

»Ein Seelsorger hat nie Urlaub, der wird berufen, genau wie ein Polizist auch berufen wird.«

»Ich habe mich noch nie berufen gefühlt.«

»Das ist traurig.«

»Ich muss mit der Wohnung fertig werden.«

»Und wenn ich dir verspreche, dass du einen Wunsch frei hast?«

»Egal welchen?«

Gabi grinste anzüglich: »Du kannst es dir aussuchen.«

*

»Wie sieht es mit seiner Religionszugehörigkeit aus?«, fragte Walde, dem die Intervallschaltung des Scheibenwischers gegen den stärker werdenden Regen kaum freie Sicht verschaffte. Niemand war auf der Straße Am Weidengraben zu sehen. An den meisten Fenstern waren die Rollläden heruntergelassen.

»Negativ, sonst hätte ich einen richtigen Seelsorger mitnehmen können.« Gabi fuhr auch in der Wohnstraße zu schnell.

»Zweitens solltest du dich über die Familienverhältnisse kundig machen, mit wem er zusammenwohnt...«

»Da vorne ist es.« Gabi setzte den Wagen an einer Bushaltestelle auf den Bordstein. »Hab' ich alles schon gecheckt. Keine Kinder, wohnt allein mit seiner Frau, knapp zwanzig Jahre verheiratet. Auf Karl Schmidt war ja dieser Wagen zugelassen, du weißt schon, deshalb konnte ich das alles vorher rauskriegen.«

»Regel Nummer eins: Überzeuge dich, dass du bei der richtigen Adresse bist«, sagte Walde, als sie ausstiegen. »An der Wohnungstür solltest du dich sofort als Polizist zu erkennen geben und ohne Umschweife zum Thema kommen, dann ist der Hinterbliebene schon auf das...«

»Ja, Herr Lehrer, wird gemacht.« Gabi stieg die dunklen Treppen zur Eingangstür hinauf. Sie drückte auf den rötlich glimmenden Lichtknopf unter der dreireihigen Klingelleiste. Nichts tat sich. Mit dem Feuerzeug aus ihrer Handtasche, die Walde ihr nachgetragen hatte, leuchtete sie die Schilder ab.

Auf der Straße fuhr langsam ein schwarzes *Mercedes* Coupé vorbei. Der Wagen passte nicht so recht in diese Gegend. Walde bückte sich und versuchte, den Fahrer zu erkennen.

»War das nicht Balzer?«, fragte er seine Kollegin.

Gabi hatte schon das Handy gezückt: »N'Abend Grabbe...«

»...«

»Sorry .«

»...«

»Ja, ich weiß...«

»... «

»Tut mir Leid...«

»...«

»Du musst zum Weidengraben kommen. Ein schwarzer *Mercedes CL 500* ist gerade vorbeigefahren. So häufig gibt's den in Trier nicht. Ich glaube, Balzer treibt sich hier rum. Womöglich will er sich in der Wohnung von Hanna Harras zu schaffen machen.«

Sie wendete sich wieder den Namensschildern zu: »Wie soll ich denn hier was sehen, wenn alle Lampen kaputt sind? Da ist es.« Gabi drückte eine Klingel. Es dauerte eine Weile, bis der Türöffner summte, ohne dass jemand an der Gegensprechanlage nachfragte. Im selben Augenblick ging auch die Treppenhausbeleuchtung an.

Das Interieur ähnelte dem, das Walde vor wenigen Tagen im Haus von Hanna Harras gesehen hatte. Nur mit dem Unterschied, dass hier die Graffitisprayer weder die Wände noch die teils aufgebrochenen Briefkästen noch die Türen des Fahrstuhls verschont hatten.

Nach einer Odyssee durch verschiedene Etagen entdeckten Walde und Gabi im dunklen Flur des vierten Stocks einen Lichtschein, der aus einer nur angelehnten Wohnungstür fiel.

»Nichts im Treppenhaus sagen, erst wenn wir in der Wohnung sind...«

»Jaaa, jaaa«, Gabis Absätze klapperten auf den stumpfen Fliesen noch eine Spur lauter als gewöhnlich.

Walde klopfte an die Tür. Alles blieb ruhig. Er schob sie auf und klopfte nochmals. In der Diele war niemand. Der Geruch von verbrannten Zwiebeln hing in der Luft. Aus einer Tür drang das Geräusch eines Fernsehers.

»Hallo«, rief Walde.

»Dein Schnitzel ist im Müll«, hörten sie eine Stimme, die kaum den Lärm aus dem Fernseher übertönte.

»Hallo, Frau Schmidt«, Walde blieb im Türrahmen stehen

und spähte in das nur vom bläulichen Fernsehbild erleuchtete Zimmer. Er sah eine Couchgarnitur, bestehend aus zwei Sesseln, einem Sofa und einem halbhohen Tisch in der Mitte. Auf dem Sofa konnte er die Umrisse einer korpulenten Frau erkennen.

»Wir sind von der Polizei.«

Einem Schrei folgte der dumpfe Aufprall eines Gegenstandes auf dem Teppich. Walde beobachtete eine Gestalt, die vom Sofa aufsprang.

Das hatte ihm heute Abend noch gefehlt: »Bleiben Sie ruhig. Mein Name ist Waldemar Bock und das ist meine Kollegin…«

»Was machen Sie hier?«, unterbrach ihn die Frau. Die Verfolgungsjagd auf dem Bildschirm ging weiter. »Wie spät ist es?«

»Dreiundzwanzig Uhr dreißig. Dürfen wir uns setzen?« Walde fiel es schwer, die Gereiztheit in seiner Stimme zu unterdrücken.

Ohne eine Antwort zu erhalten, nahmen Walde und Gabi in den beiden Sesseln Platz, wobei Gabi diskret ein paar Socken von der Sitzfläche auf den Teppich beförderte.

»Sie sind die Ehefrau von Karl Schmidt?« Walde bemühte sich langsam zu sprechen und betonte jedes Wort.

»Was hat er angestellt?« Die Frau versuchte, sich eine Zigarette anzuzünden. Nach dem dritten vergeblichen Anlauf reichte ihr Gabi Feuer. Die Verfolgungsjagd nahm kein Ende.

»Dürfte ich Sie bitten, den Fernseher etwas leiser zu stellen.«

Walde schien es, als habe sie auf der Fernbedienung gesessen. Sie zog sie unter sich hervor und machte dem übermäßigen Reifenabrieb ein Ende, indem sie das Gerät ausschaltete. Für einen Moment war es stockdunkel im Raum. Walde und Gabi lauschten dem Stampfen auf dem Teppich, bis die Frau den Fußschalter der Stehlampe gefunden hatte. Das Wohnzimmer war in einem Stil eingerichtet, den man vor zwanzig Jahren als altdeutsch bezeichnete.

»Wo ist meine Zigarette?« Die Frau bückte sich nach einem Aschenbecher, der vor der Couch auf dem Teppich lag. Ein ansehnlicher Berg Kippen hatte sich daraus ergossen. Sie wühlte darin herum. Walde blickte auf ihren Scheitel und das dünne Haar. »Kann ich Ihnen helfen?«

Die Frau hatte die Zigarette gefunden, zog geistesabwesend daran und hielt sie mit der Glut nach unten in der Hand, als wollte sie den Glimmstengel verstecken.

»Frau Schmidt, wir müssen Ihnen leider eine traurige Mitteilung machen.« Walde setzte sich bei diesen Worten gerade auf. »Ihr Mann ist heute Abend ums Leben gekommen.«

Die Frau auf der Couch nahm ebenfalls eine kerzengerade Haltung ein, zog an der Zigarette und schaute dann auf den dunklen Fernseher, als gäbe es dort noch etwas zu sehen.

Walde warf Gabi einen Blick zu. Sie bedeutete ihm mit einer knappen Geste mit der Hand zum Mund und einem Blick zu der leeren Schnapsflasche auf dem Tisch, welchen Eindruck sie von der Frau hatte.

«Frau Schmidt, haben Sie verstanden, was ich Ihnen gesagt habe?« Walde bemühte sich, laut und deutlich zu sprechen. Nun tat ihm die Frau Leid. Er konnte sich vorstellen, was sie für ein Leben hinter sich hatte. Haushalt, Kinder, wenig Geld, ein Mann, der bestimmte, wo es lang ging. Nun waren die Kinder aus dem Haus und der Frust wurde mit der Flasche betäubt.

«Was ist passiert?«

«Ihr Mann hatte einen Unfall.« Walde zog es vor, nicht auf Details einzugehen.

Die Frau schlug die linke Hand vor den Mund und riss die Augen auf, in der rechten hatte sie noch immer die Zigarette versteckt. Sie schluchzte, fing sich wieder und fragte: «Kann ich ihn sehen?«

Diese Frage hatte er befürchtet: «Das ist im Moment leider nicht möglich.« Die Frau realisierte die Nachricht nicht. Sie stand wahrscheinlich unter Schock. Es würde eine Weile dauern, bis sie das Gehörte erfassen konnte.

»Wie ist es passiert?«

Walde seufzte: »Er hat sich in einem Wohnwagen auf dem Parkplatz an der Villa Kestenberg aufgehalten.«

Frau Schmidt angelte hinter einem der Couchkissen eine weitere Flasche hervor, nahm ein Glas vom Wohnzimmertisch und füllte es zur Hälfte. Mit nach hinten gelegtem Kopf trank sie es auf einen Zug leer. Dann starrte sie wieder auf den dunklen Fernsehschirm und schwieg.

In die Stille hinein fragte Gabi: »Ihr Mann fuhr einen *Toyota* mit dem Kennzeichen TR...«

»... der Karl hat seit Jahren keinen Führerschein mehr«, unterbrach sie die Frau. »Das soll aber nicht heißen, dass er sich nicht bei den Nutten herumtreiben konnte.«

Walde stutzte. Der Mann hatte keinen Führerschein. »Darf ich mich kurz umsehen?« Er registrierte das abwesende Nicken der Wohnungsinhaberin und suchte die Diele auf. Die Tür zur Küche stand offen. Dort brannte ein Licht über dem Herd. Die nächste Tür führte in ein dunkles Schlafzimmer. Walde schaltete das Deckenlicht ein und blickte auf ein Doppelbett aus weißem Schleiflack. Auf dem rechten Kopfkissen oberhalb des ordentlich gefalteten und glatt gestrichenen Steppbettes lag ein Nachthemd. Auf der anderen Seite wirkte das Bettzeug wie zu einer Wurst verdreht. Oben schaute ein Stück glänzende Kopfhaut heraus.

Gabi schaute Walde verstört an, als er ins Wohnzimmer zurückkam.

Walde setzte sich wieder: »Frau Schmidt, können Sie mir bitte sagen, wer da in Ihrem Schlafzimmer im Bett liegt?«

*

»Regel Nummer eins: Überzeuge dich, dass du bei der richtigen Adresse bist«, sagte Gabi spöttisch und leuchtete mit ihrem Feuerzeug das Klingelschild von vorhin ab: »Da, hier ist noch mal Schmidt.« Die Flamme erlosch. Gabi wedelte mit der Hand und blies über die Finger. Dann leuchtete die Flamme wieder auf: »Schöne Scheiße! Wie wurde der Schmitt geschrieben?«

»Mit DT.«

»Eben der war mit Doppel-T, der hier ist mit DT.«

»Guck mal vorsichtshalber, ob es noch weitere Schmidts gibt.«

Gabi hatte sich erneut einen Finger angesengt.

Diesmal waren sie an der richtigen Adresse. Walde überließ es weitgehend Gabi, der Frau, die sie aufwecken mussten, die schlechte Nachricht zu überbringen. Eine Schwester von Frau Schmidt war zu Besuch, in deren Obhut ließen sie die Witwe zurück.

Auf der Rückfahrt zur City sagten beide nichts. Erst als die im weihnachtlichen Glanz erleuchteten Gründerzeitfassaden der Hotels neben der Porta Nigra auftauchten, fragte Gabi: »Und?«

»Was und?«

»Du weißt doch, was ich dir versprochen hab'. Du hast einen Wunsch frei.«

Als Walde nicht antwortete, fügte sie an: »Zu dir oder zu mir?«

»Zu mir, ich meine, zur neuen Wohnung.«

»Och, Mensch«, Gabi riss an der Ampel zur Lindenstraße den Wagen nach links und fuhr ein Stück gegen die Einbahnstraße, um in die Franz-Ludwig-Straße einzubiegen.

»Musste das jetzt sein?«, protestierte er.

Hundert Meter weiter parkte sie ein, schaltete den Motor ab und griff nach ihrer Handtasche.

»Was hast du vor?«, fragte Walde.

»Sag' jetzt nichts, ich mag es nicht, wenn die Stimmung zerredet wird.«

»Ich sag' dir, was du für mich tun sollst.«

»Dann sag's«, stöhnte Gabi und prüfte im Innenspiegel den Zustand ihres Make-ups.

»Ich möchte«, hob Walde an, »nie mehr ‚Schöne Scheiße' von dir hören!«

Freitag, 29. November

Am frühen Morgen entschied sich Walde an der Kreuzung, an der er eigentlich links zur neuen Wohnung abbiegen wollte, für den Weg geradeaus in Richtung Präsidium. Der Ostwind blies unvermindert kalt. Die wenigen Menschen auf den Straßen beeilten sich, an ihr Ziel zu gelangen.

Seine Ohren schmerzten, als er ins Präsidium eintrat, wo ihm wohltuende Wärme entgegenschlug. Im Flur der ersten Etage hörte er Gabis Stimme durch die angelehnte Tür seines Büros. Sie saß mit dem Rücken zur Tür am Besprechungstisch, neben ihr hatte Grabbe, der tiefrote Flecken auf Stirn und Wangen hatte, Platz genommen. Gegenüber saß Meier, wie immer mit unbewegter Miene.

»... und als wir dann endlich bei der richtigen Frau Schmidt gelandet waren, verlangte die von uns«, Gabi hob ihre Stimme um eine Oktave, »ich möchte, dass der Name meines Mannes nicht in der Presse erscheint!«

Jetzt erst bemerkte Gabi Walde hinter sich: »Der Lauscher an der Wand hört seine eigene Schand.«

Walde ging nicht darauf ein: »Olga soll für den Job schon ziemlich betagt gewesen sein, sagt Dr. Hoffmann.«

»Schön war sie nie«, bemerkte Meier.

»Ach, du kanntest Olga?« Gabi wandte ihre Aufmerksamkeit nun Meier zu.

»Nicht so, wie du meinst.«

»Ach?« Gabi grinste anzüglich.

»Was soll das heißen?«

»Was?«

»Dieses Ach?«

»Nichts.«

»Dann ist es ja gut.« Und nach einer kurzen Pause: »Was gibt es denn da noch zu grinsen? Ich hab' die Frau, diese…«

»Olga.«

»Die hab' ich mal getroffen, weder dienstlich noch geschäftlich, du weißt, was ich meine. Ich steh' nicht auf wackelnde Wohnwagen.«

Gabi ließ nicht locker: »Wie soll ich das verstehen, weder dienstlich noch geschäftlich?«

»Hast du noch Unterlagen von der Geiselnahme?«, wandte sich Walde an Meier. »Ich würde gerne einen Blick hineinwerfen.«

»Warum interessierst du dich auf einmal dafür?«

»Ich hab' da so ein Gefühl. Der Tod von Harras' Tochter und die Freilassung der Geiselnehmer könnten zusammenhängen.«

»Das meiste hat die Staatsanwaltschaft, ich kann mal nachsehen, was bei uns noch so rumliegt«, Meier ging zur Tür.

»Ich helfe dir«, schaltete sich Grabbe ein. Er humpelte aus dem Zimmer. Walde fiel auf, dass sein rechtes Hosenbein um das Knie spannte, obwohl die Hose weit geschnitten war.

»Warst du gestern Abend noch zu Hanna Harras' Wohnung?«, rief Walde ihm nach.

»War nix, keine Spur von Balzer, das Siegel an der Tür war unberührt. Vielleicht war er zufällig dort unterwegs.«

»Zufällig?«

Als die beiden das Büro verlassen hatten, wandte sich Gabi an Walde: »Wenn ich mir's recht überlege, war es der absolute Wahnsinn, den ich dir da gestern Abend angeboten habe. Du hättest wer weiß was von mir verlangen können.« Sie atmete tief durch. »Zum Beispiel, dass ich nicht mehr rauchen darf oder schlimmer noch«, ihre Augen waren vor Schreck geweitet, »nur noch Schuhe mit flachen Absätzen tragen dürfte...«

Grabbe hockte zwischen zwei offenen Schranktüren in Meiers Büro auf dem Boden und schichtete Akten von einem Stapel auf den anderen.

»Störe ich?«, fragte Walde beim Eintreten.

»Sekunde, wir sind gleich durch«, sagte Meier, der neben Grabbe stand und beobachtete, wie sein Kollege einen Stapel in den Schrank zurückwuchtete und wieder umständlich auf die Füße kam.

»Mehr ist nicht von der Geiselgeschichte da. Den Rest hat die Staatsanwaltschaft.« Meier reichte Walde einen verschlissenen grünen Aktendeckel. »Aber hast du das schon gesehen?« Er zog eine zusammengefaltete *Bildzeitung* aus der Innentasche seiner Jacke. Neben der Schlagzeile »SCHLAFKAMMER LÄSST GEISEL-GANGSTER FREI« war ein Foto abgebildet, das einen roten *BMW Z3* mit dem Kennzeichen TR zeigte, der Rest war geschwärzt. Aus dem Fenster der Fahrerseite war eine Hand mit erhobenem Mittelfinger gestreckt.

Meiers Kehle entfuhr ein Glucksen.

»Was gibt es zu lachen?«, fragte Grabbe.

»Ich habe nicht gelacht«, sagte Walde.

Bei Meier verstand es sich von selbst, dass er Gefühlsäußerungen dieser Art normalerweise nicht von sich gab. Dennoch erinnerte sich Walde noch zu gut daran, wie Meier im Frühjahr regelrecht ausflippte, als Grabbe im Moselschlamm gelandet war.

Grabbe zog sich stöhnend am Schrank hoch. Aus der Nähe erkannte Walde Hautabschürfungen auf Grabbes Stirn und Wange.

»Du siehst ziemlich lädiert aus«, sagte er zu seinem Kollegen und deutete auf die Schürfwunden auf der rechten Gesichtshälfte, die durch eine Jodtinktur noch mehr auffielen.

»Das ist noch gar nichts.« Grabbe ließ sich mit ausgestrecktem Bein auf einen Stuhl sinken und verzog dabei sein Gesicht. »Du müsstest mal mein Knie sehen!«

»Hast du auch einen Russen getroffen?«

»Nein, einen Engländer!«

»Wie bitte?« Bei Walde blitzte das Bild von englischen Hooligans auf.

»Scheiß Radfahrer.«

»Warst du bei einem Radrennen?«

»Zum Glück hatte ich einen Helm auf.« Grabbe wickelte ein Hosenbein hoch und zog Kühlakkus aus einem Verband, den er um das Knie trug. »Am unteren Mattheiser Weiher kam mir in der Kurve ein Radfahrer auf der falschen Seite entgegen. Das hat vielleicht gekracht. Ich bin im hohen Bogen auf dem Asphalt gelandet.«

»Und der andere?«

»Der Frau ist nichts weiter passiert, die war zum Glück ziemlich langsam und…«, Grabbe flüsterte, »… du wirst es nicht glauben. Es war eine Engländerin, die mir auf meiner Spur entgegenkam.«

»Bei allem Mitgefühl«, Walde konnte ein Grinsen nicht unterdrücken. »Das ist ja nicht zu fassen.«

»Und obendrein hat sie noch Radfahrerflucht begangen.«

»Woher weißt du denn, dass es eine Engländerin war?«

»Das hab' ich am Akzent gehört, als sie mir hochgeholfen und gefragt hat, ob ich mir etwas getan hätte.«

»Dann war es keine Fahrerflucht!«

»Sie hätte sehen müssen, was sie angerichtet hat«, sagte Grabbe. »Ich habe unter Schock gestanden und bin gleich wieder aufs Rad und weitergefahren. Erst unten in St. Mattheis fingen die Schmerzen an und mir ist aufgefallen, dass das Vorderrad einen gewaltigen Achter hatte.«

Auf dem Weg zu seinem Büro begegnete Walde dem Polizeipräsidenten.

»Hab' gleich ein Meeting«, Stiermann eilte vorbei. »Schon wieder im Dienst?«

»Nur standby, Chef.«

»Was wollten Sie eigentlich von Hoss?« Der Präsident verlangsamte seine Schritte.

Walde war auf die Frage nicht vorbereitet.

»Sie haben mich doch vor ein paar Tagen angerufen und sich nach Holger Schaffreck, dem OLG-Richter aus Koblenz erkundigt.«

»Ach so«, wiegelte Walde ab. »Den haben wir bei Harras getroffen, scheint ein Freund von ihm zu sein.«

In seinem Büro widmete sich Walde der Akte. Er fand einen Stapel Papiere und Fotos von Meiers Geiselfall. Es gab noch einen dritten Täter, der mit dem Ehemann zur Bank gefahren war, während die beiden anderen die Ehefrau als Geisel in der

Wohnung gefangen gehalten hatten. Unterwegs war der Mann an einer roten Ampel aus dem Auto gesprungen und geflüchtet. Anschließend hatte er eine der größten Polizeiaktionen ausgelöst, die Trier jemals erlebt hatte. Die Straßen um die Wohnung, in denen die Geiselnehmer die Frau gefangen hielten, wurden abgesperrt. Kurz bevor eine Spezialeinheit zur Stürmung des Hauses eingesetzt worden war, gaben die beiden Gangster auf. Von dem dritten Mann fehlte bis heute jede Spur. Die Gangster hatten der Frau mit einer Spritze gedroht, in der sich angeblich AIDS-Viren befanden. Später stellte sich heraus, dass es sich bei der Flüssigkeit lediglich um Wasser gehandelt hatte. Walde betrachtete nacheinander die Fotos. Eines zeigte eine Spritze, ein anderes das Haus.

Meier erschien in der Tür: »Nicht gerade das, was die ängstliche Mutter sich zum Schwiegersohn wünscht«, kommentierte er die Fotos der beiden Erpresser, die Walde in der Hand hielt. »Weißt du, ich hab' mal überlegt, was der Prozess, die Haft und die anschließende Abschiebung gekostet hätten. Da hat der Harras dem Staat ein ganz schönes Sümmchen erspart.«

»Du meinst, die erscheinen nicht zum Prozess?«

»Sag' mal, die sind längst über alle Berge. Sie kamen aus Russland und hatten einen deutschen Vorfahren im weitverzweigten Stammbaum aufzuweisen. Ich vermute, die waren beim Militär oder irgendwelchen Geheimdiensten beschäftigt und haben dann hier im Westen als sogenannte Sicherheitsleute das gemacht, was sie drüben gelernt haben.«

»Und das war?«

»Na eben Leute überwachen, Menschen Angst einjagen, sie unter Druck setzen und was sonst noch bei der Firma anstand, für die sie gearbeitet haben.«

»Ich habe nicht so ganz kapiert, was die überhaupt bei der Geiselnahme im Sinn hatten«, sagte Walde.

»Im Prinzip nur Schulden eintreiben für eine illegal arbeitende Inkassofirma, die in keinem Handelsregister verzeichnet war.«

»Was waren das für Schulden?«

»Ein ziemlich hoher Betrag aus einem Immobiliengeschäft, den die Opfer einem Geschäftsmann aus dem Hunsrück schuldeten.« Meier klopfte auf die Akten. »Wenn du mich fragst, ist keiner von denen ganz sauber, ob sie hier Opfer oder Täter heißen.«

»Was ist mit dem dritten Mann?«, fragte Walde.

»Hat sich in Luft aufgelöst. Die beiden feinen Herren, die du da siehst«, Meier zeigte auf die Fotos, »haben zwar ein Geständnis abgelegt, behaupten aber, den dritten Mann nicht gekannt zu haben. Sie haben ihn angeblich erst am Tattag kennen gelernt.«

»Dann ist es für den dritten Mann auch gut, wenn die beiden anderen nicht mehr gegen ihn aussagen können«, sagte Walde.

»Das ist der Punkt.« Meier sprach lauter. Für Walde ein Zeichen, dass er die Panne des Landgerichts immer noch nicht verwunden hatte. »Der dritte Mann war der Kopf des Kommandos. Wir haben alles durchkämmt, wo man nur nach Russen suchen konnte. Danach haben wir die Fahndung auf Verdächtige aus dem gesamten osteuropäischen Raum ausgeweitet.«

»Ohne Ergebnis, wie man sieht.«

Meier senkte seine Stimme, als wolle er vermeiden, dass außer Walde jemand hörte, was er jetzt sagte: »Ich habe auf die Verhandlung gesetzt. Spätestens da hätten die ausgepackt. Die Staatsanwaltschaft wollte sich auf einen Deal einlassen. Wenn sie Entgegenkommen gezeigt hätten, wäre eine deutliche Strafverkürzung drin gewesen.«

»Mit anderen Worten«, interpretierte Walde, »wenn sie den Chef ans Messer geliefert hätten.«

»So ähnlich.«

Unterwegs zur Treppe wurde Walde am Ärmel festgehalten: »Gut, dass du noch da bist!« Gabi sprach so gedämpft, dass er ihre Stimme nicht gleich erkannte.

»Was ist denn?«

»Komm' mal bitte mit, du warst ja auch dabei.«

»Wobei?« Walde folgte ihr zögernd über den Gang.

»Na, gestern Abend.« Gabi zog ihn weiter am Ärmel.

Er schüttelte ihren Griff in dem Moment ab, als sie ohne anzuklopfen die Tür zum Vorzimmer des Polizeipräsidenten öffnete.

»Gehen Sie gleich durch, Sie werden erwartet.« Die Sekretärin wies auf die offene Tür, wo Stiermann bereits am Besprechungstisch saß und stumm auf die Stühle ihm gegenüber deutete.

Auf dem Tisch lag aufgefaltet die *Bildzeitung*. Gabi würdigte sie keines Blickes. Walde war vorhin auf dem Gang nicht über die fetten Lettern hinausgekommen, nun las er den Bildtext: ‚So kommentiert die Trierer Polizei den Justizskandal.'

Das Schweigen am Tisch währte bereits über eine Minute. Damals, es war schon Jahre her, hatte es höchstens dreißig Sekunden gedauert, bis Walde von seinem wutschnaubenden Chef vom Dienst suspendiert worden war. Und die Stille dehnte sich immer weiter aus. Selbst Gabi, sonst nie um einen Spruch verlegen, schien den Ernst der Situation zu spüren.

Stiermann atmete mehrmals laut ein und aus, scharrte mit den Füßen unter dem Tisch und begann sehr leise zu sprechen: »Der Oberbürgermeister hat mich soeben angerufen. Dieses Blatt zählt für gewöhnlich nicht zu meinen bevorzugten Informationsquellen. Ich habe mir wohl oder übel eins bringen lassen.« Stiermann atmete wieder hörbar ein und aus. Das Scharren unter dem Tisch unterstrich seine Anspannung. »Diese widerliche Headline, dann dieses Foto…« Stiermann sank nach hinten in seinen Sessel. Walde fürchtete, sein Chef habe einen Herzinfarkt erlitten.

»… mit dieser vernichtenden Subline.« Die letzten Worte waren kaum zu verstehen.

Wenn er sie nicht umbringt, dann tu ich es, dachte Walde und betrachtete Gabi von der Seite, die angespannt im Sessel saß. Wie konnte sie ihn hierher schleppen, wo sie doch genau wusste, dass sie persönlich, und keineswegs Walde, zum Rapport gebeten worden war?

Von Stiermann war wieder nur ein Schnauben und das Scharren der Füße unter dem Tisch zu hören. Nicht mehr lange und er würde angreifen, wie ein wilder Stier.

In die Ruhe vor dem Orkan hinein sagte Gabi ganz gelassen: »Chef, das würde ich zum Presserat geben, das ist eine ganz billige Fotomontage. Das ist typisch *BILD*, dafür muss man nicht einmal Günther Wallraff gelesen haben, um diese hinterhältige Tour zu durchschauen.«

Walde erwartete, dass Stiermann lostobte. Aber er schien nachzudenken.

»Immer alles in den Dreck ziehen«, fuhr Gabi fort. »Das können die. Die Justiz verhöhnen und im gleichen Aufwasch noch der Polizei an den Karren fahren.«

»Wo wir bei Karren sind«, der Polizeipräsident sprach kaum

lauter als vorhin. »Was denken Sie, um wessen Auto es sich hier auf diesem Foto handelt?«

»Eindeutig kein Polizeifahrzeug, das wüsste ich«, sagte sie mit sachlicher Miene.

Walde konnte Gabis Dreistigkeit nicht fassen. Er erkannte auf dem Foto den vertrauten Aufkleber der Eintracht Trier links vom Kennzeichen, das auf dem Original sicher die komplette Nummer von Gabis Wagen zeigte.

»Ach«, sagte Gabi, »jetzt fällt bei mir der Groschen. Sie meinen…« Sie schlug mit der flachen Hand auf den Tisch.

Stiermanns Scharren wurde unterbrochen. Gleichzeitig hatte sein Atem ausgesetzt. Walde hörte nur noch Gabis Armreif gegen die Tischplatte klimpern. Hatte sie ihn nicht vorher an ihrem linken Handgelenk getragen? Ebenso war der Ring am Mittelfinger verschwunden. Anstelle der Herrenuhr trug sie nun eine schmale Damenuhr mit zwei goldenen Halbmonden über dem Zifferblatt, die Walde bekannt vorkam.

Stiermann musste kurzsichtig sein, dass er den hellen, ungebräunten Streifen an ihrem linken Finger nicht bemerkte.

»Es handelt sich Ihrer Meinung nach um ein Fake?«, fragte Stiermann.

Gabi nickte: »Und obendrein noch schlecht gemacht. Die würde ich mit Klagen überziehen, dass denen Hören und Sehen vergeht. Verleumdung, Rufmord, Beamtenbeleidigung, Vortäuschung falscher Tatsachen…«

»... dieser Arm mit der Herrenuhr und dem Ring am Mittelfinger…«, Stiermann zog die Zeitung zu sich heran und hielt sich das Foto dicht vors Gesicht.

Gabi streckte ihren linken Arm in die Höhe mit der Handfläche nach vorn: »Das ist ja wohl lächerlich, aber sehen Sie selbst.«

Aus der Perspektive des Präsidenten waren die Spuren des Rings auf der Innenseite der Hand und der größeren Armbanduhr auf der ungebräunten Seite ihres Handgelenks nicht zu sehen.

»Ist denn jemand anderes gefahren, Herr Bock?«

Die Frage des Präsidenten überraschte Walde so sehr, dass er den Mund weit aufriss und sein Gesicht einen dümmlichen Ausdruck annahm, während der Präsident auf die Herrenarmbanduhr starrte, die Walde am linken Handgelenk trug.

»Na hören Sie mal«, wehrte sich Walde. »Solche Handbewegungen gehören nun aber wirklich nicht zu meinem Repertoire.«

Zum Abschied brachte Stiermann nicht einmal das gewohnte ‚See You' über die Lippen.

*

Noch bevor Walde sie zur Rede stellen konnte, schlüpfte Gabi in den Fahrstuhl und fuhr in den Keller. Am Schießstand ballerte sie das Magazin leer. Dann lud sie nach und feuerte nochmals sechs Kugeln ab. Bei jedem Schuss brüllte sie: »Arschloch!«

Sie hatte sich nicht einmal die Zeit genommen, den Lärmschutz anzulegen. Jetzt klingelte es in ihren Ohren, als habe sie einen akuten Hörsturz erlitten. Vielleicht war es ja auch einer. Sie steckte sich eine Zigarette an und drückte den Knopf, um die Pappscheibe heranzubefördern. Zehn Kugeln waren im Ziel, zwei hatte sie nach oben verrissen. Sie inhalierte den Rauch tief in die Lunge, bevor sie ihn durch die Nase ausstieß. In welche Kneipe sollte sie einen Schnaps trinken gehen? Sie warf die frisch geladene Pistole in die Handtasche zurück. Der Lauf war noch heiß.

Oben in ihrem Büro schloss sie sich ein und ließ sich mit dem Oberlandesgericht in Koblenz verbinden.

»Ich hatte gestern in der Uni leider keine Zeit.« Gabi legte die Füße auf den Schreibtisch und lehnte sich in ihrem Stuhl zurück.

»No problem.« Holger Schaffreck hörte sich erfreut an. »Aufgeschoben ist nicht aufgehoben.«

»Wann sind Sie wieder hier in Trier?«

»Kommenden Donnerstag hab' ich zwei Vorlesungen.«

»Erst nächste Woche?«

»Wenn Sie nicht bis dahin warten wollen, dann kommen Sie mich doch auf meiner Ranch in Hatzenport besuchen.«

»Wo liegt das denn?«

»Das erkläre ich Ihnen dann.«

*

Auf der Straße vor dem Präsidium trat Walde gegen ein hohles Computergehäuse, das neben dem Müllcontainer stand. Wie konnte er sich nur in diese Schmierenkomödie mit der *Bildzeitung* reinziehen lassen? War Stiermann so blöd oder wollte er wirklich auf Gabis Linie einschwenken, die Geschichte mit dem Stinkefinger als Fälschung abzutun? Walde beschleunigte seine Schritte, um Distanz zwischen sich und diese blöde Geschichte zu bekommen.

In der Johannisstraße hielt die dichte Bebauung den kalten Wind weitgehend ab. Dennoch schmerzten Waldes Ohren bereits wieder. Er musste sich erst an die Kälte gewöhnen. Vor ihm rangierte eine junge Frau ihren Kinderwagen aus einer schmalen Ladentür auf den Bürgersteig. Walde blieb stehen, um sie vorbeizulassen. Im Netz des Wagens steckte eine Tüte ohne Beschriftung und auf der Ablage zwischen den Rädern standen zwei prall gefüllte Stoffbeutel. Die Frau vermied den Blickkontakt mit ihm. Als er neben dem Geschäft angelangt war, sah er, dass es keine Schaufensterdekoration gab. Nur ein kleines Schild an der Tür wies auf zwei kurze Öffnungszeiten pro Woche hin. Ein Sozialdienst gab hier kostenlos Lebensmittel weiter, die bei Supermärkten aussortiert worden waren. Walde war bekannt, dass die Kundschaft der ‚*Tafel*', so nannte sich die Einrichtung, in dem Maße wuchs, wie sich die wirtschaftliche Lage in der Stadt verschlechterte.

Aus alter Gewohnheit verließ er den breiten Fußweg hinter dem Stadttheater und ging über unebene Rasengittersteine und Kellerroste direkt am Gebäude entlang in Richtung des Personaleingangs. In einem unter dem Straßenniveau gelegenen Raum des Theaters probte ein Streicherquintett. Schon als Schüler hatte Walde auf seinem Heimweg hier stets einen kleinen Umweg gemacht, um durch das Oberlicht einen Blick in die Proberäume zu erhaschen, wo oft das Ballettensemble tanzte. Er fühlte bei seinen immer nur wenige Sekunden währenden Beobachtungen, dass er etwas sah und hörte, das nur ihn allein als Zuschauer hatte. Nie hatte er sich als Schüler getraut, stehen zu bleiben. Zu mehr als lediglich seine schon damals schnelle Gangart zu drosseln, fehlte ihm der Mut.

Diesmal blieb er stehen und drehte dem Fenster den Rücken zu. Auf dem Fußweg pendelten Menschen zwischen Rathaus und den Bushaltestellen am Rande der Fußgängerzone. Auffallend viele Frauen mit Kinderwagen, manche mit einem weiteren Kind an der Hand, waren darunter. Wahrscheinlich verband die ein oder andere allein erziehende Mutter heute Morgen den Gang zum Sozialamt mit dem Besuch der Lebensmittelausgabe in der Johannisstraße. Auf diese Weise konnten vielleicht einige Euro für Weihnachtsgeschenke gespart werden. Früher waren ihm Kinderwagen kaum aufgefallen. Als werdender Vater schien es ihm, dass sich seine Wahrnehmung der neuen Situation anpasste.

Walde betrachtete die hohe Mauer auf der anderen Seite des Weges. Mehr als ein Schüler hatte hier den Versuch eines Klimmzugs mit blutenden Händen bezahlen müssen. Auf dem Sims waren Glasscherben einbetoniert. Walde fragte sich, ob es sie immer noch gab und nahm das Stahltor in der Mauer in Augenschein, das oben in kleinen Zacken auslief. Von dem dahinter gelegenen Haus waren nur die mit dunklem Schiefer verkleideten Ränder des Flachdaches zu sehen. Er erkannte das Haus vom Foto in der Akte wieder. Links im Torbereich war eine Klingel ohne Namensschild angebracht und darüber eine Kamera in der Wand eingelassen. Walde drückte auf den Klingelknopf und wartete eine Weile an der Sprechanlage, bis sich eine Frau mit unsicherer Stimme meldete.

Es stellte sich heraus, dass sie zufällig im Haus war, um die Pflanzen zu versorgen. Die Bewohner waren in den Süden verreist. Genaueres konnte Walde nicht herausfinden. Während des kurzen Gesprächs blieb das Tor verschlossen. Ein eisiger Wind blies ihm um die Ohren. Hätte er seinen Dienstausweis dabei, wäre ihm die Kälte wahrscheinlich erspart geblieben. Walde hinterließ seine Telefonnummer, und die weibliche Stimme versprach, ihm die Urlaubsadresse der Bewohner mitzuteilen.

Er widerstand der Versuchung, in ein Café einzukehren, um sich aufzuwärmen, und entschied, zur neuen Wohnung zu gehen. Der Rückweg führte ihn über den Justizplatz. Der Eingang des Gerichtsgebäudes wurde von Leuten mit Kameras und Stativen belagert. Walde schienen es weniger als am vergangenen Abend zu sein. Offensichtlich hatte man ihnen den Zugang verwehrt. Aus ihrer Anwesenheit schloss er, dass sich Harras im Gebäude aufhalten musste.

Walde wurde aufmerksam gemustert, als er an den Journalisten vorbei ins Gericht ging. Vielleicht erregte er deren Interesse, weil er seinerseits die Gruppe keines Blickes würdigte.

Am Eingang wurde er aus der Pforte angesprochen: »Stellen Sie sich mal vor, Herr Kommissar«, sagte einer der grün uniformierten Gerichtsbediensteten, »so ein Pressefuzzi, ein ganz ausgekochter von da draußen, hat uns heute drangekriegt. Er sagte, er wolle zur Verhandlung in den Saal 56, muss sich wohl vorher erkundigt haben. Aber da wollte er natürlich gar nicht hin. Im Korridor des Landgerichts haben wir ihn gestellt und vor die Tür komplimentiert.« Er senkte seine Stimme: »Man will die Presse an so einem Tag wie heute ja nicht unnötig verärgern.«

»Dann ist Dr. Harras also da?«, fragte Walde.

Der Beamte nickte: »Tach, Herr Dr. Haupenberg.«

Der Anwalt eilte im wallenden Mantel mit Pelzbesatz und Hut in das Gebäude.

»In dem seiner Haut wollt' ich net stecken«, sagte der zweite Mann hinter der Glasscheibe.

Auf der Treppe fragte sich Walde, wen der Pförtner mit seiner letzten Bemerkung gemeint hatte, den Richter oder den Anwalt?

Die Tür zum Büro des Richters stand offen. Walde klopfte an den Türrahmen. Harras war in eine Akte vertieft. Er hob den Kopf mit dem weißen Bürstenhaarschnitt und sah über den Rand seiner Lesebrille. Für gewöhnlich hatte Walde ein Problem mit den Trägern solcher Halbbrillen.

»Herr Kommissar«, begrüßte ihn der Mann hinter dem Schreibtisch, »was kann ich für Sie tun?«

»Störe ich?« Walde sah, dass die dunklen Ringe unter Harras' Augen noch größer geworden waren.

»Wobei?«, fragte der Richter. »Bei Dienstvergehen? Oder haben Sie mich in meiner Großen Schlafkammer geweckt? Mein Ruf ist bereits ruiniert, wenn man der örtlichen Tageszeitung und *BILD* glauben darf. Aber knapp 70 Anklagen und 190 Beschwerden müssen in diesem Jahr von drei Kammern bewältigt werden, trotz Krankheit und Urlaub.« Mit einem gelben Zettel markierte er die Stelle, an der er die Akte zuklappte. Dann ergänzte er den Satz: »Hinzu kommen unvorhergesehene Umstände und Trauerfälle.« Er stand auf und reckte sich hinter seinem Schreibtisch, als täten ihm die Knochen vom langen Sitzen weh: »Ich müsste schon längst einen besseren Stuhl haben. Aber überall wird gespart. In Ihrer Behörde wird das nicht besser sein.«

»Wir haben immerhin ein renoviertes Gebäude bekommen.«

»Mit neuen Möbeln?«

Walde schüttelte den Kopf.

»Was halten Sie von einem Kaffee?«, fragte Harras.

Nachdem Walde zugestimmt hatte, räumte der Richter die in Arbeit befindliche Mappe auf einen der hohen Aktenstapel, die sich auf beiden Seiten der tintenfleckigen Schreibauflage türmten.

Sie verließen das Büro. Beim Abschließen der Tür sagte Harras: »Ich gebe kurz im Sekretariat Bescheid, dass ich gehe.«

An den Flurwänden waren neben den Räumen der Rechtsanwälte eine Reihe Haken angebracht. Sie hingen zum Brechen voll mit Jacken und Mänteln. Ein langer Wollmantel mit dunklem Pelzbesatz fiel Walde ins Auge, der eindeutig Anwalt Haupenberg gehörte. Darunter lag auf dem Fußboden ein Hut, Haupenbergs Borsalino, mit der Öffnung nach oben. Im Hutinneren lag etwas Glänzendes. Walde blieb stehen. Harras ebenfalls. Der Richter zog sein Portemonnaie aus der Hosentasche. Es gab einen hellen Ton, als Münze auf Münze traf. Ohne eine Miene zu verziehen, ging Harras weiter. Als Walde ihm folgte, hörte er hinter sich Schritte, die abrupt aussetzten, dann das Klingen von Münzen und schließlich Gelächter.

Sie fuhren mit dem Fahrstuhl bis in den Keller und verließen diesen über eine Rampe, die dazu genutzt wurde, Häftlinge aus den Gefängniswagen zu den Zellen im Kellertrakt des Gerichts zu befördern. In der angrenzenden Dietrichstraße war kein Fotograf zu sehen. Der Richter führte Walde zu einem Café am Paulusplatz.

Sie nahmen an einem kleinen Tisch am Fenster Platz, von wo sie auf die Fassade der Werkkunstschule mit ihren hohen Fenstern sehen konnten. Der bestellte Kaffee wurde schnell serviert.

»Ich habe viel nachgedacht, über meine Familie und meine berufliche Vergangenheit.« Der Richter schaute an Walde vorbei zum Fenster hinaus. »Ich war kein guter Vater. Für die Erziehung der Kinder hielt ich meine Frau zuständig. Als mein Sohn verschwunden ist, habe ich sie dafür verantwortlich gemacht.« Er rührte im Kaffee. Walde kam es vor, als spreche Harras zu sich selbst. »Das war ein Fehler. Sie ist daran zugrunde gegangen. Sie hat gewartet, aber es kam und kam kein Lebenszeichen von ihm, nicht mal eine Postkarte. Sie ist krank geworden. Keine fünfzig war sie, als sie starb. Und ich hab' mich noch mehr in den Beruf gestürzt und alle gehasst, die mit BTM-Sachen zu mir kamen. Ich dachte, ich mach' was gut, wenn ich sie in Haft stecke. Nur weil ich in den Drogen den Grund für das Verschwinden meines Sohnes sah.«

»Und weshalb ist er weggegangen?«

»Das weiß ich immer noch nicht. Ich weiß heute nur, dass ich keinen dafür verantwortlich machen kann«, er nippte am Kaffee. »Nicht mal mich selbst.« Harras' Stimme ging in der ansteigenden Geräuschkulisse des Cafés unter.

Aus der gegenüberliegenden Schule strömten mehr und mehr Schüler herein und belagerten die Verkaufstheke. Ein blondes Mädchen überquerte mit gemächlichen Schritten inmitten der hetzenden Schüler die Straße. Sie schien älter zu sein, vielleicht studierte sie Modedesign. So könnte Doris als Studentin ausgesehen haben, dachte Walde.

Auch dem Richter schien das Mädchen nicht entgangen zu sein. Erinnerte sie ihn an seine Tochter?

Walde konnte ihn gegen den Lärm an der Theke kaum verstehen. »Heute Mittag wird Hanna beigesetzt. Ich weiß nicht, wie ich das mit den Presseleuten durchstehen soll.«

»Wenn Sie möchten, kann die Polizei Sie abschirmen, natürlich in Zivil«, bot Walde an.

Der Richter seufzte. »Manchmal hoffe ich, in einem Albtraum zu sein und bloß aufwachen zu müssen und alles wieder so ist, wie es war.«

Harras stand auf. Walde erhob sich ebenfalls. Der Richter drückte ihm die Hand: »Ich nehme Ihr Angebot an.« Fast unhörbar fügte er hinzu: »Fassen Sie den Täter!«

*

Kaum hatte Walde sich umgezogen und eine Wandfläche mit hartnäckigen Tapetenresten in Angriff genommen, als eine schnelle Tonfolge ihn zusammenzucken ließ. Vor der Haustür stand ein mannshoher Karton.

»Nimmst du den bitte mal.« Marie lugte neben dem Teil hervor.

Eine Viertelstunde später hatten sich schon etliche Kartons im Kinderzimmer angesammelt. Walde konnte kaum glauben, dass das alles in Maries *Kangoo* gepasst hatte, der nicht leer zu werden schien.

»Was habt ihr denn da alles gekauft?«, fragte er keuchend. Er versuchte, Platz für den Aufbau der Möbel zu schaffen.

»Erst beim Schreibtisch konnte ich Doris bremsen«, sagte Marie und schaute zu Doris hinüber, die auf einem der Kartons saß und mit beiden Händen ihren Bauch umfasst hielt.

Walde öffnete einen Karton und zog die Gebrauchsanweisung heraus. Es handelte sich offensichtlich um ein Regal. Er überlegte, was das Baby mit einem Regal anfangen sollte.

Als würde sie seine Gedanken erraten, sagte Doris: »Das ist für Bücher.» Sie lächelte. »Für Bilderbücher, Puppen und Schmusetiere.«

Walde schleppte immer noch Karton um Karton aus dem Wagen. Darunter eine, wie er den Aufklebern entnehmen konnte, Wickelkommode mit Auflage und einem erhöhten Aufsatz für Babypflegeutensilien, ein Schrank, ein Himmelbett und Regale.

Marie brachte die von der *Ikea*-Tour erschöpfte Doris nach Hause. Walde begann mit dem Aufbau. Er hielt sich genau an die Bauanleitungen, legte sich jedesmal fein säuberlich alle Schrauben, nach Größen getrennt, wie in der Zeichnung aufgeführt, zurecht. Das nur aus wenigen Varianten bestehende Aufbauprinzip war ihm schnell wieder vertraut. Viel schneller, als er anfangs geglaubt hatte, leerten sich die Kartons. Stundenlang schraubte er Möbel um Möbel zusammen. Als er endlich den Kleiderschrank aus massiver Buche aufgebaut hatte, bei dessen sperrigen Teilen er gezweifelt hatte, ohne fremde Hilfe zurechtzukommen, musste er feststellen, dass die Rückwand mit der rauen Außenseite nach innen eingebaut war.

»Schöne Scheiße«, rutschte es Walde heraus. Das Läuten des Telefons riss ihn aus seinen Überlegungen. Es war die weibliche Stimme, die ihn am Vormittag vor dem Tor der Villa gegenüber dem Stadttheater abgefertigt hatte. Sie gab ihm die Nummer eines Ferienhauses auf Gran Canaria durch, wo sich die Hausinhaber zur Zeit aufhielten.

Walde vertippte sich zweimal, bevor die korrekte Nummer im Display seines Telefons angezeigt wurde.

Eine Frau meldete sich mit einem Schwall spanischer Worte, aus denen Walde glaubte, por favor herauszuhören. Erst dachte er, an einen falschen Anschluss geraten zu sein, bis eine männliche Person ein »Ja, bitte!«, das misstrauisch klang, in den Hörer brüllte. Im Hintergrund kläffte heiser ein Hund.

»Hier Bock von der Kripo Trier.«

»Für eine Entschuldigung ist es reichlich spät«, dröhnte es Walde entgegen.

Er war an einen Menschen geraten, der glaubte, bei Ferngesprächen die Distanz durch Brüllen überbrücken zu müssen.

»Ich verstehe nicht.« Walde fügte vorsichtshalber an: »Akustisch verstehe ich Sie gut, aber was meinen Sie mit Entschuldigung?«

»*BILD* hält mich auch hier auf dem Laufenden. Könnt ihr den Hund mal rausschaffen!«

»Das ist schön für Sie«, seufzte Walde, der sich nicht vorstellen konnte, worüber *BILD* außer den Lottozahlen auf dem Laufenden hielt.

»Das ist überhaupt nicht schön, was ihr euch da geleistet habt«, brüllte es aus dem Hörer.

»Guter Mann, ich glaube, da werfen Sie Justiz und Polizei in einen Topf. In Deutschland herrscht Gewaltenteilung zwischen…«

»Ja, ja, kommen Sie zum Punkt«, unterbrach ihn die Gegenseite. »Das Gespräch kostet schließlich meine Steuergelder.«

Walde war längst jeder Cent zu schade, den er an diesen Unsympath hing: »Es geht um die Täterbeschreibung des Mannes, der mit Ihnen zur Bank gefahren ist.«

»Das habe ich doch alles längst zu Protokoll gegeben, südlicher Typ halt…«

»Aber Sie sagten, dass es sich um einen Russen handelt?«

»Russenmafia, sagte ich doch, vielleicht aus Südrussland, was weiß ich.«

»Hat er geraucht?«

»Das weiß ich doch jetzt nicht mehr, nach über einem halben Jahr, das hättet ihr mich damals fragen sollen, wenn das so wichtig ist.«

»Überlegen Sie mal.«

Walde hörte, wie sich sein Gesprächspartner eine Zigarette anzündete und dann kräftig ausatmete.

»Der hat, glaube ich, Bonbons gelutscht.«

»Welche Geschmacksrichtung?«

»Wir haben uns nicht geküsst, sonst könnte ich Ihnen das sagen.«

»Haben Sie nichts gerochen?«

»Im Frühjahr ist mein Heuschnupfen am Schlimmsten, da rieche ich monatelang nichts.«

Es klingelte und Walde öffnete die Tür. Gabi kam herein und glättete mit beiden Händen ihren Rock, über dem sie eine elegante schwarze Lederjacke trug.

»Was soll das?« Waldes Blick blieb an ihrem ausladenden schwarzen Hut hängen.

»Wie soll ich die Frage verstehen?«

»Dass du die Frechheit besitzt, hierher zu kommen, nach allem, was passiert ist.«

»Wenn du schon nicht zum Beischlaf bereit warst, hast du mir wenigstens beigestanden, so sehe ich das, Punkt.«

»Das sehe ich ganz anders, nämlich so: Du hast mein Vertrauen ausgenutzt und nichts anderes.«

»Es war mir wichtig, dass du beim Gespräch mit Stiermann dabei warst.«

»Als Blitzableiter?«

»Nein, als Beistand, wirklich, das meine ich ehrlich. Allein hätte ich das mit Stiermann nicht durchgestanden.«

»Dafür hast du aber noch ganz schön frech abgedrückt«, sagte Walde.

»Das war nichts als panische Flucht nach vorn. Ich hab' Mist gebaut und dazu stehe ich auch, da brauchst du keine Angst zu haben, als Blitzableiter, wie du es ausgedrückt hast, missbraucht zu werden.«

Walde spürte, dass Gabi es ernst meinte. Jetzt nahm er wieder ihre Kopfbedeckung wahr. »Fährst du nach Ascot zum Pferderennen?«

»Hast du etwa die Beerdigung vergessen?«

»Die hab' ich genauso wenig vergessen wie deinen Auftritt bei Stiermann.«

»Wie ich schon sagte, das war die Flucht nach vorn. Monika ist übrigens der gleichen Meinung wie ich, dass wir uns auf *BILD* gar nicht einzulassen brauchen. Die würden uns bei einer Stellungnahme sowieso das Wort im Mund herumdrehen.«

»Ich muss die Möbel ins Kinderzimmer räumen, sonst kommt hier morgen keiner beim Umzug durch.«

»Dann beeil' dich.«

»Das krieg' ich allein nicht hin, da muss mir jemand helfen«, sagte Walde. »Kannst du vielleicht?«

»Na gut, aber erst nach der Beerdigung.«

Draußen blieb Walde hinter Gabis Wagen stehen und besah sich den verräterischen Fleck neben dem Nummernschild, wo bis vor wenigen Stunden der Aufkleber von Eintracht Trier geklebt hatte.

»Worauf wartest du?«, rief ihm Gabi zu. »Wir fahren mit deiner Kiste. Ich hab' kaum mehr Benzin im Tank. Hoffentlich sind deine Sitze sauber.«

Sie fuhren an der hohen Mauer des Hauptfriedhofs vorbei, über die zwischen Baumwipfeln die Spitzen mächtiger Grabmale mit Engeln und Kreuzen lugten. Am Tor, nahe der Friedhofskapelle, war einem Kamerateam und ein paar Fotografen von den dort kontrollierenden Polizisten der Zutritt verwehrt worden. Ab und an richtete jemand aus dem Grüppchen ein Objektiv auf einen Passanten, der zur Trauerfeier eilte.

Als Walde und Gabi das Tor erreichten, kam Bewegung in die Gruppe der Presseleute. Gabi putzte sich mit einem Trompetenstoß die Nase. Walde traute seinen Augen nicht, als er zu seiner Begleiterin hinüber sah. Sie trug einen dünnen schwarzen Schleier vor dem Gesicht, der oben am Hut befestigt war. Sie erinnerte ihn an Jackie Onassis bei der Beerdigung ihres zweiten Ehemannes. Allerdings war Gabi etwas größer und kräftiger als die legendäre Witwe.

»Jungs, ich nehm' mir den gleichen Anwalt wie Prinzessin Caroline, falls ihr auf die Idee kommen solltet, noch ein unvorteilhaftes Foto von mir zu veröffentlichen«, rief Gabi den Presseleuten zu.

»Welches meinen Sie?«, fragte einer von ihnen zurück.

Gabi hielt es diesmal für angebracht, ihr vorlautes Mundwerk zu halten.

»Alle weiteren Eingänge werden ebenfalls überwacht«, teilte sie Walde mit, als sie auf einem der breiten Kieswege im Inneren der hohen Mauern angelangt waren. »Harras wird über eine Zufahrt, die vom Friedhofspersonal genutzt wird, direkt zur Kapelle gebracht.«

»Du hast dem Fotografen keine Antwort gegeben, als er dich auf das bereits veröffentlichte Foto ansprach.«

Gabi schien es plötzlich eilig zu haben: »Am besten trennen wir uns. Hiermit halten wir Verbindung.« Sie reichte Walde ein Funkgerät. »Wehe, es hat sich ein Paparazzo hereingeschlichen!«

»Übrigens«, platzte es aus Walde heraus. »Wenn weiter der Vorhang vor deiner Mütze hängt, weigere ich mich, mit dir zusammenzuarbeiten.« Er war sauer, sein Geduldsfaden war gerissen. »Dann kenn' ich dich nicht. Ich mach' mich hier nicht zum Affen.«

Gabi zeigte keine Reaktion. An der Weggabelung in Höhe der Friedhofskapelle stakste sie mit knirschenden Schritten in Richtung der Gräberfelder davon.

Walde sah sich um. Überwiegend junge Menschen waren zur Kapelle unterwegs.

Bis zum Anfang der Grabreihen erstreckten sich große Rasenflächen, die mit braunen Flecken durchsetzt waren. Walde vergaß die Assoziation zu den Leichenflecken, als die ersten Gräber unter den Bäumen auftauchten. Viele waren von Blättern bedeckt. Vergessene Blumen von Allerheiligen verfaulten in den Vasen. Keine Menschenseele war an den Gräbern oder auf den Wegen zu sehen. Auf den Grabsteinen las Walde unter den Familiennamen die Vornamen und Jahreszahlen der Geburts- und Todesjahre. Er stellte fest, dass die Frauen meist später, mitunter sehr viel später gestorben waren als ihre Ehemänner. Selten war die Stelle für den zweiten Namen noch frei. Walde fragte sich, ob der Ehepartner mit dem Wissen um seine letzte Ruhestätte noch lebte, oder ob eine neue Beziehung den nicht mehr rückgängig zu machenden Kauf eines Familiengrabes im Nachhinein ad absurdum geführt hatte.

Er zuckte zusammen, als ihn jemand von hinten in den Rücken knuffte.

»Was machst du denn hier, ich dachte, du ziehst bald in die neue Wohnung?«, fragte seine Kollegin Monika.

»Presse verscheuchen.« Walde drehte sich zu ihr um. »Hast du schon wieder Dienst?«

»Das kann ich dich ebenso fragen.« Sie schaute sich auf dem Friedhof um. »Hätte nicht jemand anders den Job machen können?«

»Du weißt doch, dass man mindestens tausend Kilometer weit wegfahren muss, um bei unserem Verein wirklich Urlaub machen zu können«, sagte Walde. »Außerdem interessiert mich der Fall.«

»Gabi sagt, sie hätte mehrere heiße Spuren«, entgegnete Monika. Sie wurde durch einen Mann abgelenkt, der gebückt neben einem Grab hockte und Laub aus einer kleinen Buchsumrandung zupfte. »Hallo, wir kennen uns.« Sie war stehen geblieben.

Der Mann richtete sich auf. Walde erkannte den dicken Pressefotografen, den Gabi zwei Tage zuvor beschimpft hatte. Vor noch nicht allzulanger Zeit waren die beiden so heftig aneinandergeraten, dass es für Gabi eine Verwarnung vom Polizeipräsidenten gesetzt hatte. Ein Glück, dass Monika, die besonnene Pressesprecherin, den Fotografen entdeckt hatte.

»Sie wissen, dass hier gleich die Beerdigung von Hanna Harras stattfindet?«, sagte Monika zu dem Mann. »Ich muss Sie bitten, mich einen Blick da hineinwerfen zu lassen.« Sie zeigte mit ihrem Dienstausweis auf den runden Lederrucksack, der neben dem Fotografen auf dem Boden stand. »Während der Beerdigung ist auf dem gesamten Gelände des Hauptfriedhofs das Fotografieren verboten.«

»Ich habe immer eine Kamera dabei«, antwortete der Mann ruhig. »Ich bin schließlich Fotograf.«

»Dann muss ich Sie bitten, das Gelände zu verlassen.«

»Mit welcher Begründung?«

»Das habe ich Ihnen bereits gesagt, es liegt heute ein Platzverbot für Fotografen vor. Folgen Sie mir bitte!« Monikas Ton war um eine Nuance energischer geworden.

Der Mann bückte sich und griff nach seinem Rucksack: »Führen Sie mich jetzt ab?«

Monika seufzte: »Ich begleite Sie lediglich zum Ausgang. Die Polizei ist sich durchaus der wichtigen Funktion bewusst, welche die Presse in unserer Gesellschaft einnimmt und deshalb…«

»… klar, dass der nicht fehlen durfte«, wurde sie von Gabi unterbrochen, die unvermittelt zwischen den Gräbern auftauchte.

»Gut, dass du kommst«, Walde schritt ihr entgegen und registrierte dabei, dass ihr alberner Schleier verschwunden war. »Ich möchte was mit dir besprechen.«

Gabi blieb stehen. Derweil setzte sich Monika mit dem Fotografen in Bewegung.

»Was ist denn?«, fragte Gabi ungeduldig.

Walde deutete an, dass er warten wolle, bis die beiden außer Hörweite waren. Währenddessen überlegte er, was es so Dringendes mit Gabi zu reden gab: »Du denkst ja noch daran, was du mir versprochen hast?«

»Was?«

»Die Möbel ins Kinderzimmer zu räumen.«

»War das alles?«

»Und dich nicht nochmal mit deinem speziellen Fotografenfreund anzulegen.« Walde wies hinter sich, wo Monika eben mit dem Journalisten hinter einer Hecke verschwand.

»Der hat das Foto für die *Bildzeitung* gemacht«, grummelte Gabi, »aber ich habe gelernt, bis zehn zu zählen.«

»Die *BILD*-Geschichte kann dir doch egal sein, wo du doch nichts damit zu tun hast.«

»Der hat hundert pro nichts mit dem Grab am Hut, in das er eben seine dreckigen Paparazzogriffel gesteckt hat. Schöne…«

Sie bezogen Posten unter den tief hängenden Zweigen einer weit ausladenden Weide. Von da beobachteten Gabi und Walde, wie sich der Trauerzug hinter dem Wägelchen mit der Urne zum Grab bewegte. Dem Pastor und zwei Messdienern folgte die hoch aufgerichtete Gestalt von Richter Harras und ein ebenso großer junger Mann, dessen glattes blondes Haar bis zu den Schultern reichte.

»Ist das…?«, fragte Walde.

»Nein, nicht der verlorene Sohn«, fiel ihm Gabi ins Wort. »Das ist Hannas Ex, dieser Roland…«

»... und der da?«

»He, ich kenne auch nicht alle Familienmitglieder oder Freunde von Hanna Harras. Die drei da vorn sind Kommilitoninnen...«

»Nein, der da, siehst du nicht?« Walde zeigte in Richtung einer Familiengruft, hinter der ein Teleobjektiv hervorragte. Er wollte sich in Bewegung setzen, aber Gabi hielt ihn an der Jacke fest: »Lass', es ist einer von uns.«

Jetzt sah Walde den Kopf des versteckten Fotografen: »Mensch, das ist doch...«

»Rob der Schnauz, keine Bange.« Gabi hielt ihn immer noch am Ärmel fest. »Er weiß, dass ich ihm höchstpersönlich seinen Schnauz ausreiße, wenn ich eines seiner Bilder in der Presse entdecke.« Gabi zog den Hut tiefer ins Gesicht. Es fing an zu nieseln.

Als sich Pastor und Messdiener nach der Zeremonie zurückgezogen hatten, traten nach und nach die Trauergäste zum Grab, um Erde auf die hinabgesenkte Urne zu streuen.

Der Nieselregen hatte inzwischen die schützende Weide durchdrungen. Walde zuckte jedesmal zusammen, wenn ihm ein dicker Tropfen auf den Kopf platschte.

»Prinz Eisenherz hat mir erzählt...«, flüsterte Gabi.

»...wer?«

»Der blonde Roland«, Gabi nahm den Hut ab und schüttelte die Nässe herunter. »... Hanna habe sich während der vier Jahre, die sie zusammen waren, für die Ehe aufgespart.«

»Gibt's das noch?«

»Jedenfalls behauptet er das.« Gabi setzte den Hut wieder auf.

»So wie er behauptet, ein Alibi zu haben?«

Die Trauergesellschaft hatte sich in alle Richtungen aufgelöst. Im Hintergrund warteten zwei Arbeiter, bis Hannas Vater und Roland sich voneinander verabschiedet hatten. Ein Mitarbeiter des Bestattungsinstituts begleitete den Richter zu dem Wagen, der ihn bereits zum Friedhof gebracht hatte.

Gabi und Walde folgten dem blonden jungen Mann. Als sie ihn fast erreicht hatten, hörten sie Schluchzen. Sie ließen sich ein wenig zurückfallen und gingen eine Weile hinter ihm her, bis sie das offene Gelände im Bereich der Friedhofskapelle erreichten, wo der junge Mann sie bemerkte und stehen blieb.

Von den Spitzen seiner Haare tropfte das Wasser auf die vom Regen dunkel gefärbten Schultern seines grauen Mantels. Waren es Tränen oder Regentropfen, die ihm über die Wangen liefen? Gabi reichte ihm ein Taschentuch, mit dem er sich das Gesicht abwischte.

»Mein Beileid, das ist mein Kollege, Kommissar Bock.«

Eine nasse Hand wurde Walde gereicht.

»Haben Sie einen Moment Zeit?« Gabi steuerte auf einen überdachten Anbau neben der Kapelle zu, wo sie Schutz vor dem Regen fanden. »Wie lange bleiben Sie in Trier?«

»Ich muss noch heute zurück nach Tübingen, mein Zug geht kurz nach 16 Uhr.«

»Da können wir Sie zum Bahnhof mitnehmen«, bot Walde an.

Als sie sich wieder auf den Weg machen wollten, hielt Gabi die beiden Männer zurück. Sie beobachteten, wie die Fotografen und das Kamerateam, ihre Ausrüstung mit Schirmen vor dem Regen schützend, über den Kiesweg zu den Gräberfeldern eilten, um, nachdem die Kontrollen an den Toren aufgehoben worden waren, wenigstens noch Aufnahmen von Hannas Grab zu machen.

Nebenan in der Kapelle erklang ein vielstimmig gesungenes ‚*Wir sind nur Gast auf Erden*'.

Walde hatte nicht bedacht, dass die Rückbank des *Volvo*s umgelegt war und sich darauf Baumaterial, Säcke mit Tapetenabfällen und Schutt befanden.

»Kein Problem, wir zwei Hübschen kommen auch vorne unter«, entschied Gabi und teilte sich mit Hannas früherem Freund, der in der Mitte des Wagens Platz genommen hatte, den Beifahrersitz.

Das Gebläse der Heizung schaffte es kaum, die beschlagenen Scheiben von der Feuchtigkeit freizuhalten, welche Kleidung und Haare der Insassen ausströmte.

»Was studieren Sie?«, fragte Walde.

»Theologie und Geschichte, am Montag steht eine wichtige Klausur an.«

»Für die Sie am Wochenende büffeln müssen.«

»Ja, zumindest möchte ich es versuchen. Ich wäre gerne noch bei Winfried geblieben, aber…«

»Winfried?«

»Winfried Harras. Er war früher mal so was wie ein zweiter Vater für mich, als Hanna und ich noch…« Der junge Mann fasste sich an die Stirn und strich die Haare nach hinten. »Ich bin bei ihnen zu Hause ein- und ausgegangen, habe auch oft dort übernachtet, mich um den Garten gekümmert, manchmal auch gekocht, sogar Winfrieds Hemden gebügelt.«

»Sie haben also zur Familie gehört.«

»Könnte man so sagen. Winfried hat mich wie einen Sohn behandelt. Ich habe da mehr Zeit verbracht als zu Hause.«

»Wie Bruder und Schwester«, sagte Gabi.

»Wie bitte?«

»Sie und Hanna waren für ihn wie seine Kinder.«

»Hanna und ich waren ein Paar«, sagte Roland. »Für mich war klar, dass wir heiraten würden.«

»Aber für Hanna war das anscheinend nicht so klar«, sagte Gabi.

»Ich habe gewartet«, er sprach zögernd weiter, »es wäre vielleicht nicht so gut gewesen, den allerersten zu heiraten. Deshalb dachte ich, sie soll was erleben und dann wieder zu mir zurückkommen.«

»Und Sie?« Gabi ließ sich übertrieben mit der Schulter gegen die Tür fallen, als der Wagen in die Kurve zur Bahnhofstraße einbog.

»Ich verstehe nicht.«

»Haben Sie in den zwei Jahren, in denen Sie nicht mehr mit Hanna zusammen sind, Beziehungen zu anderen Frauen gehabt?«, fragte Gabi.

»Ich brauchte das nicht, Hanna war für mich bestimmt...« Seine letzten Worte gingen in Schluchzen über.

Gabi bedeutete Walde mit wedelnden Handbewegungen weiterzufahren.

Roland versuchte, in seine Tasche zu fassen und wischte, als er nichts darin finden konnte, mit dem nassen Ärmel seines Mantels über das Gesicht. »Wohin fahren wir?«

»Ich möchte mit Ihnen in meinem Büro reden.« Gabi blickte geradeaus.

»Können wir das nicht hier im Auto tun?«

»Nein, das machen wir im Präsidium.«

Walde lenkte den Wagen durch den Feierabendverkehr. Er war gespannt, was Gabi vorhatte. Wollte sie den desolaten Zustand ausnutzen, in dem sich Hannas Ex befand? Roland schniefte.

Walde wies auf das Handschuhfach: »Da drin sind *Tempo*s.«

Roland nahm sich gleich zwei Papiertaschentücher aus der Packung und wischte mit dem einen, noch bevor es Walde verhindern konnte, über die angelaufene Frontscheibe.

Gabi und Walde hängten ihre nassen Jacken jeweils über die Enden des Heizkörpers in Gabis Büro. Roland behielt seinen Mantel an, obwohl er pitschnass war. Er setzte sich auf den Stuhl, den ihm Gabi an dem kleinen Tisch angewiesen hatte. Auf seinen Brillengläsern hatte der Regen Streifen hinterlassen.

Gabi nahm ein leicht gerolltes Blatt von ihrem Schreibtisch und setzte sich neben Walde, der bereits gegenüber von Roland Platz genommen hatte.

»Ich verpasse meinen Zug!«, protestierte Roland.

»Dieses Fax kam heute von den Kollegen aus Tübingen.« Gabi rollte das Blatt gegen die Drehrichtung auf und legte es auf den Tisch.

»Es hat zwar ein paar Tage gedauert, aber die Tübinger Kripo hat sich Mühe gegeben.« Das störrische Papier rollte sich wieder auf. Gabi schlug mit der flachen Hand darauf. »Sie haben mir ganz schöne Sch... Mist haben Sie da erzählt. Für wie blöd halten Sie uns überhaupt?« Sie funkelte Roland an, der ihren Blick erwiderte. »Mit Kommilitonen gebüffelt? Ha, ha! Sie haben sich im ganzen Semester noch nicht an der Uni blicken lassen. Gesoffen und rumgehurt haben Sie!«

Rolands Gesichtsausdruck hatte sich in wenigen Sekunden zum trotzigen Gegner gewandelt: »Jetzt aber mal halblang, das geht Sie einen Dreck an.«

Gabi schnaubte: »Vorsicht, wenn ich nicht bis zehn zählen kann...«

»Dann versuchen Sie es mal bis drei«, Roland grinste, »den

Zahlenraum bis zehn müssen Sie als Bulle ja nicht unbe...«

»Halt!«, rief Walde, der aus den Augenwinkeln sah, wie Gabi zu Ihrer Handtasche griff. »Schluss! Ich mache Sie darauf aufmerksam, dass Sie kurz davor stehen, sich eine Anzeige wegen Beamtenbeleidigung einzuhandeln.«

Gabi schnaubte noch einmal heftig und fuhr dann fort: »Da kann ganz leicht Irreführung der Behörden hinzukommen. Aber das ist mir vollkommen schnuppe. Hier geht es um mehr, viel mehr, nämlich um Mord!« Sie schlug nochmals mit der flachen Hand auf das Fax. »Den Mord an Hanna Harras. Ihr Alibi hat sich in Luft aufgelöst. Die beiden Kommilitonen sind sofort umgefallen, als sie von der Tübinger Kripo befragt wurden. Beide haben am Tatabend definitiv nicht mit Ihnen gearbeitet oder sonst etwas unternommen.«

»Jedenfalls war ich nicht in Trier.«

»Das hätte ich gern genauer.«

»Ich kann das bezeugen lassen«, sagte Roland und fügte kleinlaut an: »Ich war bei meiner Freundin.«

»Ah, ja!« Gabi zündete sich eine Zigarette an. »Sie werden jetzt erst mal erkennungsdienstlich behandelt, das volle Programm mit Speicheltest etc. und dann sagen Sie mir, mit wem Sie an dem besagten Abend zusammen waren. Und bevor das nicht von den Tübinger Kollegen hieb- und stichfest geprüft ist, kommen Sie hier nicht weg.«

»Aber das können Sie doch nicht machen!«

Gabi zuckte die Schultern und gab den Kollegen über Telefon Anweisungen.

»Ich war bei meiner Freundin Karla, ich geb' Ihnen die Adresse.« Rolands Stimme erinnerte wieder an die Jammergestalt vom Friedhof. »Mein Rucksack ist noch im Bahnhofsschließfach.«

»So, dann rufen Sie jetzt diese Karla an und sagen ihr, sie soll die nächste Polizeidienststelle aufsuchen, ihre Aussage zu Protokoll geben und diese zu uns nach Trier faxen lassen«, sagte Gabi.

»Und wenn Sie nicht zu Hause ist?«

»Dann probieren Sie es später wieder oder morgen.« Gabi reichte ihm das Telefon rüber.

Roland vertippte sich in der Aufregung mehrmals. Als er endlich durchkam, legte er nach einer Weile wieder auf. »Was hab' ich gesagt? Sie ist nicht da!«

»Dann versuchen Sie es über Handy.«

»Das hab' ich bereits«, jammerte er.

Gabi zuckte wieder mit den Schultern.

*

»Und du meinst, dass sich dieser Roland zur Tatzeit in Tübingen war?«, fragte Walde, als er zwei Stunden später mit Gabi zur Wohnung zurückfuhr.

»Noch haben wir kein Fax mit Karlas Aussage. Bis dahin bleibt er bei uns. Und wenn das Fax kommt, wird er unter Auflagen freigelassen. Er darf die Stadt nicht verlassen und muss sich jeden Tag bei der Polizei melden.«

»Und wenn Roland türmt?«

»Warum sollte er das tun?«, antwortete Gabi.

»Warum?«, wiederholte Walde. »Vielleicht, weil er Hanna umgebracht hat?«

»Dann kommt er nicht weit. Gabi schüttelte den Kopf, als Walde vor einer auf Gelb umspringenden Ampel anhielt.

«Bin mal gespannt, ob ihm die Karla ein Alibi gibt», bemerkte Walde.

«Wir haben uns für die Ehe aufgespart», äffte Gabi Rolands Ton nach.

Bevor er sie an ihr Versprechen erinnern konnte, ihm beim Transport der Möbel ins Kinderzimmer zu helfen, stieg Gabi vor Waldes Wohnung in ihren Wagen und fuhr ab, ohne sich noch einmal umzudrehen.

*

Hoffentlich hatte Doris nicht auf ihn gewartet! Walde war erleichtert, als die Wohnungstür abgeschlossen war. In der Diele blieb er einen Moment nachdenklich stehen. Dann wurde ihm klar, dass sämtliche Möbel, die er hier zurückgelassen hatte, verschwunden waren.

Er fand sie im Kinderzimmer, wo sie alle einen Platz gefunden hatten.

Aufgeregt rief er Doris an: «Warst du heute Mittag nochmal hier?»

«Wo?»

«Wo schon? In unserer neuen Wohnung», Walde versuchte, nicht wütend zu klingen. «Bitte sag', dass du nicht die schweren Möbel geschleppt hast!»

«Warum?»

«In deinem Zustand ist das doch der helle Wahnsinn!»

«Mir war danach, ein Nest zu bauen. Wann kommst du?»

«Später.» Walde bemühte sich weiter um einen ruhigen Tonfall. «Wie konnte Marie das zulassen?»

«Die kann nichts dafür», sagte Doris. «Die war nicht dabei.»

«Du willst damit doch nicht sagen, dass du all die schweren Sachen ganz allein...»

Doris schwieg.

«Du hättest dir einen Bruch heben oder eine Sturzgeburt auslösen können!»

«Es ist noch alles da, wo es vorher war», versicherte sie. «Sehen wir uns heute Abend?»

«Mhm, bis später, und pass' auf dich auf!»

Nach dem Telefonat versuchte er, die massive Kommode mit dem hohen Wickelaufsatz anzuheben und schüttelte angesichts des Gewichts den Kopf.

Als er den Kleiderschrank wieder abgeschlagen hatte, um die falsch eingebaute Rückwand zu korrigieren, wollte es ihm nicht mehr gelingen, die Teile zusammenzufügen. Immer wieder entglitt ihm eine der gleichzeitig zu verschraubenden Seitenwände, für die er nicht Arme genug hatte.

Völlig entnervt gab Walde auf. Später würde er es noch einmal versuchen. Er schaffte die Kartonagen zur Papiertonne und riss sie in kleine Stücke. Dann faltete er bunte Kisten auf, die als Depot für Spielzeug dienen sollten und baute weitere Kleinteile zusammen, deren Zweck sich ihm zu dieser vorgerückten Stunde nicht mehr erschließen wollte. Als er endlich den Kampf mit dem Kleiderschrank gewonnen hatte, stellte er fest, dass es schon nach Mitternacht war.

*

Als Walde das Haus verließ, machte er ein paar vorsichtige Schritte. Der feuchte Glanz des Pflasters ließ nicht gleich erkennen, ob es nur nass oder schon von Raureif überzogen war. Die Weihnachtsbeleuchtung in der Simeonstraße war bereits ausgeschaltet. Den wenigen Menschen, die hier zu dieser späten Stunde noch unterwegs waren, stand der Sinn nicht nach einem Schaufensterbummel. Im Bücherladen gegenüber dem Kaufhof waren noch Leute zugange. Walde blieb stehen und beobachtete durch das Schaufenster zwei Männer, die Bücher in ein Regal räumten.

Morgen, nein heute, war schon der erste lange Samstag vor Weihnachten. Walde hatte sich noch keine Gedanken darüber gemacht, was er Doris zum Fest schenken könnte. Irgendwie schien die Zeit nach der Geburt des Kindes etwas ganz Unwirkliches zu sein, das er sich noch nicht konkret vorstellen konnte. In Anbetracht der Geburt ihres Kindes und des ersten Weihnachtsfests in der gemeinsamen Wohnung war anstelle eines Buches wohl eher ein Geschenk vom Juwelier angesagt.

Walde bemerkte einen Mann neben sich, der ebenfalls in den erleuchteten Laden schaute. Er schlenderte an den Auslagen vorbei und kam immer näher auf ihn zu. Walde sah, dass er den Kragen seiner dunklen Jacke hochgeschlagen hatte.

«Buch gefuundän?», fragte der Mann.

Der Akzent ließ Walde aufhorchen. Wo kam der Kerl so plötzlich her? War er ihm gefolgt? War es Zufall, dass sie sich hier trafen?

«Auch noch so spät unterwegs?» Im gleichen Moment, wo er es ausgesprochen hatte, bereute Walde seine Worte.

«Buch von Schuldbäratung?»

Waldes Gedanken rasten: Ich bin Polizist, er ein Gangster übelster Sorte. Vor uns arbeiten Leute, die uns beobachten können. Der Typ hat wahrscheinlich immer noch das Messer. Ich habe keine Waffe...

Zwei harten Schlägen in seinen Bauch folgte eine Linksrechtskombination an Kinn und Schläfe. Er prallte mit dem Rücken gegen das Schaufenster und rutschte daran entlang zu Boden.

Kaum lag Walde am Boden, wurde er am Kragen seiner Jacke hochgerissen. Ein glatt rasiertes Gesicht mit dunklen Augen erschien über ihm: «Nächstä Mal nix bäzahlt, du todd.»

Walde roch den Pfefferminzatem des anderen, dann prallte sein Hinterkopf hart an die Scheibe. Für einen Moment war ihm, als flammte die gesamte Weihnachtsbeleuchtung in der Straße wieder auf. Das nächste, was er wahrnahm, waren die beiden Männer, die neben ihm standen und das Schaufenster untersuchten.

«Das hätte noch gefehlt«, hörte er den einen sagen. »Ich dachte schon, sie ist hin.«

Der andere kniete sich neben ihn. Walde schaute in ein Gesicht mit Nickelbrille und dunklem Bart und erkannte einen der beiden Buchhändler, die er vorhin im Laden beobachtet hatte: »Kann ich Ihnen helfen?«

»Ich bin mit dem Fahrrad gestürzt.« Wieder so ein Satz, den Walde am liebsten gleich zurückgenommen hätte.

»Wo ist denn Ihr Fahrrad?«, fragte der Bärtige allen Ernstes.

»Zuviel Glühwein auf dem Weihnachtsmarkt«, war der Kommentar des zweiten Buchhändlers, der erneut die Scheibe begutachtete.

Walde drehte sich auf die Knie und stand auf, ohne die Scheibe zu berühren.

»Danke«, murmelte er, als er an den beiden Männern vorbei in Richtung Glockenstraße taumelte. Fünfzig Meter weiter ließ er sich auf einen leeren Blumenkasten sinken. Sein Kopf brummte, als habe sich ein ganzer Bienenschwarm darin eingenistet. Er nahm sein Handy aus der Tasche und überlegte, wen er anrufen sollte. Schließlich steckte er es wieder ein. Eine Gruppe junger Männer mit blinkenden Nikolausmützen ging vorbei. Walde fing Wortfetzen in französischer Sprache auf.

Nach einer Weile rappelte er sich auf und wankte zum Hauptmarkt. Die Buden des Weihnachtsmarktes waren dunkel und verrammelt. Durch die Scheiben der *Gerüchteküche* erkannte er Licht an der Theke. Die Tür war abgeschlossen. Er klopfte. Keine Reaktion. Er klopfte nochmals und lehnte sich an die Tür. Als sie endlich geöffnet wurde, sah er den blutigen Abdruck, den sein Gesicht an der Scheibe hinterlassen hatte.

Uli starrte ihn erschrocken an: »Oh Gott, was ist denn mit dir passiert?« Er führte Walde an einen Tisch, wo er ihn sanft auf einen Stuhl drückte.

Jo kam von der Theke herüber. Seine Zunge schien ihm beim Sprechen im Wege zu sein: »Wie viele waren es?«

»Einer.«

»Schlecht. Wieviel größer als du war er?«

»Einen Kopf kleiner.«

»Schlecht, und wieviel ist 16x16?« Jo hatte große Probleme mit dem CH.

»256«, antwortete Walde mechanisch.

»Gut, wenigstens hast du keine Gehirnerschütterung!«

»Aber das Ergebnis kennt er doch auswendig«, wandte Uli ein, der mit Eisbeuteln und einem Stück rohem Fleisch in der

Hand aus der Küche zurückkam. »Das hat er doch beim großen Einmaleins auswendig gelernt. Walde, wieviel ist 4x7?«

»28.«

»Du scheinst wirklich keine Gehirnerschütterung zu haben.« Uli bog Waldes Kopf nach hinten und tupfte ihm mit einem Küchentuch das Blut ab. Dann legte er ihm das Fleischstück übers Auge. »Das verhindert die Schwellung, aber wenn du mich fragst, muss das genäht werden.«

»Ich wollte in dem Zustand nicht zu Doris. Die bekäme vor Schreck eine Frühgeburt«, sagte Walde und trank einen Schluck Rosé, den Uli ihm reichte.

»Im neunten Monat kann es keine Frühgeburt mehr geben«, lallte Jo.

»Als zweifacher Vater und erprobter Geburtshelfer muss ich ihm da ausnahmsweise Recht geben«, ergänzte Uli.

»Klugscheißer, zahl' lieber mal deine Rechnungen.« Waldes Unterkiefer begann schmerzhaft zu pochen.

»Heißt das, du meinst«, Uli erschrak, »es war derselbe, der dich hier in der Kneipe angemacht hat?«

Walde nickte.

»Ich konnte doch nicht ahnen, dass du deshalb eine in die Fresse kriegst. Soll ich die Bullen rufen?«

»Lass' mal.«

»Dann fahren wir ins Krankenhaus…«, beharrte Uli.

»So schlimm ist es nun auch wieder nicht.«

Unter dem Fleisch sickerte Blut heraus und lief Walde übers Gesicht.

»Kommt das Blut aus dem Fleisch oder deinem Kopf?«, wollte Jo wissen. »Oder hast du etwa den guten Rosé verschüttet?«

Uli hatte ein Taxi gerufen, das sie zur Schwesterklinik brachte. Die Pförtnerin musterte die drei misstrauisch, ließ sie aber ungehindert in die Notaufnahme. Im Eingangsbereich warteten Menschen mit unterschiedlichen Blessuren in stoischer Ruhe auf die Behandlung.

Waldes Blutverlust gab wohl den Ausschlag, dass sie sofort in ein Behandlungszimmer geführt wurden. Die Ärztin beugte sich über sein Gesicht, um die Verletzung oberhalb des linken Auges zu untersuchen.

Walde hatte keine Ahnung, wieviel er von dem Rosé getrunken hatte, jedenfalls reichte es aus, dass die Frau sichtbar die Nase rümpfte. »Wollen Sie eine Betäubung?«

Walde schüttelte den Kopf.

Ungeachtet seiner Ablehnung zog sie eine Spritze auf: »Ich glaube, das kann nicht schaden.«

Als sie die Kanüle wieder aus der Augenbraue zog, warf sie Uli und Jo, die sich mit vor Mitgefühl verzerrten Gesichtern abgewandt hatten, einen missbilligenden Blick zu.

»Beim letzten Mal hatten sie wenigstens noch eine Vertrauen erweckende Begleitung dabei.« Die Ärztin beugte sich über Waldes Gesicht, das sie bis auf einen kleinen Spalt, der die verletzte Augenbraue freiließ, mit einem grünen Tuch bedeckt hatte.

»Die ist jetzt im neunten Monat, das hat sie von ihrem Vertrauen«, lallte Jo.

Die Ärztin ignorierte ihn.

»Was machen Sie beruflich?«, fragte sie Walde, während sie die Nadel in den Rand der Wunde stieß. Damit versuchte sie wahrscheinlich, ihren Patienten abzulenken, denn nun nahm sie auch auf der anderen Seite den Hautlappen auf und zog ihn über die Wunde.

»Er ist immer noch Kommissar, genau wie ich«, mischte sich Jo erneut ein.

»Und dieser vollschlanke Herr ist ein Doktor, genau wie Sie«, erläuterte Uli. »Ihr Patient kann übrigens noch rechnen, er hat also keine Gehirnerschütterung.«

»Ah, ja!« Die Frau führte noch weitere fünf Stiche aus, bei denen Uli und Jo sich ehrfürchtig zur Seite drehten und sich interessiert in die Zeichnung mit den anatomischen Erklärungen vertieften, die an die Zielgruppe Kinder im Grundschulalter gerichtet war.

Jetzt erinnerte sich Walde wieder an die Ärztin, die ihn früher schon einmal behandelt hatte.

»Sie brauchen ein paar Tage Bettruhe. Ich kann Sie leider nicht krankschreiben, das muss Ihr Hausarzt machen.« Die Ärztin zog das Tuch von Waldes Gesicht.

»Danke, ich hab' Urlaub und ziehe morgen um.«

»Hoffentlich haben Sie genügend Hilfe.«

Als Waldes Begleiter in fast synchroner Bewegung auf sich zeigten, fügte sie halblaut hinzu: »Oder wenigstens eine gute Hausratversicherung.«

*

Walde ließ sich vor seiner alten Wohnung in der Merianstraße absetzen. Es war zu spät, um noch bei Doris anzurufen. Sicher schlief sie schon. Er war benebelt vom Rosé und den Mitteln, die ihm im Krankenhaus verabreicht worden waren. Den Kontrabass hatte er schon seit Wochen nicht mehr in Händen gehalten. Nach Stehen war ihm aber nicht mehr zumute.

Er schnappte sich eine Gitarre und fläzte sich damit auf die Couch, die Beine auf den Umzugskisten ausgestreckt, die kreuz und quer auf dem kahlen Holzboden neben dem eingerollten Teppich standen. Er spielte eine Akkordfolge.

Nach einer Weile spürte Walde, wie sich in seinem Oberkörper ein Kreislauf bildete, der zwischen Brust und Kopf rotierte und schließlich in seinen ganzen Körper bis in die Fingerspitzen ausstrahlte, in die der Strom die Anregung zu einer Griff- und Rhythmusfolge gab, die er mit Inbrunst wiederholte und die sich in seinen vom rauschenden Kreislauf ebenfalls durchströmten Ohren bei jeder Wiederholung zu einer Melodie verfestigten. Sie gefiel ihm so gut, dass er sie unbedingt im Gedächtnis behalten wollte. Dabei war ihm bewusst, dass sie sich, wie viele andere vorher, am nächsten Morgen verloren haben würde. Auch wenn er die richtige Grifffolge wieder zustande brächte, würde ihm der Rhythmus wahrscheinlich nicht mehr gelingen. Zu dem Kraftakt, den Takt auf Band aufzunehmen, konnte er sich nicht überwinden.

Samstag, 30. November

Walde erwachte vom Geräusch der auf den Boden fallenden Gitarre. Diffuses Licht fiel ins Zimmer. Er sah auf seine Armbanduhr, kam mit der Zeit nicht klar. Das Glas hatte einen Riss. Langsam dämmerte ihm, dass die Uhr beim Sturz auf das Pflaster stehengeblieben war.

Die Küchenuhr zeigte kurz vor neun. Das durfte doch nicht wahr sein. Ein Albtraum! Aber er träumte nicht. Der nächste Schock traf ihn vor dem Spiegel im Bad. Seine Augenbrauenpartie war immer noch rund um die Risswunde mächtig angeschwollen, das Auge darunter blutunterlaufen.

Beim Zähneputzen bemühte er sich, den Unterkiefer so wenig wie möglich zu bewegen. Sein Kopf war klar. Er hatte keine Schmerzen und auch der Brummkreisel von letzter Nacht summte nicht mehr.

Draußen war es kalt. In der Allee staute sich der stadteinwärts fließende Verkehr. Unterwegs überlegte Walde, dass schon bald die erste Fuhre in der neuen Wohnung ankommen müsste. Doris fragte sich bestimmt, wo er bleibe. Er nahm sein Handy. Auch das noch! Der Akku war leer. Als er an der neuen Wohnung eintraf war niemand da. Und wenn Doris über Nacht ins Krankenhaus gekommen war?

Walde schlug denselben Weg wie vor etwa acht Stunden ein. Am Simeonstift-Platz rangierten die Reisebusse. In der Simeonstraße war kaum mehr ein Durchkommen. Der Weihnachtstrubel war in vollem Gange. Walde bemerkte, wie ihn einige der Entgegenkommenden verstohlen musterten.

Vor der Buchhandlung waren die hohen Bücherstapel auf den Wühltischen gegen die feuchte Luft mit durchsichtiger Folie abgedeckt. Auch bei Tageslicht betrachtet, schien die Scheibe keinen Sprung abbekommen zu haben. Auf den nächsten Metern legte Walde einen Zahn zu und war umso enttäuschter, als vor dem Haus, in dem Doris zum letzten Mal übernachtet hatte, kein Umzugswagen stand. Sollten die ausgerechnet jetzt zu ihrer ersten Tour aufgebrochen sein?

Die Haustür stand offen. Am ersten Treppenabsatz saßen Uli und Jo, beide mit einer Tasse in der Hand. Soweit Walde das beurteilen konnte, trugen sie die gleichen Kleidungsstücke wie am Abend zuvor.

»Na sowas, wir dachten schon, dich hätten die Spätfolgen deines Boxkampfes dahingerafft«, wurde er von Jo begrüßt. »Thrombosen, Parkinson und Blutgerinnsel sind nach schweren Knockouts keine Seltenheit.«

Walde versuchte, das Thema zu wechseln: »Da draußen ist ganz schön was los...«

»Ich sehe es vor mir.« Uli sprach mit verklärt nach oben gerichteten Augen. »Die Schlacht um die Weihnachtsgeschenke ist voll entbrannt. Ganze Busladungen marodierender Banden aus Eifel, Hunsrück, Luxemburg und den umliegenden Flusstälern wälzen sich durch die Straßen, nur bewaffnet mit Bündeln von Euros in den bloßen Fäusten. Wild entschlossene Einzelkämpfer halten die ersten Beutestücke umklammert...«

»Ist ja gut, Uli, wir wissen, dass du ein Dichter bist. Was macht Doris?«, unterbrach ihn Walde, dem klar wurde, dass die beiden immer noch betrunken waren.

»Nix, wie du siehst. Wir warten seit einer Stunde auf den Umzugswagen, den Doris' zuverlässiger Künstlerfreund mitbringen sollte«, sagte Uli.

»Doris und Scholastika geht es gut«, ergänzte Jo.

»So wird sie ganz bestimmt nicht heißen«, sagte Walde. »Ihr seht aus, als hättet ihr letzte Nacht kein Bett gesehen.«

»Was Aussehen angeht, wäre ich an deiner Stelle ganz vorsichtig. Hast du heute schon in den Spiegel geschaut?« Als Walde nichts entgegnete, fuhr Jo fort. »Nachdem wir dich nach Hause gebracht hatten, lohnte es sich nicht mehr, ins Bett zu gehen. Was macht dein Schädel?«

»Fühlt sich wahrscheinlich besser an als eure Köpfe.«

»Wir haben uns solche Sorgen um dich gemacht, da war an Schlaf nicht mehr zu denken«, sagte Uli. »Du machst aber auch Sachen.«

»Ich mache Sachen?«, entrüstete sich Walde.

»Zahle du lieber deine Druckereirechnungen, dann kriegt Walde auch keine Prügel mehr«, pflichtete ihm Jo bei.

»Ihr habt doch keine Ahnung«, echauffierte sich Uli. »Ihr Beamten lebt wie die Maden im Speck, ihr kriegt doch gar nicht mit, was los ist in der freien Wirtschaft. Die Leute haben Angst und bleiben auf ihrem Geld sitzen, falls sie überhaupt noch welches haben. Meine Kosten laufen weiter. Allein was ich am Hauptmarkt für eine horrende Miete berappen muss. Seit Monaten kriege ich für das *Extrablatt* keine Anzeigen mehr. Dazu kommt der Unterhalt für die Familie.« Uli hatte sich in Rage geredet. Walde war die Treppen hinaufgestiegen und hörte die beiden unten streiten, während er durch die angelehnte Wohnungstür in die Diele trat. An den Wänden stapelten sich die Umzugskartons, die Aufkleber in verschiedenen Farben trugen.

»Wie geht es dir?« Doris klang besorgt, als sie ihn umarmte.

»Besser«, Walde war erleichtert. Er hatte Vorwürfe oder, schlimmer noch, gar keine Reaktion erwartet. Dass Doris ihn womöglich ignoriert und den ganzen Tag nicht mit ihm gesprochen hätte.

»Ich weiß auch nicht, wie ich ausgerechnet heute verschlafen konnte.«

»Ich schon.« Doris tastete vorsichtig über seine Augenbraue. »Jean-Claude wird gleich da sein. Er hat eben angerufen. Er hatte in der Nacht bei Metz eine Panne.«

»Da haben wir uns ja einen weiteren wunderbar ausgeschlafenen Helfer eingefangen«, stellte Walde fest.

»Jean-Claude hat sich wenigstens letzte Nacht nicht geprügelt.« Marie kam aus der Küche. »Hast du überhaupt schon gefrühstückt?«

Walde schüttelte vorsichtig den Kopf.

Als er später am Küchentisch saß, war er froh, dass es weiche Brioche gab. Nach dem Schmerz in seinen Kiefergelenken zu urteilen, würde er nie wieder ein Steak essen können. Die beiden Frauen setzten sich ihm gegenüber. Er versuchte, normal zu kauen, musste es aber bald aufgeben.

»Ich habe mich nicht geprügelt«, setzte er zu einer verspäteten Verteidigung an.

»Dann bist du also verhauen worden«, folgerte Marie.

Walde nickte.

»Und warum hast du dich nicht gewehrt?«

»Ich hatte keine Chance, es ging zu schnell.«

»Wer war der Kerl?«

»Wahrscheinlich jemand aus Osteuropa.«

»Ist er schon geschnappt worden?«

»Nein«, antwortete Walde. »Ich habe ihn nicht angezeigt.«

»Warum nicht?«

»Es könnte die Leute verunsichern, dass jetzt auch schon Polizisten auf offener Straße verprügelt werden.«

»Das verstehe ich nicht«, sagte Marie.

»Ich auch nicht«, pflichtete ihr Doris bei.

»Ich übersetze euch das mal.« Jo war in die Küche gekommen und schnappte sich eine Brioche aus dem Korb. »Walde ist verhauen worden und schämt sich nun vor seinen Kollegen.« Er deutete zwei Boxhiebe an, wobei er kurz hintereinander zischend ausatmete. »Was machst du, wenn er dir wieder über den Weg läuft?«

Walde schenkte sich Kaffee nach.

»Das würde mich auch interessieren«, sagte Doris. »Der Kerl soll doch ein Messer haben.«

Bis Mittag hatte sich die Situation grundlegend verändert. Doris‘ Wohnung war bis auf Kleinteile komplett ausgeräumt. In der neuen Wohnung hatte Walde dafür gesorgt, dass Möbel und Kisten in den Zimmern verteilt waren, wo sie laut Beschriftung hingehörten. Die letzte Fuhre brachte Marie in ihrem *Kangoo* unter. Es waren hauptsächlich Pflanzen, die sich auf der Ladefläche Topf an Topf gegenseitig vor dem Umfallen bewahrten. Daneben Minka in einem Katzenkorb. Sie jammerte ununterbrochen, bis sie endlich in der Diele freigelassen wurde. Sofort begab sie sich schnuppernd auf Erkundungstour durch die Wohnung. Die beiden Männer, die mit Topfpflanzen beladen herein kamen, erkannte Walde erst, als sie hinter ihrer grünen Tarnung herausschauten.

»Sehe ich recht, wer schleicht sich denn da ein?« Walde wies auf eine freie Stelle auf dem Boden, wo Meier und Grabbe die

Pflanzen abstellen konnten.

»Wir bieten technische Hilfe an, Küche installieren, Schränke zusammenbauen, Lampen anschließen«, Meier richtete sich auf und sah Waldes Blessuren. »Ist dir eine Waschmaschine auf den Kopf gefallen oder hat dich Grabbes Engländerin erwischt?«

»Sieht schlimmer aus, als es ist«, wiegelte Walde ab. »Schön, dass ihr gekommen seid. Seht bitte in der Küche nach der Spülmaschine und dem Herd. Die Werkzeugkiste steht schon dort. Außerdem soll eine neue Klingel angeschlossen werden.«

»Walde, gib' mir bitte deinen Wohnungsschlüssel von der Merianstraße«, bat Marie. »Jean-Claude ist bereit für die nächste Tour. Doris und ich fahren mit. Sie soll sich mal eine Stunde hinlegen.«

Walde stand in der Diele und lauschte. Aus dem Schlafzimmer drang kein Laut. Leise öffnete er die Tür. Der Kleiderschrank war bis auf die Türen zusammengebaut, das Bett aufgestellt. Jo und Uli lagen einträchtig nebeneinander auf den Matratzen und schliefen. Walde schlich sich hinaus. Er folgte der Musik und fand Philipp im Wohnzimmer. Das Bücherregal war bereits eingeräumt, wie es schien sogar alphabetisch nach Autoren. Philipp stellte nun seelenruhig eine CD nach der anderen ins Regal.

»Kommst du klar?«, fragte Walde.

»Mmh.«

»Die Decke im Kinderzimmer hast du toll hingekriegt, Doris war auch hin und weg.«

»Mhm.« Philipp schob eine Reihe CDs zusammen.

»Ist das eine Art Monogramm, mit der du deine Deckenmalerei versehen hast?« Walde konnte es nicht vermeiden, dass seine Stimme einen ernsteren Tonfall annahm.

»Ich hab' das in höchstens zwanzig Sekunden gesprüht. Das dürfte dem Kind nicht schaden. Der Rest ist aus wasserlöslichen Farben«, antwortete Philipp.

»Das meine ich nicht. Dieses Monogramm bringst du ausgerechnet hier an der Decke an?«

»Ich weiß, dass ich damit keinen Fame in der Szene ernten werde, aber was soll's.«

»Du weißt, wo wir uns befinden, ich meine, was ich von Beruf bin?«, fragte Walde.

»Bulle, ach, jetzt kapier' ich. Du hältst mich für einen Writer.« Philipp lüftete seine Baseballkappe und lachte.

»Wenn du damit Graffiti-Sprayer meinst, ja«, sagte Walde

»Wie kommst du denn darauf?«

»Ich brauche nur eins und eins zusammenzuzählen. Wie gesagt, ich bin Polizist und das Blöde für dich ist, dass auch meine Kollegen hierher kommen werden, die eins und eins zusammenzählen können. Du hast hier an der Decke das gleiche Zeichen angebracht, das keine hundert Meter vom Haus entfernt auf der Klostermauer prangt!«

Philipp wirkte nicht mehr ganz so cool wie vorhin. »Das hab' ich schon gesehen, das Zeichen ist nur ein schwacher Abklatsch von meinem. Ich weiß, woher das kommt.«

Walde schaute Philipp in die Augen, der kein Problem damit zu haben schien, seinem Blick standzuhalten.

Philipp nahm eine weitere CD aus der Umzugskiste und strich sich über seinen Kinnbart. »Wir haben zwei ans Messer geliefert, die an die Basilika gemalt haben, also, keine Ahnung, null Respekt gezeigt haben, und die wollen sich jetzt vielleicht mit ihren billigen Kopien rächen.«

»Es gibt so etwas wie Respekt vor fremdem Eigentum in der Sprayer-Szene?«

»Man verdient den Respekt mit den Styles an möglichst risikoreichen Stellen, je illegaler der Ort, desto größer der Kick. Eigentumsverhältnisse spielen da eigentlich keine Rolle.«

»Und was war mit der Basilika?«

»Das war Scheiße, keine Ahnung.«

»Also doch Respekt.«

Philipp zog inzwischen unentwegt an seinem Kinnbärtchen. »In Trier findest du überall uralte Graffiti, keine Ahnung, von Sklaven aus der Römerzeit, Pilgern aus dem Mittelalter. Graffiti gab es schon vor Zehntausenden von Jahren in den Höhlen der Neandertaler oder so. Du hast doch garantiert auch als Jugendlicher mal ein paar Buchstaben in einen Baum geritzt.«

»Das ist auch schon zehntausend Jahre her«, antwortete Walde. »Aber das Kernproblem ist doch, dass sich die heutigen Sprayer dermaßen wild aufführen, dass in einer Nacht ganze Straßenzüge verschandelt werden. Wir haben im Präsidium dafür eine Sonderkommission eingerichtet. Wen die erwischt, der kann mit einem riesigen Schuldenberg rechnen.«

»Ist mir klar.« Philipp packte die Schachtel mit dem neuen Türgong aus und vertiefte sich in die Einbauanleitung.

Es klopfte an der Wohnungstür. Als Walde öffnete, stand Gabi vor ihm.

»Oh, noch eine Hilfe!«, begrüßte er sie.

»Was ist denn mit deinem Telefon los«, maulte sie ihn an und blieb in der Tür stehen.

»Akku leer, komm‘ doch herein!«

»Nee«, sie zog ein kleines Büchlein aus ihre Handtasche. »Da ist die Nummer von Professor Schaffreck drin.«

Walde erkannte Hannas Notizbuch. »Er ist ein Freund der Familie.«

»Ich weiß nicht. Ohne Vorwahl war die Nummer nicht auf Anhieb zu erkennen. So langsam glaube ich, dass da mehr dahinter steckt. Schaffreck ist OLG-Richter in Koblenz und hat eine Viertelstelle als Professor an der Uni Trier. Was für Hanna unter Umständen von Nutzen sein konnte.«

»Ja, und jetzt?«

»Okay, mach' du deinen Umzug, ich seh' mal weiter.« Damit war Gabi wieder aus der Tür und klapperte über den Hausgang.

In der Küche waren die Rollen bereits verteilt. Grabbe schloss den Herd an, Meier hatte die Installateurarbeiten übernommen. Walde fand die Kaffeemaschine in einem Karton und stellte sie auf die Arbeitsplatte. Leider reichte das Kabel nicht bis an die Steckdose. Er musste das Gerät um einen halben Meter versetzen.

»Möchte jemand einen Kaffee?«

Beide Männer nickten, wobei Meier die Asche von der im Mundwinkel wippenden Zigarette auf die Fliesen fiel. Walde schaute in eine Kiste nach der anderen, nirgends war das Glas mit den Kaffeebohnen zu finden.

»Es dauert noch eine Weile«, vertröstete er die beiden.

»Wie ist das passiert?«, Grabbe tippte an seine Augenbraue.

Walde erzählte, was sich in der Nacht zugetragen hatte.

»Und warum hat er dich zusammengeschlagen?«

»Ich vermute, es handelt sich um einen Schuldeneintreiber, der mich verwechselt hat.«

»Wie kann denn sowas passieren?«, wunderte sich Grabbe.

»Es ist halt passiert«, Walde wollte den genauen Grund nicht preisgeben.

»Wie sah der Kerl denn aus?«, fragte Grabbe.

»Na, so groß«, Walde hielt eine Hand in Kinnhöhe.

»Das sind ein Meter fünfundsiebzig bis Einsachtzig«, sagte Meier.

»Dunkles Haar, braune Augen, glatt rasiert.«

»Damit fallen schon mal zwei Drittel der männlichen Bevölkerung aus dem Kreis der Verdächtigen.«

»Ah ja«, sagte Walde. »Mir fällt noch was ein.«

Die Kollegen hielten beide in ihren Arbeiten inne.

»Er hat die Angewohnheit, Pfefferminzbonbons zu lutschen.«

»Interessant«, kommentierte Meier spöttisch und nahm seine Arbeit wieder auf.

»Er hat den Namen des Betriebs genannt, für den er Geld eintreibt. Schwarz-Weiß-Druck oder so… Jetzt hab' ichs, Rotdruck hieß die Firma.«

»Die sitzt in der Karl-Marx-Straße«, sagte Grabbe. »Es ist möglich, dass da jetzt noch gearbeitet wird.«

»Das krieg' ich raus.« Walde öffnete die Tür zum Schlafzimmer. Minka nutzte die Gelegenheit, wischte zwischen seinen Beinen hindurch und machte ohne Zögern einen Satz aufs Bett, wo sie sich zwischen Uli und Jo kuschelte, die immer noch schliefen.

*

Balzer parkte seine schwarzes Coupé in der Nähe der Sporthalle auf dem südlichen Uniparkplatz. Die wenigen Autos, die hier am Samstagnachmittag geparkt waren, machten den Eindruck, als hätten sie ihren Besitzern den Dienst verweigert und seien stehen gelassen worden.

Auf dem Weg zur Fußgängerbrücke über die Kohlenstraße nahm er die dunkle Wollmütze aus der Tasche seines Trenchcoats und zog sie sich über. Er schlug den Kragen hoch und versicherte sich, dass er die Schlüssel eingesteckt hatte.

Wie nicht anders am Samstagnachmittag zu erwarten, waren in der Straße Am Weidengraben alle Parkplätze belegt. Bis dicht an die Bushaltestelle gegenüber dem Haus, auf das er zustrebte, standen die Autos. Vor der Haustür zog er mit den Schlüsseln die Handschuhe aus der Tasche und schaute sich um.

Im Haus war es ruhig. Die meist älteren Bewohner hielten wahrscheinlich ihren Mittagsschlaf. Balzer wollte ursprünglich in der Nacht kommen, hatte sich dann aber für den Nachmittag entschieden. Sicherheitshalber mied er den Fahrstuhl und nutzte das Treppenhaus. Auf dem Flur vor Hannas Wohnung erzeugten seine Schuhsohlen Quietschgeräusche, die er nicht vermeiden konnte. Er spürte, wie sich unter der Mütze ein Schweißtropfen löste und über seine Schläfe lief. Er durchtrennte das Papiersiegel mit dem Schlüssel, bevor er Hannas Wohnungstür öffnete und schnell wieder hinter sich zuzog.

Balzer atmete den Geruch der Wohnung ein und hielt für einen Moment inne. Die Türen zu den Zimmern standen offen. Er lauschte. Nichts. Hier konnte niemand sein, sonst wäre das Siegel beschädigt gewesen. Die Wohnung wirkte wie an dem Abend, als er zum letzten Mal hier gewesen war.

Er ging ins Arbeitszimmer. Ihm war, als habe er etwas gehört. Die Handschuhe behinderten ihn, als er den Computer einschaltete. War da jemand an der Wohnungstür? Nur die Laute des anlaufenden Rechners waren zu hören. Er schlich zur Tür zurück. Als er den Kopf in die Diele streckte, schaute er in die Mündung einer Pistole.

»Hände hoch! Polizei!«

Um ein Haar hätte sich Balzer in die Hose gepinkelt.

Er wurde rüde an eine Wand gestoßen, wo er sich mit den Händen abstützte. Jemand trat ihm von hinten zwischen die Füße. Seine Kleidung wurde abgetastet, dann wurden seine Hände auf den Rücken gerissen. Kalte Handschellen schlossen sich um seine Handgelenke.

*

»Philipp, hast du zufällig schon das Branchenbuch...«

»... liegt in der untersten Schublade des Telefonschränkchens.« Jos Sohn stapelte die auseinander gefalteten Umzugskisten.

»Mensch Philipp, 100 Punkte. Zur Belohnung darfst du auch das Schlafzimmer einräumen.«

»Hä, hä«, Philipp zog eine Grimasse.

Walde schlug das Branchenbuch auf und wunderte sich, wie wenige Druckereien es in der Stadt gab.

»Wir haben vor Jahren die Festschrift für den Polizeiball dort drucken lassen«, sagte Grabbe, als Walde zurück in die Küche kam.

»Da bin ich noch nie gewesen.«

»Beim Fest oder in der Druckerei?«, fragte Grabbe.

»Weder noch«, antwortete Walde und vertiefte sich erneut in die gelbe Broschüre. »Hier ist es, *Rothdruck*, gegründet 1854, wird mit TH geschrieben, Karl-Marx-Straße.« Walde hielt den Finger auf den Eintrag. »Soll ich mal nachhören, ob noch jemand da ist?«

»Fahren wir doch einfach hin!« Meier warf die Rohrzange in den Werkzeugkasten. Er richtete sich auf, wobei sich sein

Gesicht schmerzhaft verzog. Beide Hände in seine Taille gestützt, drückte er den Rücken zum Hohlkreuz. »Aber vorher muss ich noch telefonieren.«

Als Meier aus der Küche war, sagte Grabbe: »Meier hat Recht, niemand kann uns verbieten, eine Druckerei zu betreten, sofern man uns freiwillig Einlass gewährt.«

Walde schüttelte den Kopf: »Hier läuft ein Umzug, und ich haue einfach ab.«

Meier kam zurück: »Ich muss leider nach Hause!«

»Ist was mit deiner Frau?«

Meier nickte und bückte sich unter die Spüle.

»Dann fahr‘ los, das mach’ ich!«, forderte ihn Grabbe auf.

Meier werkelte mit ausgestreckten Armen in dem Rohrgewirr. Walde hörte Schraubgeräusche. Anschließend zischte es in den Leitungen.

»So, jetzt müsste auf allen Hähnen Wasserdruck sein.« Meier drehte den Hahn an der Spüle auf und ein dicker Strahl gurgelndes Wasser ergoss sich in das Becken. Meier überprüfte die Abflussrohre und kam wieder hoch. »Alles trocken. Ruf’ mich an, falls es ein Problem mit der Spülmaschine geben sollte.«

*

Das rote Tor in der engen Einfahrt zwischen der Spielhalle und einem leerstehenden Laden, dessen Fenster innen mit braunem Packpapier zugeklebt waren, stand offen. Walde parkte neben dem Lieferwagen mit dem Schriftzug ‚*Rothdruck*‘.

Grabbe stieg als erster über eine Stahltreppe zu einer Betonrampe hoch, die an den Rändern mit weiß-roten Streifen gekennzeichnet war. Ein Lkw-Fahrer musste schon einiges Geschick aufbringen, um hier hinein zu manövrieren. Walde folgte Grabbe, der die rot gestrichene Stahltür öffnete. Sie gelangten in einen Vorraum. In den Regalen an den Wänden waren Drucksachen ausgestellt, teils mit dem Titel oder der Rückseite nach oben aufgeschlagen, viele waren vergilbt, wenige wirkten druckfrisch. Hinter der Theke sah Walde durch eine staubige Glaswand in eine unbeleuchtete Halle mit Druckmaschinen. Er folgte Grabbe, der sich nach links wandte und eine Holztreppe hochstieg. Sie gelangten in einen großen Raum, der in helles Neonlicht getaucht war. Walde folgte seinem Kollegen zwischen großen Tischen mit Glasplatten hindurch, auf denen mit milchigem Licht die darüberliegenden Filme durchleuchtet wurden. Bilder und Texte waren darauf mit roten Klebestreifen verbunden.

»Tach, Herr Grabbe«, vom anderen Ende es Raumes winkte ein kleiner Mann mit einer Art Skalpell, das er in der rechten Hand hielt. »Lange nicht mehr gesehen.«

Auf den ersten Blick schien es Walde, als trage der Mann eine ehemals beliebte Minimalverkleidung zur Fastnachts- oder Silvesterparty, bestehend aus einer Kombination aus dicker Hornbrille mit einem darunter hängenden Schnurrbart.

Aber zum einen war morgen der erste Advent, zum anderen war dieser Mann offensichtlich ernsthaft am arbeiten. An wen erinnerte er ihn?

»Um diese Zeit noch fleißig«, stellte Grabbe fest. »Ist bei Ihnen auch schon der Weihnachtsrummel losgegangen?«

»Das kann man wohl sagen«, antwortete der Mann und schnitt ein Stück rotes Klebeband von einer Rolle ab. »Ich könnte mindestens noch vier Monate bis Weihnachten gebrauchen, um alles fertig zu kriegen, was bestellt ist. Manchmal könnte man meinen, nach Weihnachten hört die Welt auf, sich zu drehen.«

Jetzt fiel es Walde wieder ein. Dieser Mann erinnerte ihn an einen Stummfilmhelden. Er mimte in Filmen der zwanziger Jahre den bissigen Typen, klein, drahtig, riesiger Schnauzbart und wild funkelnde Augen, die heftig nach innen schielten.

Grabbe erreichte den kleinen Mann und drückte ihm die Hand: »Tag, Herr Roth, das ist mein Kollege, Herr Bock.« Walde nickte Roth zu.

»Hat die Wirtschaftsflaute die Druckbranche noch verschont?«, fuhr Grabbe fort.

»Mitnichten, manche Kollegen haben ganz schön zu strampeln. Früher habe ich um diese Zeit über die viele Arbeit geschimpft, jetzt bin ich froh darüber, dass es rundgeht.« Der Mann stutzte. Ihm schienen die Verletzungen aufgefallen zu sein, die seine beiden Besucher zierten.

Urplötzlich drehten sich Roths Augen nach innen. Er schielte wie dieser Stummfilmheld, jetzt fiel Walde auch der Name ein, Ben Turpin, der schielende Komiker, den selbst Charlie Chaplin bewundert hatte.

Roth nahm aus dem übervollen Köcher auf dem Tisch eine Schere und schnitt einen ihn offensichtlich störenden Zipfel des Schnurrbarts ab.

»Wie man hört, ist es mit der Zahlungsmoral auch nicht mehr so bestellt wie früher«, versuchte Grabbe das Gespräch in Gang zu halten.

»Davon kann ich ein Lied singen. Bei maximal fünf Prozent Gewinnspanne reicht ein faules Ei unter zwanzig Kunden, um einem das Geschäft zu vermiesen«, antwortete Roth. »Im Schnitt gehen schon achtzig Prozent für Papier und Farben drauf.« Roth fuhr wie ein Dirigent mit der Schere durch die

Luft. »Dann kommen die Kosten für Maschinen, Personal, Gebäude, Versicherungen, Berufsgenossenschaft und all die teuren Kleinigkeiten, die dazu gehören. Hinzu kommt Verarbeitung außer Haus, Kaschieren, Falzen, Binden, dann das Finanzamt, die Banken…«

»… womit wir beim Thema wären«, unterbrach Grabbe das Klagelied. »Wir sind in einer Wirtschaftssache hier. Es geht um ein Inkassounternehmen, das auch für Ihre Druckerei arbeitet.«

»Um Rechnungen kümmere ich mich nicht«, Roths Eifer war schlagartig versiegt.

»Wer macht Ihre Buchhaltung?«

»Meine Frau«, antwortete Roth. »Aber die ist nicht da.«

»Wann kommt sie wieder?«

»Die ist einkaufen, das kann dauern.«

»Wir melden uns wieder«, Grabbe wandte sich zum Gehen. »Bemühen Sie sich nicht, wir finden den Weg.«

Walde folgte seinem Kollegen die Treppe hinunter. Im Parterre hielt Grabbe neben der Glaswand inne. »Ich würde gerne mal sehen, was der Maschinenpark von *Rothdruck* zu bieten hat.«

Die Tür zur Druckhalle stand offen. Sie kamen in einen Raum, in dem es nach Orangen roch.

»Dieser Duft ist den Druckfarben beigemischt, damit es gesünder riecht«, sagte Grabbe. »Ich hatte in den Ferien einen Job in der Druckerei der Zigarettenfabrik *Farmers* und einiges gelernt von Schön- und Widerdruck bis zu den Schusterjungen und Hurenkindern.«

»Aha«, Walde verstand kein Wort und zeigte auf die Maschinen. »Und das hier?«

»Gut gepflegt, aber alles alter, teilweise museumsreifer Plunder«, urteilte Grabbe. »Keine Vierfarb-Maschine, zu kleine Formate, nicht mehr wettbewerbsfähig.«

Sie gingen zurück und trafen Roth an, der sich vor der Tür aufgebaut hatte. »Darf ich fragen, was Sie da machen?«

»Wir haben uns Ihre Maschinen angesehen.« Grabbe wirkte erstaunlich gelassen. Er nahm ein Prospekt aus einem der Regale. »Dieses Format können Sie mit den Maschinen«, er deutete mit dem Daumen hinter sich, »überhaupt nicht drucken.«

»Vor Ihrer nächsten Betriebsbesichtigung möchte ich gefragt werden!«, forderte Roth die beiden Männer auf.

»Wissen Ihre Kunden, dass *Rothdruck* überhaupt nicht imstande ist, derart große Formate, wie sie in Ihrem Werbekasten präsentiert werden, auszuführen?« Grabbe überhörte Roths feindseligen Ton. »Lassen Sie mich raten.« Er legte die Stirn in Falten und blätterte die Broschüre am Daumen entlang. »Das wurde auf der Rolle in Luxemburg gefertigt.«

»Ich kann drucken, wo ich will!«

»Ihre Kunden auch!« Grabbe hielt dem Druckereibesitzer eine Visitenkarte vor die Nase. »Rufen Sie mich an, wenn Ihre Frau wieder da ist. Sie wissen ja meinen Namen. Grabbe wie das Meerestier, das kräftig pieksen kann, wenn es gereizt wird.«

Roth riss ihm das Papier aus der Hand und schaute den beiden Besuchern mit aufgeblähten Nasenflügeln nach.

*

Auf der Rückfahrt fragte Walde seinen Kollegen: »Wie stehts eigentlich um deine Luxemburger Bewerbung?«

»Finanziell ist der Job sehr verlockend, aber den Banken geht es längst nicht mehr so gut wie früher. Irgendwann ist auch dort das Steuerschlupfloch geschlossen und dann werden als erste die Deutschen entlassen.«

»Und was wirst du tun?«

»Erst mal nichts.« Grabbes Gesichtszüge hellten sich auf. »Wenigstens weiß ich jetzt, dass es auch woanders noch Jobs für mich gibt.«

Walde dachte über Grabbes ungewohnt forsches Auftreten in der Druckerei nach. Als habe er seine Gedanken gelesen, sagte der: »Und der Fall Harras, den Gabi und ich im Alleingang gelöst haben, hat mir ebenfalls neue Motivation gegeben.«

»Ist mir da etwas entgangen?«

»Am Montag kriegen wir die Ergebnisse der Tests, dann machen wir den Sack zu.« Grabbe nahm sein klingelndes Handy aus der Tasche: »Ja?« Er hörte wenige Sekunden lang zu: »Ich komme sofort!«

»Was ist los?«

»Setz mich am Präsidium ab, Balzer ist soeben in Hanna Harras' Wohnung geschnappt worden.«

*

Die letzte Ladung bestand hauptsächlich aus bleischweren Kisten, die Jean-Claude, Philipp und Walde in das Zimmer schleppten, das zukünftig als Büro, Bibliothek, Musik- und Gästezimmer dienen sollte. Die unausgepackten Kisten bargen noch eine Menge Arbeit für Walde.

Zu guter Letzt kamen sie mit Waldes Instrumenten in die Diele. Vorneweg Jean-Claude laut singend: »Zwei Chinesen mit dem Kontrabass, machten einen Umzug und erzählten sich was, da kam ein Polizist...«

»Ja wer ist denn das?«, sang Walde.

Die Antwort kam im Chor: »Zwei Chinesen mit dem Kontrabass.«

Jo und Uli wankten aus dem Schlafzimmer.

»Und, wie habt ihr geschlafen?«, fragte Jean-Claude.

»Wir mussten mal eine Pause machen«, sagte Jo. »Was liegt an?« Hinter ihm versuchte Uli, an den Türrahmen gelehnt, im Stehen weiterzuschlafen.

»Unsere Dankesrede und das Versprechen, euch zu einer rauschenden Umzugsfeier einzuladen«, sagte Walde.

Normalerweise hätte das niemanden davon abgehalten, mindestens bis Mitternacht zu bleiben, aber in Anbetracht von Doris' Zustand zogen alle Helfer ohne Widerrede von dannen.

*

»Wer hätte das gedacht, dass wir noch so einen perfekten Umzug hinkriegen würden.« Walde lag lang ausgestreckt neben Doris auf dem Bett.

»Über die Aufteilung im Kleiderschrank müssen wir noch reden.« Doris hatte die Hände links und rechts an den Bauch gelegt, als müsse sie den aufragenden Hügel vor dem Umfallen bewahren. »Wie kamst du dazu, meine Unterwäsche ins oberste Fach zu räumen?«

Walde wollte die harmonische Stimmung nicht durch das Geständnis gefährden, dass er Philipp ihre Wäsche anvertraut hatte. »Ein Glück, dass wir Jean-Claude hatten, der hat den Umzug gerettet.«

»Mit Jo und Uli war nicht viel anzufangen. Hoffentlich haben die beiden nichts geträumt«, sagte Doris.

»Hmh?«

»Uli und Jo haben den ganzen Nachmittag in unserem Bett geschlafen«, erklärte sie.

»Verstehe ich nicht.«

»Was man als erstes in der neuen Wohnung träumt, soll in Erfüllung gehen.«

»Das gilt für die erste Nacht, nicht für den Mittag«, versuchte Walde sie zu beruhigen. »Und trifft nur für die Bewohner zu.«

Sie kuschelte sich an seinen Rücken: »Hat eigentlich schon mal eine Frau versucht einem Mann zu erklären, was es bedeutet, wenn etwas Lebendiges in einem heranwächst, das immer größer wird, einem so nah ist, wie noch nie jemand einem nah war, außer der eigenen Mutter...« Walde war eingeschlafen.

Sonntag, 01. Dezember

Der Haftrichter schaute von den Papieren auf: »Nach den Untersuchungsergebnissen hatte Herr Balzer intensiven Körperkontakt mit Hanna Harras und zwar sowohl in bekleidetem wie in unbekleidetem Zustand.«

»Mein Mandant möchte sich nicht zur Sache äußern.« Haupenberg, als Rechtsbeistand an Balzers Seite, bemühte sich nicht, die Resignation in seiner Stimme zu verbergen. Mit seinem aus besseren Tagen einzig übriggebliebenen fetten Mandanten Balzer sah er seine letzten Felle davonschwimmen. Er würde sich gezwungenermaßen von einer seiner beiden verbliebenen Rechtsanwaltsgehilfinnen trennen müssen. Bei Krankheit und Urlaub der anderen würde er seine Korrespondenz selbst...

»... ergeht Haftbefehl...«, fuhr der Richter fort.

Der Anwalt wollte die Hand seines Mandanten drücken, wie er dies in ähnlichen Situationen immer tat, doch dieser entzog ihm unwirsch seine Hand und verschränkte die Arme.

Montag, 02. Dezember

»Was steht heute an, außer Nachwuchs kriegen?«, fragte Walde beim dritten Frühstücksbrötchen. Den gesamten Sonntag hatten sie damit verbracht, Kisten auszupacken und zu entscheiden, welche Gegenstände, die durch die Zusammenführung ihrer Hausstände doppelt vertreten waren, in Gebrauch genommen und welche ausrangiert werden konnten. Schließlich hatte Walde zwei Kisten mit überflüssigem Hausrat in den Keller gebracht.

»Nachwuchs kriegen ist zurückgestellt.« Doris zeigte auf sein Gesicht. »Ich muss warten, bis dein Auge wieder besser aussieht, sonst bekommt das Kind gleich einen Schreck.«

Walde hatte bereits im Badspiegel feststellen können, dass die Umgebung seines Auges heute grün, blau und gelb schillerte: »Und womit lenkst du dich vom Kinderkriegen ab?«

»Friseur«, antwortete Doris.

Ihre Frisur machte auf Walde nicht den Eindruck, dass sie einen Schnitt nötig hatte. Doris würde doch nicht auf die Idee kommen, ihr schönes Haar abschneiden zu lassen? Wer weiß, welche Verwirrung die überbordenden Hormone stiften konnten? Er sah nur den oberen Teil ihres Bauches, der sich zwischen ihren offen stehenden Hemdknöpfen herauswölbte. Den Rest verdeckte der Tisch.

»Auch wenn behauptet wird, meine Haare würden mit der Heckenschere geschnitten, ist mir bekannt, dass Friseure montags geschlossen haben.«

»Aha, du traust mir nicht.« Doris wurde unsicher, ob Walde es nicht doch ernst meinen könnte. »Ich gehe zu einem Salon am Bahnhof.«

»Aha!«

»Die haben montags geöffnet.«

»Aha, und wann bist du wieder zurück?«, fragte Walde.

»Gegen Abend.«

»So spät?«

»Wird das jetzt ein Verhör?« Doris starrte Walde an. »Marie holt mich beim Friseur ab. Ich werde ihr erzählen, wie eifersüchtig du bist.«

»Tu das ja nicht, sonst erfährt Jo noch davon.«

»Ach so, was ich denke, ist dir egal, aber bei Jo willst du gut dastehen.« Doris tat beleidigt.

*

Gleich nachdem Doris gegangen war, verließ auch Walde die Wohnung. Er stieg in den Wagen, ohne zu wissen, wohin er wollte.

Als er im Hof des Präsidiums parkte, dachte er darüber nach, dass er noch eine Woche Urlaub hatte und das ganz ohne Renovierungsstress. Jemand klopfte an sein Seitenfenster und schreckte ihn auf: »Du kannst wohl überhaupt nicht mehr abschalten?« Es war Meier, dessen Gesicht neben ihm auftauchte.

»Warum?«

»Was machst du denn hier?«

»Nichts!«, war seine einsilbige Antwort.

»Als wäre es hier im Tal nicht schon kalt genug, müssen wir

jetzt zu einem Leichenfund hoch in die Eifel nach Daun.« Meier schaute ihn aufmerksam an. »Ist was?« Er schüttelte den Kopf und ging ohne ein weiteres Wort zu einem weißen Dienstwagen, wo Grabbe mit zwei Kollegen von der Spurensicherung auf ihn wartete.

Auf dem Flur kam Gabi mit einer dampfenden Tasse Kaffee aus Monikas Büro.

»Schön, dass du mich immer auf dem Laufenden hältst!«, blaffte sie ihn an.

»Warum?«

»Mach' dir keine Mühe. Grabbe hat mich aufgeklärt.« Sie warf ihrem Kollegen einen verächtlichen Blick zu. »Ich hab' mit *Rothdruck* gesprochen, mit Frau Roth, die sich um die Buchhaltung kümmert. Der russische Inkassomann heißt angeblich Vopol und verlangt zwanzig Prozent Erfolgshonorar bar auf die Hand. Sie hat von ihm weder Adresse noch Telefonnummer.« Sie trat einen Schritt näher und senkte ihre Stimme. »Weißt du, was ich am liebsten machen würde?«

Walde schüttelte den Kopf.

»Ich wollte eigentlich schon am Samstag mit Richter Schaffreck reden.«

»Und warum hast du es nicht getan?«

»Du weißt doch selbst, was Balzer gedreht hat. Außerdem«, Gabi flüsterte, »der Schaffreck ist Richter und dazu noch am OLG. Wenn der was in den falschen Hals kriegen sollte, ist es mit warm Anziehen nicht mehr getan. Ich kann dem ja schlecht sagen, dass wir einen Richterkollegen verdächtigen, sich einer Erpressung gebeugt und zwei Schwerkriminelle laufen gelassen zu haben. Zumal er mit dem Richter befreundet ist und mit in der Sache drinhängen könnte. Ich möchte Stiermann keinen Kündigungsgrund liefern.«

»Ich komme mit.«

»Du meinst nach Koblenz?« Gabi war erstaunt. »Dafür ist heute eigentlich keine Zeit. Wir haben hier genug zu tun. Meier ist schon für mich eingesprungen wegen der Geschichte in Daun. Du siehst übrigens aus, als wäre dir das erste gemeinsame Wochenende im trauten Heim nicht recht bekommen.«

Waldes *Volvo* überholte den weißen *Ford* auf der Eifel-Autobahn zwischen Salmtal und Wittlich. Grabbe saß, konzentriert geradeaus blickend, hinter dem Steuer des Dienstwagens. Im Rückspiegel sah Walde, dass Meier neben ihm Zeitung las.

»Die sind zu einem Leichenfund in der Nähe von Daun unterwegs.« Gabi wies mit dem Daumen über die Schulter. »Meldet uns so ein Eifelyeti doch tatsächlich, Füße und Kopf der Leiche wären skelettiert. Als wäre der Rest, der noch im Anzug steckt, erhalten geblieben.«

»Das ist ja genau das Richtige zum Wochenbeginn für Grabbe. Wenn du möchtest, kannst du eine Zigarette rauchen.« Walde bereute augenblicklich, was er gesagt hatte. Wie viele Jahre hatte er den Wagen als rauchfreie Zone gehütet?

»Aber bitte nur eine!«, fügte Walde an. »Wie kommst du dazu, bei *Rothdruck* anzurufen?«

»Grabbe hat mir von der Geschichte erzählt.« Gabi zündete sich eine Zigarette an. »Es wird Zeit, dass dein Urlaub endlich vorbei ist. Wir müssen unsere Ermittlungen aufeinander abstimmen. Jeder kocht im Moment sein eigenes Süppchen. So geht das nicht weiter. Woher weißt du überhaupt von Schaffreck?«

»Von Stiermann«, antwortete Walde. »Er kennt Schaffreck von der Deutsch-Amerikanischen Gesellschaft.«

»Ah, ja. Ich hab' ihn in der Trierer Uni getroffen. Da hält er einmal die Woche eine Vorlesung. Und weißt du, wer seine Studentin war?«

»Hanna Harras?«

»Bingo.«

Bis hinter Mayen schwiegen sie. In das Motorengeräusch und das Rauschen der Lüftung mischte sich das Geklapper des Renovierungsgerümpels, das hinter den beiden hin und her rutschte.

Sie fuhren bergan in eine neblige Zone. Die Landschaft reduzierte sich auf wenige Bäume und Hügelschemen entlang der Autobahn. Die Temperatur lag nur noch knapp über null Grad. Walde ging mit dem Tempo runter, weil er jederzeit mit Reifglätte rechnen musste.

Gabi nahm ihr Telefon und ein Notizbuch aus der Handtasche. »Kripo Trier, Herrn Professor Schaffreck bitte.«

Walde hörte, wie sie mehrmals weiterverbunden wurde und schließlich nach der Privatnummer des Richters fragte.

»Er hat Urlaub und ist wahrscheinlich in seinem Ferienhaus in der Nähe von Hatzenport.« Gabi steckte das Telefon ein.

»Wo liegt denn das?«

»Irgendwo zwischen Cochem und Koblenz an der Mosel. Hast du eine Straßenkarte?«

Bei Polch fuhr Walde von der Autobahn ab und gelangte über Münstermaifeld hinunter ins Moseltal, wo sie in Hatzenport am Flussufer parkten. Walde schien die Mosel schmaler als in Trier, obwohl sie bis hierher über weitere hundertfünfzig

Kilometer reichlich Wasser aus den Nebenflüssen gesammelt hatte.

Gabi rauchte eine Zigarette und drehte dabei den Rücken in Flussrichtung, von wo der Wind unvermindert kalt blies. Dunkle Wolken waren aufgezogen.

»Was möchtest du überhaupt von Schaffreck wissen?«

»Ich hab' keine Strategie, das wird sich im Gespräch ergeben.« Der Wind wehte die Asche von Gabis Zigarette.

»Meinst du, das war Zufall, dass er ausgerechnet in der letzten Woche bei Harras in Trier war?«

»Mal sehen.« Gabi warf ihre Kippe in das schnell fließende Wasser.

Erst fragten sie vergeblich die wenigen Leute, die auf der Straße im Dorf unterwegs waren. Schließlich wies ihnen die Inhaberin eines Tante-Emma-Ladens den Weg zurück den Berg hinauf in die Richtung, aus der sie gekommen waren. Dort sollte sich, wie die Frau erklärte, die Ranch des Richters befinden.

Zurück auf dem Plateau fühlte sich Walde von der bedrückenden Enge des Flusstales erlöst. Sie mussten nicht lange suchen, bis sie den sandigen Weg zum Grundstück des Richters fanden. Über der Einfahrt stand in weißer Farbe auf eine rohe Holzplanke gepinselt ‚*PONDEROSA*'. Dahinter war ein großes Areal mit einer eigenwilligen Kombination aus Wildgatterzaun und Holzplanken etwa zwei Meter hoch eingezäunt. Der Weg, der in das Gelände führte, war nur in der Mitte einigermaßen begehbar. Links und rechts in den Fahrrinnen stand braunes, teils von Blättern bedecktes Wasser. Die beiden blieben am Gatter stehen und sahen offene Schuppen mit uralten *Lanzbulldog*s und einem noch in Gebrauch befindlichen *John-Deere*-Trecker, Anhängern, Holzspaltgeräten und Kreissägen. Dazwischen parkte eine in die Jahre gekommene

Corvette. Als Walde vor dem geschlossenen Tor stand, ließ ihn ein gewaltiger Donner zusammenzucken. Der Himmel hatte sich weiter verdunkelt, als sei bereits die Dämmerung hereingebrochen.

Durch den Zaun sah Walde, dass der Weg zu einer Blockhütte aus dicken Baumstämmen mit Fensterläden und einem gewaltigen Kamin aus Natursteinen führte, aus dem Rauch quoll. Der *Dodge* des Richters stand vor der überdachten Veranda, auf der nur der Schaukelstuhl fehlte, um das Bild einer amerikanischen Ranch komplett zu machen. In diesem Moment hatte Richter Schaffreck seinen Auftritt. Er sprang federnd von der Terrasse auf den Weg hinunter und schritt schnellen Schrittes in Cowboystiefeln, Jeans und Holzfällerhemd auf das Tor zu. Eine Windbö kam auf. Schaffreck hielt seine Kappe fest. Am Tor schaute er nacheinander Gabi und Walde an.

»Stören wir?«, rief Gabi gegen den Wind an.

»Die Überraschung ist Ihnen gelungen. Kommen Sie herein!«

Schaffreck öffnete das Tor, das nur mit einem über den nächsten Zaunpfosten gelegten Drahtring gesichert war. Er betrachtete das Auto, mit dem die beiden gekommen waren. »Genau den gleichen *Volvo* hatten wir früher auch, also meine erste Frau, das war eine ideale Familienkutsche, als die Kinder noch klein waren. Heute gibt‘s ja auch bei uns in Europa die Vans. Ich bin damals eine *Corvette* gefahren. Die rostet da drüben im Schuppen vor sich hin.« Schaffreck sah zum dunklen Himmel auf. »Darf ich Sie auf einen Kaffee in meine Hütte bitten?«

Die beiden nickten und folgten dem Richter, der Gabi einen Arm anbot und sich mit ihr in der trockenen Mitte des Weges hielt. Er bemerkte, dass die Besucher neugierig in die offenen

Schuppen sahen. »Schaffreck, nomen est omen, ich muss schaffen und mich recken. Sich regen bringt Segen.«

»Und sich recken setzt manchen in Schrecken.« Gabi knuffte den Richter in die Seite.

Schaffreck wies auf das chromblitzende Gestänge vor der Kühlerhaube des *Dodge*. »Der Bullentreiber kommt weg, obwohl ich das Teil, im Gegensatz zu den ganzen Dämlacken, die mit ihren Offroads nur in der Stadt herumkutschieren wirklich gebrauchen kann. Aber ich tausche selbstverständlich lieber ein kaputtes Scheinwerferglas aus als Schuld daran zu sein, dass ein Kind durch dieses Ding verletzt wird.«

In der Holzhütte empfing sie wohlige Wärme. Der Richter entledigte sich gleich neben der Eingangstür seiner Stiefel, Walde zog ebenfalls seine Schuhe aus und sah sich um. Ein großer Raum öffnete sich vor ihm, der ganz und gar nicht seinen Erwartungen entsprach. Außer den Terrakottafliesen, die sich unter seinen Strümpfen warm anfühlten, und einer Holztreppe zu einer Galerie, schien ihm das Mobiliar in Küche und Wohnzimmer ausschließlich aus extravaganten Designermöbeln zu bestehen.

In einem mitten im Raum stehenden Ofen prasselte ein Holzfeuer hinter einer Glasscheibe.

»Ich zähle mich zu den Lustheizern, die meiste Wärme kommt von der Fußbodenheizung, aber ich hab' das gerne, wenn ein Feuer brennt.«

Gabi hatte ebenfalls ihre Schuhe neben die Tür gestellt und rieb sich nun vor dem Ofen die Hände. Das Mahlgeräusch der Kaffeemaschine ließ sie in der Bewegung innehalten.

Sie wurden an einen Esstisch geführt, wo die weit auseinander stehenden schwarzstählernen Lehnen der Stühle in einem

Missverhältnis zu den kleinen Sitzflächen zu stehen schienen. Als Walde sich setzte, fand er sie weit bequemer, als er gedacht hatte.

»Meine Frau hat die ausgesucht«, sagte Schaffreck, als habe er Waldes Gedanken gelesen.

»Nummer eins?«, fragte Gabi.

Schaffreck lächelte: »Nein, die hat Susan gekauft, meine zweite Frau.« Der Richter prostete den Besuchern mit seinem Kaffeebecher zu, auf dem von kleinen Herzen eingerahmt ‚honey' stand. »Sie ist zur Zeit bei ihren Leuten in Amerika zu Besuch. Um diese Jahreszeit wäre ich auch lieber in Kalifornien. Statt hier auf die Pirsch zu gehen.«

Walde verschluckte sich am Kaffee: »Wie bitte?«

»Das hier ist mein Jagdrevier.« Der Richter stellte seine Kaffeetasse auf die Tischplatte. »Das Haus ist sozusagen meine Jagdhütte.«

Walde schaute sich um. Kein Geweih oder sonstige Jagdtrophäen waren zu sehen.

»Bitte betrachten Sie unsere Zusammenkunft als rein informelles Treffen«, Gabi roch anerkennend an dem von Schaffreck angebotenen Zigarillo, bevor sie ihn anzündete. »Harras' Tochter ist getötet worden.«

»Deshalb sind Sie gekommen?«

Gabi nickte.

»Harras und ich kennen uns schon seit vielen Jahren. Wir haben uns auch ab und an bei einer Tagung in der Richterakademie in Trier getroffen und jedes Mal einen zusammen gebechert. Schließlich wurde er mein Kunde.«

»Kunde?«

»Ja, was mein Holzgeschäft angeht. Sie sehen ja selbst, ich fabriziere eine Menge Kleinholz. Das ist neben der Jagd ein guter Ausgleich für meinen Schreibtischjob. Frische Luft, Bewegung, das hält mich fit, so kriege ich den Kopf frei.«

Walde beobachtete, wie der Rauch der Zigarillos nach oben zur Galerie zog.

»Und seine Tochter?«, Gabi produzierte einen Rauchring.

»Hanna war ein hübsches Mädchen. Sie war in einer meiner Vorlesungen.«

»Hat sie ihr Studium ernst genommen?«

Schaffreck nickte: »Soweit ich das beurteilen kann, ja. Sie hat, nachdem der Kontakt zum Vater abgebrochen war, dessen Freunde in Sippenhaft genommen.«

»Was sie nicht davon abgehalten hat, sich von Ihnen nach Hause bringen zu lassen.«

»Ich sehe, Sie haben Ihre Hausaufgaben gemacht.« Schaffreck fuhr mit der Hand am Rand des Aschenbechers vorbei und drehte ihn dabei um 180 Grad. Seine Augen zuckten hin und her, als denke er angestrengt nach. »Sie hat bei mir mit der Zeit ihre starre Haltung aufgegeben.«

»Ah, ja.« Gabi sah ihn an.

»Fragen Sie mich jetzt nach einem Alibi?«, fragte Schaffreck.

»Haben Sie eins für Dienstagabend, den 19. November?«, entgegnete Gabi.

Der Professor drehte wieder am Aschenbecher. »Da müsste ich in meinem Terminkalender nachsehen. Den habe ich in meinem Büro in Koblenz liegen, aber ich bin mir sicher, dass ich nicht in Trier war.«

»Wissen Sie, warum es zum Streit zwischen Harras und seiner Tochter gekommen ist?«, fragte Walde.

»Ich glaube, das hing mit einem von Hannas neuen Freunden zusammen.«

»Einem Studenten?«

Schaffreck schüttelte den Kopf: »Das entzieht sich meiner Kenntnis.«

»Wirkte Ihr Kollege in letzter Zeit verändert?«, fragte Walde.

»Ich hab' ihn zuletzt getroffen, als das mit Hanna schon passiert war.«

»Und die Geschichte mit den freigelassenen Geiselgangstern, die Harras angeblich verbummelt haben soll. Hat Harras eventuell angedeutet, dass er erpresst wurde?«

Schaffrecks Haltung veränderte sich kaum merklich, dennoch hatte Walde den Ruck registriert, der den Professor bei Gabis Frage durchfuhr.

»Vorsicht, ich glaube, hier müssen wir das Gespräch leider abbrechen. Es hat mich gefreut, dass Sie gekommen sind, bitte trinken Sie den Kaffee in Ruhe aus und dann muss ich Sie bitten zu gehen.«

Gabi legte ihre Karte auf den Tisch: »Denken Sie daran, mich anzurufen, wenn Sie Ihren Terminkalender wieder zur Hand haben.«

*

Auf der Rückfahrt sprachen sie bis Wittlich kein Wort miteinander. Dann platzte es aus Walde heraus: »Hast du noch nie etwas von richterlicher Unabhängigkeit gehört? Da kann doch nicht ein Polizist kommen und peinliche Fragen stellen.«

»Er selbst hat doch genickt, als ich sagte, dass alles nur informell ist.«

»Ein wenig mehr Feingefühl und wir hätten vielleicht mehr aus Schaffreck herausholen können.« Walde ärgerte sich. Wie konnte Gabi nur so unsensibel mit der Tür ins Haus fallen. Wenn Harras seinem Koblenzer Kollegen wirklich erzählt haben sollte, dass er erpresst wurde, dann hätte Schaffreck nie und nimmer die beiden Geiselgangster auf freien Fuß setzen dürfen. Es sei denn, er wollte seinen Trierer Kollegen damit vor den Gangstern schützen.

Kurz vor Trier rief er bei Doris an. Sie war gerade erst bei Marie eingetroffen. Walde setzte Gabi am Präsidium ab und ließ seinen Wagen auf dem Hof stehen. Mit einem Mal verspürte er Hunger. Seit dem Frühstück hatte er nichts mehr gegessen.

Als er sich zu Fuß zur Innenstadt aufmachen wollte, kamen Meier und Grabbe auf den Hof gefahren.

Er wartete, bis die beiden aus dem Wagen stiegen. Walde unterließ es, nach dem Grund für Grabbes Gesichtsblässe zu fragen.

»Eine der ekligsten Leichen, die mir bisher untergekommen sind.« Grabbe verzog angewidert das Gesicht. »Klarer Suizid. Ich weiß nicht, warum die Dauner uns gerufen haben. Wir haben gerade noch einen Abstecher zum Gefängnis in der Gottbillstraße gemacht.«

»Und was macht Balzer?«

»Er hat sein Essen beim *Le Coque Rouge* bestellt, aber bisher noch nichts von dort bekommen. Gestern trug er Anzug und Krawatte und bestand auf Einzelhofgang. Die anderen Häftlinge haben ihn aus den Zellenfenstern mit Essensresten beworfen. Heute hat er am Sport teilgenommen und einem Mithäftling einen so brutalen Bodycheck verpasst, dass der in die Krankenstation musste.«

»Wie steht es mit Besuch?«

»Bisher niemand, nicht mal Haupenberg.«

»Und den Mund macht er immer noch nicht auf«, sagte Meier und schlurfte zum Eingang. Grabbe wollte ihm folgen, wurde aber von Walde aufgehalten. »Habt ihr schon rausgefunden, was Balzer in Hanna Harras' Wohnung wollte?«

»Ich hab' in der Nacht zum Sonntag ihren Rechner auf den Kopf gestellt.« Grabbe schüttelte den Kopf. »Nichts.«

»Hast du die Schlüssel zu ihrer Wohnung?«

»Die hat Gabi.«

»Was willst du denn damit?« Gabi zog eine Schublade auf, nahm ein Notizbuch heraus, unter dem sie die Schlüssel fand, und reichte sie Walde.

»Vielleicht hat Balzer gar nicht nach etwas in Hannas Rechner gesucht. Kann ich auch das Notizbuch haben?«, fragte Walde.

»Das nimmst du aber nicht mit!«, Gabi hob den Zeigefinger und schaute ihn streng an wie die Lehrerin einen Grundschüler. »Hannas Terminkalender bleibt hier im Haus!«

»Was ist mit dem Alibi von Karla?«

»Welcher Karla?«

»Rolands Tübinger Freundin.«

»Sie hat tatsächlich zu Protokoll gegeben, dass Sie am Tatabend mit Roland zusammen war.« Gabi wendete sich ihrem Schreibtisch und nahm eine Akte zur Hand.

»Ist Roland wieder abgereist?«

»Mitnichten und auch nicht mit Neffen.« Gabi drehte sich wieder zu Walde um. »Die Tübinger Kollegen müssen erst noch Karlas Aussage überprüfen. Das dauert wohl noch ein

Weilchen, bis dahin muss sich unser Roland brav jeden Tag bei der Trierer Polizei melden. Aber diesmal hab‘ ich das Gefühl, dass der ein wasserdichtes Alibi hat.«

*

Das Siegel an der Tür war in einwandfreiem Zustand. Walde blieb einen Moment in der Diele stehen. Die Zimmertüren standen allesamt offen. Er sog die Luft durch die Nase und glaubte, einen leichten Parfümgeruch wahrzunehmen. In der Küche füllte er die Gießkanne und machte damit einen Rundgang durch die Räume, wo sämtliche Topfpflanzen nach Wasser lechzten. Im Bad klopfte er die Fliesen an Badewanne und Dusche ab, untersuchte den Spülkasten am Klo und den Spiegel über dem Waschbecken. Wieder machte er einen Rundgang durch die Zimmer, setzte sich schließlich an Hannas Arbeitsplatz. Er legte die Seiten, die er aus ihrem Notizbuch kopiert hatte, auf den Schreibtisch. Hannas Einträge bezogen sich offenkundig nur auf Termine, die ihr Studium betrafen. Im Anhang hatte sie auf einem Blatt die Stunden notiert, die sie in Balzers Firma gejobbt hatte. Walde zog die Schubladen auf. Neben ordentlich eingeräumten Schreibstiften, Linealen, Papier, Druckerpatronen und einer Schachtel Büroklammern fand er einen Schlüsselbund und ein winziges Holzbrettchen, aus dem ein etwa zwei Zentimeter langer Holzdübel ragte. Die Schlüssel passten auf kein Schloss in der Wohnung. Er vermutete, dass sie zum Haus ihres Vaters gehörten. Eingehend betrachtete er die Holzdübelkonstruktion. Die Wohnungseinrichtung machte einen sehr sachlichen Eindruck, alles schien einem Zweck zu dienen.

Dies traf erst recht auf Hannas Schreibtisch zu. Was hatte da dieses offensichtlich selbst gebastelte Ding zu suchen? Holzdübel kannte Walde zur Genüge von *Ikea*-Möbeln. Aber in dieser Wohnung gab es nicht einmal ein Regal, das von dem schwedischen Möbelhaus stammte.

Walde rief in der Schreinerei von Karl an, mit dem er sich für gewöhnlich donnerstagabends zum Musikmachen in der alten Tuchfabrik traf.

»Tach, Karl, ich brauche einen Tipp.«

»Einen Moment.« Walde hörte, wie eine hochtourige Maschine abgeschaltet wurde, dann sprach Karl weiter. »Bis Weihnachten wird das aber nichts mehr.«

»Karl, ich brauche nur einen Tipp, keine neuen Möbel.« Walde beschrieb das Teil mit dem Holzdübel.

»Kann sein, dass damit ein Schnappschloss geöffnet wird«, vermutete Karl. »Früher wurden oft Geheimfächer in Schränke eingebaut. Die waren meistens mit Riegeln gesichert. Versuch einfach mal, alle Dübel, die du an den Möbeln findest, mit dem Stift einzudrücken.«

Walde patrouillierte während des Gesprächs an den Möbeln im Wohnzimmer vorbei. »Hier ist nirgends ein Dübel zu sehen.«

»Dann versuche es mal an der Unterseite«, riet ihm Karl. »Sonst fällt mir im Moment auch nichts ein.«

Außer Spinnweben fand Walde nichts an den Unterseiten der Möbel im Wohnzimmer. Die Regale bargen keine Möglichkeiten für ein Geheimfach. Nachdem er den Schreibtisch untersucht hatte, klopfte Walde seine Hose in Kniehöhe ab und machte sich seufzend auf den Weg zur Küche. In der Diele blieb er vor einem hohen Schrank stehen. Bei ihm schien es sich um das mit Abstand älteste Möbelstück in der Wohnung zu handeln. Walde öffnete die beiden schmalen Türen. An einer leicht gebogenen Stange hingen Jacken. Auf dem Schrankboden standen mehrere Paar Damenschuhe. Unten hatte der Schrank zwei Schubladen. Sie hatten die gleichen Messingbeschläge wie die Schranktüren. In den Schubladen standen ebenfalls Schuhe.

Walde musste sich ausgestreckt hinlegen, um mit der Hand unter den Schrank fassen zu können. Er tastete an den Rändern der Schubfächer vorbei. Keine Spinnweben. Nach einer Weile ertastete Walde eine kleine Vertiefung im Holz. Als er sich aufsetzte, um die Holzdübelkonstruktion aus seiner Tasche zu holen, wischte er sich den Schweiß von der Stirn.

Er brauchte eine Zeit, um die Stelle zwischen den Schubladen wieder zu finden. Als er den Stift darauf drückte, ließ sich der Holzdübel nach oben schieben und ein leises metallisches Klicken war aus dem Inneren des Schranks zu hören.

Walde richtete sich auf. Am Schrank war keine Veränderung zu sehen. Er untersuchte das Schrankinnere, zog die beiden Schubladen heraus, konnte aber nichts entdecken.

Ratlos rief er erneut bei Karl an und berichtete ihm, dass er vermutlich eine Schnappkonstruktion gelöst hatte.

»Da kann eine dritte, ganz schmale Schublade zwischen den beiden anderen sein«, sagte Karl ohne Zögern. »Versuch‘ mal, vorne am Beschlag zu ziehen.«

Als Walde die schmale, viereckige Verzierung zwischen den beiden Schubladen fest mit der Hand packte, ließ sie sich mühelos herausziehen. Eine lange, schmale Schublade kam zum Vorschein. Bingo! Darin lag ein dicker Umschlag.

»Hallo, hallo…«, rief Karl aus dem Telefon.

»Sorry.« Walde hatte vergessen, dass Karl noch in der Leitung war. »Danke, es hat geklappt.«

»Und was ist drin?«

»Ein verschlossener Umschlag, danke, ich melde mich wieder.« Er hatte Karl einerseits nicht belügen müssen, anderseits war er auch nicht dazu verpflichtet, ihm zu erzählen, was er gefunden hatte. Er riss den Papierumschlag auf. Darin fand er Kontoauszüge und Vermögensaufstellungen einer luxemburger Bank. Sie beliefen sich auf knapp vier Millionen Euro. Walde vergaß für einen Moment zu atmen.

»Oooh«, staunte er laut.

Das war es also, was Balzer hatte holen wollen! Den Rechner hatte er nur als Ablenkungsmanöver angeschaltet.

Auf dem Rückweg zur Innenstadt rief er im Kommissariat an und erfuhr, dass Gabi unterwegs war. Walde parkte im Hof des Präsidiums. Den Umschlag ließ er im Handschuhfach. An der Pforte gab er Hannas Schlüssel mit der Bitte ab, diese an Gabi weiterzuleiten. Er schlug die kürzeste Strecke zur Fußgängerzone ein. Auf der Suche nach etwas Essbarem schaute er in die in den letzten Jahren immer zahlreicher gewordenen Läden mit Fertiggerichten aller Art, Schwenkbraten im Brötchen, Döner, Fritten, Sandwiches, Pizzas, Salate und Fisch... Während er noch zwischen Döner und Pizza schwankte, betrat er spontan das Uhrmachergeschäft, in dem ein Freund seines Vaters seit Jahrzehnten hinter dem Ladentisch saß. Walde brauchte nur wenige Minuten zu warten, bis seine Uhr wieder in Gang gesetzt war und ein neues Glas erhalten hatte.

Am Hauptmarkt gaben ihm die Gerüche des Weihnachtsmarktes endgültig den Rest. Ihm war klar, dass er sich trotz des enormen Andrangs von hier nicht weg bewegen würde, ohne etwas gegessen zu haben.

Als Walde sich das Fett der Kartoffelpuffer mit einer Serviette von den Mundwinkeln tupfte, tauchte Jo aus der Menschenmenge auf. Er hielt zwei Becher in der Hand, reichte ihm einen davon und prostete ihm zu: »A votre santé!«

Walde spürte die Wärme in seiner Hand. Er stieß mit Jo an und verbrannte sich an dem heißen Glühwein die Oberlippe. Jo nippte an seinem Getränk und verzog das Gesicht. Er nahm Walde den Becher aus der Hand: »So einen Dreck trinken wir nicht. Wir nennen uns Moselmetropole und Weinstadt und dann wird den Gästen sowas angeboten. Pfui Deibel!«

Jo verschwand in der Menge. Keine Minute später war er wieder zurück.

»Und, hast du dein Geld zurückbekommen?«, fragte Walde.

»Ohne Widerrede. Ich habe ihnen gedroht, die Brühe in meinem Labor untersuchen zu lassen.«

»Wusste ichs doch!« Uli hatte sich unbemerkt durch das Gedränge an sie herangepirscht. »Euer Geld tragt ihr zur Konkurrenz. Zu mir kommt ihr nur, wenn ihr anschreiben lassen wollt.«

»Ich glaube, da verwechselst du etwas«, entgegnete Jo. »Du bist hier derjenige, der bei den Druckereien anschreiben lässt, und dafür werden unschuldige Staatsbedienstete verhauen.«

»Das tut mir wirklich Leid, ich möchte gar nicht hinsehen«, Uli schien geknickt. »Ich konnte ja nicht ahnen, dass dieser Roth gleich einen Killer schickt, nur weil ich ein, zwei Druckrechnungen schuldig bin.«

»Und in deiner *Gerüchteküche* ist diese Inkassofirma nicht wieder aufgetaucht?«

»Nein, ich hab' mir aber vorsichtshalber einen dicken Knüppel unter die Theke gelegt, falls er wiederkommen sollte.«

»Wisst ihr was? Ich lade euch zu einem kleinen Umtrunk in

meine karge Amtsstube ein. Wir sollten uns nur unterwegs ein wenig Brot besorgen«, sagte Jo.

»Das mache ich«, bot Uli an. »Ich bin gleich zurück.«

Es wurde ein ausgiebiger Umtrunk, zu dem Jo in den Konferenzraum seiner in feierabendlichem Frieden schlummernden Büros geladen hatte. Auf einem langen Tisch standen Dutzende von Weinflaschen, die es bis zur Endausscheidung einer Blindverkostung zur Silbernen und Goldenen Kammerpreismünze geschafft hatten. Jo hatte die grünen Papierhauben von den Flaschenhälsen gezogen und ein Sortiment zusammengestellt, das er nun mit seinen Freunden probierte.

Uli hatte neben Brot auch Käse und Oliven aus der *Gerüchteküche* beigesteuert. Jo war zwar der Ansicht, der Geschmack des Weines könne durch die dazu genossenen Oliven und den Käse nicht mehr exakt eingeschätzt werden, griff aber dennoch kräftig zu. Schließlich war die Preisvergabe bereits gegen Mittag entschieden worden.

»Übrigens hab' ich noch einen weiteren Grund zum Feiern«, Jo hatte den Mund voller Oliven. »Ihr sitzt vor dem zukünftigen Weinpreisträger der Stadt Trier.«

»Gratulation und Prost«, Walde stieß mit ihm an.

Uli erhob ebenfalls sein Glas: »Was dich angeht, ist der Preis zwar schon längst überfällig, aber schön, dass du ihn doch noch kriegst. Wenn man bedenkt, welche Leute die letzten Preisträger waren und was für fadenscheinige Begründungen dafür in die Mikrofone gelogen wurden, wird der Preis durch dich wieder aufgewertet.«

»Das hast du schön gesagt, mein Freund und Seelentröster.« Jo stopfte sich weitere Oliven in den Mund.

»Stimmt es, dass die Trierer Weinkönigin von einer Handvoll Winzer aus Olewig gewählt wird?«, fragte Walde.

»Die längst nicht mehr genug Töchter haben, um das Kontingent stellen zu können«, Uli hielt ein Glas gegen das Licht.

Walde tippte eine Nummer in sein Telefon. »Bei euch zu Hause meldet sich niemand, wo können Doris und Marie sein?«

»Vielleicht im Garten.«

»Was wollen die im Dezember im Garten?«

»Weiß ich doch nicht, da musst du sie am besten selbst fragen.«

Walde schüttelte resigniert den Kopf: »Hast du die Handynummer von Marie?«

»Klar hab' ich die, aber sie hat das Handy fast nie eingeschaltet.«

Walde versuchte es und geriet prompt an die Mailbox.

»In welches Krankenhaus wolltet ihr eigentlich, falls es mit dem Baby soweit ist?«

Diese Bemerkung raubte Walde den letzten Nerv. Er sprang auf und stürmte grußlos aus dem Zimmer.

»Soll ich dich fahren«, rief Jo hinter ihm her.

»Blödmann, du hast weder Auto, noch Führerschein!«

*

Den Weg zum Krankenhaus legte er im Laufschritt zurück. Dort angekommen, stürmte er die Treppen hinauf. Immer wieder tauchte das Bild vor ihm auf, wie eine Säuglingsschwester ihm seine Tochter zeigte. Völlig außer Atem und nass geschwitzt gelangte er zu der Tür mit der Aufschrift ‚Geburtshilfe'. Hinter der Tür war alles anders, als er es sich vorgestellt hatte. Walde stand für einen Moment keuchend auf dem menschenleeren Gang und blickte sich um. Hier war kein runder Saal, wie er vermutet hatte, sondern ein langer Flur mit vielen Schiebetüren, die meisten mit Milchglasfüllungen.

Der laute Schrei einer Frau fuhr ihm wie ein Stich ins Rückenmark. Er konnte nicht sagen, ob es Doris war. So laut hatte er sie noch nie schreien hören.

Erst verharrte er wie angewurzelt auf dem Gang, dann glaubte er, nacheinander alle Türen aufreißen zu müssen, um nach Doris zu suchen.

Weit hinten im Flur erschien der Kopf von Marie, die ihn heranwinkte. Walde eilte zu ihr.

»Keine Panik, du brauchst nicht so zu hetzen«, versuchte sie ihn zu beruhigen.

Doris lag auf einem Krankenbett in einem winzigen Behandlungszimmer. Kabel verbanden sie mit einem Gerät, das verschieden hohe Töne, als trabe ein Pferd über eine Holzbrücke, von sich gab und gleichzeitig Kurven auf eine Endlosrolle Papier aufzeichnete.

»Mach' nicht so ein Gesicht«, begrüßte ihn Doris, als Walde sich zu einem Kuss über sie beugte. »Außer ein paar Wehen ist noch nichts passiert.«

»Und der geplatzten Fruchtblase«, ergänzte Marie, die Walde den Stuhl am Bett überließ. »So, ich lasse die werdende Familie jetzt mal allein.«

»Vielen Dank, Marie, sobald sich etwas getan hat, wirst du es als Erste erfahren.« Doris schloss die Augen und hielt die Luft an, nach einer Weile schaute sie auf die Uhr: »Die letzte Wehe war vor drei Minuten.«

»Was heißt das?«

»Es kann noch dauern. Der Muttermund ist noch nicht weit genug geöffnet. Das Gerät hier zeichnet die Wehen auf. Was du da hörst, sind die Herztöne des Kindes.«

»Sind die nicht viel zu schnell?«

»Nein, alles in Ordnung, sagt die Hebamme.« Doris stöhnte auf. Ihr Atem verlor den Rhythmus.

»Ich fürchtete schon, du wärst das, die da eben so geschrien hat«, sagte Walde und betrachtete den hohen Ausschlag, den das Gerät aufzeichnete.

»Nein, es sind noch zwei Geburten im Gang.«

Eine kräftige Frau um die Vierzig preschte durch die Schiebetür herein. Auf dem Schildchen am Revers ihres hellen Kittels stand ein Name, den Walde wegen der flotten Bewegungen nicht lesen konnte. Sie begrüßte ihn knapp, überflog den Kontrollstreifen am Gerät und wandte sich dann Doris zu: »Nach der Kurve der letzten Wehe hätte ich Sie eigentlich hören müssen.«

Sie untersuchte Doris behutsamer, als Walde es nach der hektischen Begrüßung erwartet hätte. Von draußen war Schmerzgeheul zu vernehmen.

»Andere Baustelle ruft.« Damit war die Hebamme so schnell verschwunden, wie sie gekommen war.

Sieben Stunden später, Mitternacht war längst vorbei, half Walde, Doris' Bett über den Flur in den Kreißsaal zu schieben und sie dort auf das Geburtsbett zu hieven. Er war froh, endlich etwas tun zu können. Vorher hatte seine Aufgabe darin bestanden, Doris hilflos dabei zuzusehen, wie sie Qualen litt.

Er bekam einen Kittel verpasst und nahm eine Position am Kopfende ein, wo er wiederum nicht mehr tun konnte, als Doris' Schultern zu streicheln, ihr gut zuzureden und den Schweiß von der Stirn zu tupfen. Eine qualvolle Stunde später ging plötzlich alles sehr schnell. Die Herztöne des Kindes wurden unregelmäßig, und der Geburtshelfer alarmierte nebenan den OP. Das Kind sollte sofort per Kaiserschnitt geholt werden.

Walde saß auf dem ersten Stuhl der langen Schalensitzreihe im Flur zwischen OP und Geburtshilfe und starrte auf das dunkle Fenster gegenüber. Um ihn herum war es so still, als hielte die Welt für einen Moment den Atem an.

Nach der Hektik der letzten Stunde war der Wechsel in den einsamen Vorraum des OP so abrupt erfolgt, dass sein Körper noch immer unter Hochspannung stand und das Adrenalin durch die Adern jagte. Auf dem Tisch lag ein Stapel Zeitschriften in Pappumschläge gehüllt. Walde stand auf und ging zum Fenster. So hatte sich vielleicht vor vierzig Jahren bereits sein Vater gefühlt-, so ohnmächtig dem Können anderer Leute und dem Schicksal ausgeliefert. Hatte das Kind, wie die Hebamme vermutete, die Nabelschnur um den Hals? War es aufgrund des Sauerstoffmangels behindert oder am Ende gar tot?

Walde bedauerte, dass er nicht rauchte. Wenn es eine Situation gab, dann war diese zum Rauchen wie geschaffen. Er hätte gern für Mutter und Kind gebetet, aber das hatte er schon lange nicht mehr getan. Gott anzuflehen schien ihm zu abstrakt. Einen Heiligen, der für Geburten zuständig war, kannte er nicht. Sollte er ein Gelübde ablegen? Wenn alles gut ginge, würde er nach Santiago de Compostella pilgern. Aber diese Wanderung konnte zum Vergnügen werden. Dann schon eher ein Jahr lang jeden Morgen vor Dienstbeginn für ‚*Die Tafel*' kostenloses Essen in den Märkten abholen. Das würde ihm garantiert keinen Spaß machen.

Der Schrei eines Neugeborenen! Die Tür des Operationssaales schwang auf und die Hebamme drückte ihm ein eingewickeltes Bündel in den Arm, aus dem ein winziger Kopf mit langen dunklen Haaren lugte.

Walde hatte noch nie in seinem Leben ein so inbrünstiges Danke gesagt wie in diesem Augenblick, als die Frau ihm das Baby überreichte und versicherte, dass Mutter und Kind wohlauf seien.

Im Kreißsaal nahm die Hebamme ihm seine Tochter für einen Moment wieder ab und forderte ihn auf, den Oberkörper frei zu machen. »Es ist gut für das Kind, wenn es gleich Hautkontakt hat. Bei der Mutter ist das im Moment schwer möglich, also soll es den Vater spüren.«

Walde setzte sich hin und zog sich Pullover und Hemd über den Kopf. Dann legte sie ihm das noch leicht verschmierte Kind auf den Bauch. Es schmiegte sich an ihn und lag ganz ruhig und mit geschlossenen Augen da. Die Hebamme breitete ein Tuch über den kleinen nackten Körper. Walde spürte den Atem des Kindes. Er betrachtete gerührt das kleine, entspannte Gesicht. Noch nie hatte er ein schöneres Baby gesehen.

Langsam wurde er ruhig und genoss die Berührung mit dem kleinen Lebewesen, das sich vor ein paar Minuten noch in einer warmen behüteten Blase aufgehalten hatte.

Viel zu schnell begann die Hebamme mit der Routine. Zwischendurch ging Walde in den Aufwachraum, wo er Doris kaum zur Geburt beglückwünschen und von seiner Begeisterung über das Kind berichten konnte, als sie ihn gleich wieder zurück zu ihrer gemeinsamen Tochter schickte. Im Kreißsaal durfte er das Neugeborene selbst ankleiden und musste auf die abgeklemmte Nabelschnur achten. Walde setzte ein stolzes Lächeln auf, als die Schwester mit einer Polaroid das erste Foto von Vater und Tochter aufnahm.

Später wurde Doris' Bett den Flur entlang in ein rückwärtiges Zimmer der Geburtshilfe gerollt. Die Hebamme bot Walde eine freie Schlafstätte rechts neben dem Babybettchen seiner Tochter an. Doris öffnete zwar lächelnd die Augen, aber sie fielen ihr gleich wieder zu.

Walde streichelte über Doris' Gesicht und flüsterte: »Das hast du toll hingekriegt.«

Sie nickte leicht und schlief gleich wieder ein. Die Zeit bis zum Morgen verbrachte Walde damit, seine unruhig schlafende Tochter zu beruhigen oder vor sich hin zu dösen. Als wieder Leben in die Abteilung kam, wurde Doris zusammen mit dem Kind auf die Wöchnerinnenstation verlegt.

Dienstag, 03. Dezember

Gleich nachdem Walde das Krankenhaus verlassen hatte, schilderte er Marie am Handy die Geburt so wild gestikulierend, dass sich einige Passanten auf der Straße nach ihm umdrehten.

Kaum hatte er aufgelegt, rief Jo an: »Herzlichen Glückwunsch! Frühstücken wir bei Uli?«

»Woher weißt du es?«

»Marie hat die löbliche Angewohnheit, alles Wichtige zuerst ihrem Mann zu berichten. Was ist nun, sehen wir uns gleich in der *Gerüchteküche?*«

Walde willigte ein, da das Bistro auf seinem Heimweg lag.

In der *Gerüchteküche* hatten es sich Uli und Jo bereits an einem Tisch bequem gemacht. Elfie kam hinter der Theke hervor und umarmte Walde: »Herzlichen Glückwunsch!« Als sie ihn endlich freigab, räusperte er sich, weil er einen Kloß im Hals hatte und wandte sich um.

»Das ging aber schnell«, begrüßte er Jo.

»Das bin ich doch unserer Zenzi schuldig.« Jo nahm Walde in den Arm und drückte ihn fest an sich.

»So wird sie ganz bestimmt nicht heißen«, rief Elfie von der Theke her.

Uli holte ein Tablett mit Kaffee und Croissants und stellte es vor Walde auf den Tisch. Dann eilte er nochmals zurück und legte ‚*Amandla*' von Miles Davis auf.

»So, dann schieß' los«, drängte Jo. »Erzähl, wie geht's Mutter und Kind? Wie mitgenommen du selbst bist, sehen wir.«

Ob es am Schlafmangel lag, Walde konnte es sich selbst nicht erklären, warum er so ergriffen war: »Wenn ich Miles Davis wäre, könnte ich meine Trompete erzählen lassen, wie es war. Aber mit Worten bin ich dazu nicht in der Lage.«

Jo legte seine Arme um Walde und drückte ihn stumm.

Uli, ganz Kopfmensch, sagte: »Von Shakespeare, Schiller und Goethe einmal abgesehen, wurde genau aus diesem Grund, da Worte allein oft zu schwach sind, für unsereins die Typographie erfunden, um Nuancen herauszustreichen.«

»Wenn du Recht hättest, müsste es *BILD*, die sich im besonders umfangreichen Maße der Typographie bedient, zumindest ab und zu gelingen, eine mich ansprechende Botschaft zu übermitteln«, sagte Jo. »Bisher ist ihr das allerdings noch nicht gelungen.«

»Die Musik von Modern Talking hat auch Millionen angesprochen, nur wir drei konnten ihr gefühlsmäßig nicht folgen«, wandte Uli ein.

»Was soviel beweisen würde, dass wir keine Antennen für das haben, was Millionen andere verstehen, interessiert, schön finden, nur weil wir keine *Bildzeitung* lesen und mit Modern Talking nichts anfangen können?«

Elfie stand neben ihnen und hielt ein Tablett mit vier Sektgläsern, für das auf dem Tisch kein Platz mehr war.

Jeder nahm ein Glas in die Hand.

Bevor Jo einen Trinkspruch ausbringen konnte, sagte Elfie: »Auf die Gesundheit von Mutter und Kind!«

Nachdem alle getrunken hatten, hob Jo nochmals sein Glas: »Ich habe mir zwar gestern Abend geschworen, bis Weihnachten keinen Alkohol mehr zu trinken, von ein paar unumgänglichen dienstlichen Verpflichtungen einmal abgesehen, aber ich bin nicht päpstlicher als der Papst.«

»Hat nicht Mark Twain mal behauptet, es sei nichts leichter, als sich das Rauchen abzugewöhnen, er habe es schon mehr als tausend Mal getan?«, lästerte Uli.

»Du weißt genau, dass ich jedes Jahr während der gesamten Fastenzeit keinen Alkohol anrühre, sechs Wochen lang«, verteidigte sich Jo.

»Es sei denn, du wirst dienstlich dazu verpflichtet.« Uli zwinkerte den anderen zu.

*

Kaffee und Sekt hatten die Müdigkeit vertrieben. Walde fühlte sich in der richtigen Stimmung, um mit dem Einräumen der Kombination aus Bibliothek und Musikzimmer zu beginnen. Einzig die Regale, die Instrumente und ein Sofa standen bereits an der Wand. Rund zwei Dutzend Kisten mit Büchern, Schallplatten und Noten waren zu einer doppelten Mauer in der Mitte des Raumes gestapelt.

Walde entschied sich für die Bücher, die den größten Anteil ausmachten. Die CDs hatte Philipp bereits eingeräumt.

Das letzte Buch unter B war die Anthologie ‚Bukowskis Gedichte', bei der Walde sich fragte, ob Bukowski Kinder hatte. Gleichzeitig ertönte der neue Gong. Walde verzog das Gesicht. An den würde er sich noch gewöhnen müssen. Er klang keinesfalls besser als manche der Melodien, die vorher gespielt wurden.

»Gratuliere!« Gabi fiel ihm um den Hals. »Die Kollegen lassen ebenfalls grüßen«, richtete sie aus, »aber du wirst ja sicher noch einen ausgeben!«

Walde nickte.

»Übrigens, Rob lässt ausrichten, die Spur mit dem Telefon hat sich im Nachhinein als heiß erwiesen. Die Besitzerin des Handys hat zugegeben, dass das Gerät gar nicht gestohlen war, und gleich ein paar Leute aus der Sprayerszene verpfiffen. Darunter scheint auch der Typ zu sein, den du verfolgt hast.«

»Schön.«

»Die sind genauso blöd wie die Kiffer«, kommentierte Gabi. »Wenn du einen hast, geht die große Pfeiferei in der Szene los, weil jeder seinen kleinen Arsch retten will.«

Walde nickte.

»Und sich natürlich mit jeder Aussage umso tiefer in den Schlamassel reitet«, ergänzte Gabi. »Ist sehr schön geworden, die Wohnung.« Sie griff nach dem Bukowski. »Und das ist scharfer Schweinkram.«

»Dann hast du das noch nicht gelesen!«, sagte Walde.

»Ich kenne von ihm alle Shortstorys.«

»Das hier sind Gedichte. Da steckt eine Sensibilität und Poesie drin, die du bei dem Mann nicht für möglich gehalten hättest.«

»Gedichte sind nichts für mich«, damit stellte sie das Buch zurück ins Regal. »Ich bin dann mal weg.«

Als Gabi zur Wohnungstür hinaus war, schaute Walde auf seine Armbanduhr: halb Elf. Das konnte nicht sein! War sie schon wieder kaputt? Der Wecker im Schlafzimmer zeigte 14 Uhr. Walde zog seine Uhr auf. Das hatte er am Vorabend versäumt, weil er überhaupt nicht im Bett gewesen war. Bevor der Wunsch, sich hinzulegen, übermächtig wurde, zog er sich Schuhe und Jacke an und ging in die Diele zurück.

Als er die Wohnungstür hinter sich abschloss, piepste das Telefon.

»Herr Kommissar?«

»Ja?«

»Mir ist noch was eingefallen, vielmehr wollte ich sichergehen, dass ich nicht falsch verstanden wurde.« Walde erkannte die Stimme des Bäckermeisters. Er schloss die Korridortür wieder auf und ging in die Wohnung zurück.

»Also die Sache mit dem russischen Akzent«, hob der Bäcker wieder an. »Ich weiß nicht, ob ich das richtig zu Protokoll gegeben habe.«

»Was meinen Sie?«

»Also, dieser Kerl, der mich in meiner eigenen Backstube mit meinem eigenen Schieber zusammengeschlagen hat…«

»Ja?«, drängelte Walde.

»Also das war kein Russe!«

»Wie bitte?«

»Der hat nur mit russischem Akzent gesprochen.«

»Sind Sie sicher?«, fragte Walde.

»Ganz sicher. Ich hatte lange Jahre einen Weißrussen in der Backstube. Noch heute kommen viele Russen zu mir kaufen. Hier ist ja ein Nest in der Nähe.« Der Bäcker lachte. »Also, was russischen Akzent angeht, kann mir keiner was vormachen.«

»Vielleicht war es ein anderer Ostakzent.«

»Nein, sicher nicht! Sagen wir, zu neunundneunzig Prozent war das einer, der so getan hat als ob.«

Walde überlegte.

»Sind Sie noch dran?«, fragte der Mann am anderen Ende der Leitung. »Ich glaube, der hat darauf gesetzt, dass ich Angst vor Russen habe, Sie wissen, Mafia und so.«

»Da könnte was dran sein«, bestätigte Walde. »Danke für die Information.«

Vor die Haustür stellte Walde fest, dass Schneeregen eingesetzt hatte. Wieder musste er zurück, um einen Schirm zu holen. Darunter brachte er die kleine Stoffpuppe, die Rassel und den Schnuller aus dem Spielzeugladen sowie den Strauß weißer Rosen und Lilien trocken zu Doris.

Sie war immer noch sehr mitgenommen von der nächtlichen Narkose. Die ersten Stillversuche hatten schon einen kleinen Erfolg gebracht.

»Ich spüre, dass die Milch einschießt«, sagte Doris mit leiser Stimme. »Ich fühle mich zu schwach, um das Kind zu halten. Ich habe die ganze Zeit Angst, es könnte aus dem Bett fallen.«

»Ich passe auf«, beruhigte er sie, »aber leider habe ich die Kamera vergessen.«

»Marie kommt später. Sie hat bestimmt eine dabei.«

Das Baby schlief ganz ruhig weiter, als Walde es in den Arm nahm. Er konnte es ausgiebig betrachten, ihre langen Wimpern, den schönen Mund, die zarten Hände. Er konnte sich an ihr nicht satt sehen.

Doris behielt Recht. Marie verschoss einen ganzen Film als sie kam. Walde blieb, bis das Baby für die Nacht ins Neugeborenenzimmer gebracht wurde. Doris war den ganzen Nachmittag über immer wieder eingenickt. Beim Abschied musste er ihr versprechen, sich endlich auszuschlafen, was ihm nicht schwerfiel.

*

Als Walde unter dem Vordach des Krankenhauses ins Freie trat, fiel ihm zeitgleich mit dem ersten Regentropfen, der auf seine Stirn klatschte, ein, dass er den Schirm oben bei Doris vergessen hatte. Nach den wenigen hundert Metern bis zum Präsidium waren seine Haare triefnass. Er schüttelte den Kopf, wie er es tat, wenn er aus dem Springerbecken im Schwimmbad auftauchte. Durch den Nebeneingang betrat er vom Hof aus das Gebäude.

In seinem Büro angekommen, drehte er die Heizung hinter seinem Schreibtischstuhl bis zum Anschlag, fläzte sich in den Stuhl, die Füße auf dem Tisch und den Kopf nach hinten in die warm aufsteigende Luft haltend.

Seinen Kollegen Grabbe bemerkte er erst, als der sich schon auf den Schreibtisch neben Waldes Füße gesetzt hatte.

»Glückwunsch! Bist du betrunken oder nur müde?«

»Trunken vor Glück und hundemüde«, Walde setzte sich auf und fuhr mit der Hand durch seine Haare, die fast trocken waren. »Ich hab' hier irgendwo eine Kappe liegen.« Er schloss seinen Schreibtisch auf und kramte benommen in den Schubladen. Er fand seine Dienstpistole und packte sie mitsamt dem Halfter auf den Tisch.

»Ich bin mit dem Bus hier, aber ich find bestimmt jemanden, der dich nach Hause fährt«, bot Grabbe an.

»Mist, heute vergess' ich aber wirklich alles.« Walde wusste nicht, was er mit der Waffe sollte, und packte sie wieder zurück in die Schublade: »Der Bäcker hat mich heute Mittag angerufen.«

»Welcher Bäcker?« Grabbe musterte Walde skeptisch.

»Du brauchst nicht so zu gucken, ich war für eine Minute eingenickt, ich bin seit...«, Walde gab den Versuch auf nachzurechnen, »... einer Menge Stunden auf den Beinen.«

»Was war mit dem Bäcker?«

»Der hat mich angerufen, heute Mittag, und mir erzählt, dass der Kerl, der ihn zusammengeschlagen hat, kein Russe war, sondern ein Deutscher, der mit russischem Akzent spricht.«

»Und wie kommt er dazu, ausgerechnet dich anzurufen?«

»Das ist eine längere Geschichte, die ich im Moment nicht erzählen möchte.«

»Hat das was mit dem Russen zu tun, der dich ..?«, versuchte es Grabbe noch einmal.

»... kann sein, aber dann wäre das vielleicht auch kein Russe gewesen.«

»Aber warum macht der denn sowas?«

»Ganz einfach, weil die Leute blöd sind und wir auch.« Walde fühlte sich wieder hellwach. »Habt ihr dem Bäcker Fotos vorgelegt?«

Grabbe nickte.

»Von ausländischen Personen aus unserer Kartei?«

Grabbe nickte wieder.

»Auch von Deutschen?«

Grabbe schüttelte den Kopf.

»Du hast dir doch sicher auch keine Fotos von Deutschen angeschaut«, versuchte sein Kollege zu kontern.

»Stimmt«, gab Walde zu. »Aber ich habe mir bisher überhaupt noch keine Fotos angeschaut.«

»Dann wird's aber höchste Zeit!«, sagte Grabbe. »Ich ruf' den Bäcker an, dass er herkommen soll.«

Schon nach dem fünfzigsten Foto hatte Walde Konzentrationsprobleme und musste immer wieder in der Kartei zurückblättern, um sicherzugehen, nicht jemanden übersehen zu haben.

»Wo bleibt denn der Bäcker?«

»Der kommt später«, antwortete Grabbe.

Walde blätterte weiter in der Kartei. Er konnte sich noch genau an zwei Gesichtspartien des Gesuchten erinnern: Mund und Wangenknochen. Die Augen des Mannes waren zwar noch präsent, aber hier war Walde sich nicht sicher, ob der Inkassomann bei einem entspannten Ausdruck vielleicht ganz anders aussah.

Walde hatte sich für die große Datei entschieden, in der auch alle registrierten Personen aus dem Umkreis von etwa achtzig Kilometern um die Stadt enthalten waren. Grabbe blieb und versorgte ihn mit Kaffee.

Mittwoch, 04. Dezember

Als der Bäcker kurz nach Mitternacht eintraf, hatte sich Walde bereits durch die Hälfte der Kartei gekämpft.

»Ich hab' Ihnen ein paar frische Weckmänner mitgebracht.«

Grabbe nahm die Tüte entgegen.

»Können die einen auch wach halten?« Walde blickte den Bäcker aus geröteten Augen an.

»Mein Kollege fragt, ob die Weckmänner ihren Namen auch wirklich verdienen«, übersetzte Grabbe.

Der Mann schaute irritiert:»Sie kennen doch Wecken. Aus dem gleichen Teig sind die Weckmänner.«

Zwei Stunden später hatte Walde den dritten Weckmann verspeist und knabberte nun den Teig von der weißen Tonpfeife. Neben ihm saß der Bäcker und blätterte eine Karteikarte nach der anderen durch. Nur noch wenige Fotos waren übrig.

»Möchten Sie eine Pause einlegen?«, fragte Walde.

»Ich kann mir Gesichter gut einprägen, das hab' ich im Laden gelernt«, sagte der Mann. »Wieviele sind es noch?«

»Das war die Hälfte«, antwortete Walde. »Die andere Hälfte habe ich heute Abend durchgesehen, darin habe ich ihn auch nicht gefunden.«

»Das verstehe ich nicht.«

Walde wies auf sein Auge. »Das Veilchen hat er mir beigebracht.«

»Derselbe?«

»Ich vermute.«

»Nicht zu fassen, der schreckt nicht mal vor Polizisten zurück.«

Grabbe kam, zwei Kartons schleppend, zur Tür herein gehumpelt.

»Und Sie?«, fragte der Bäcker Waldes Kollegen, der nach einem Platz suchte, wo er seine Last abstellen konnte.

»Wie bitte?« Grabbe schaute ratlos.

»Hat Sie der Russe auch ..?«, der Mann klatschte die zur Faust geballte Rechte in die geöffnete linke Hand.

»Mein Kollege ist mit dem Rad gestürzt«, löste Walde die Situation auf. »Was schleppst du denn da an?« Er nahm Grabbe eine Kiste ab und stellte sie auf den Boden.

»Die sind noch nicht entsorgt worden.« Grabbe druckste herum. »Bevor sie in den Reißwolf kommen, könnten wir die Gelegenheit nutzen.«

Walde leerte den Inhalt des ersten Kartons behutsam auf dem Boden aus. Nach wenigen Stichproben war ihm klar, dass diese Dokumente längst vernichtet gehörten. Sogar Fotos von Tatverdächtigen waren dabei, deren Unschuld sich später herausgestellt hatte. Als Walde aufblickte, wich Grabbe seinem Blick aus.

Es lagen nur noch wenige Bilder auf dem Boden, als es Walde bei dem Foto eines Mannes mit Oberlippenbart durchzuckte. Er ließ sich nichts anmerken und deckte verstohlen die Partie unter der Nase des Mannes mit dem kleinen Finger ab. Dieser Blick, die hohen Wangenknochen, der Mund. Walde las den Namen: Degrich, Herbert. Er gab das Foto weiter. Es dauerte nur ein paar Sekunden. »Das isser!«

*

»Ihr seht Scheiße aus«, begrüßte Gabi gegen vier Uhr früh die beiden. »Und du ganz besonders«, sagte sie, zu Walde gewandt.

»Danke.« Walde schnallte sich den Revolverhalter um. »Wir bringen es hinter uns, solange es noch dunkel ist.«

»Vergiss es.« Gabis Worte schnitten scharf wie eine Sense Waldes weitere Argumentation ab. Verächtlicher konnte es niemand im ganzen Haus sagen.

»Grabbe kann gerade mal humpeln, du bist froh, wenn du deine Augen auf Halbmast hältst, ich hab' wie immer die falschen Schuhe an und Meier ist zu alt für Wettläufe«, Gabi schaute angriffslustig in die Runde.

»Hast du mich schon mal laufen sehen?«, kommentierte Meier, der gerade reinkam, Gabis Analyse.

»Ebensowenig wie ich dich bisher hab' lachen hören«, grummelte Gabi. »Dieser Russe...«

»Er ist kein Russe«, sagte Grabbe genervt. »Er ist deutscher Staatsangehöriger und war Ende der Neunziger in eine Messerstecherei verwickelt. Das Verfahren wurde eingestellt, weil das Opfer seine Anzeige zurückgezogen hatte und die Staatsanwaltschaft das Interesse verlor.«

»Warum gibt sich dieser Degrich als Russe aus?« Gabi durchwühlte ihre Handtasche.

»Frag ihn, wenn wir ihn haben.« Grabbe hielt ihr Degrichs Foto unter die Nase. »Er wohnt in Konz und arbeitet in einer Weinkellerei in Grevenmacher.«

»Dann schnappen wir ihn uns, wenn er zur Arbeit fahren will.« Gabi hatte endlich ihre Zigaretten gefunden.

*

Walde döste neben Grabbe im kalten Autositz. Dichter Nebel und das ein paar Meter vor ihnen stehende Fahrzeug schränkten ihnen die Sicht auf Degrichs dunklen Golf ein, der in der Garagenauffahrt seines Hauses stand. Sie hatten sich dafür entschieden, Degrich abzupasssen, wenn dieser zur Arbeit fuhr, um ihn so zu überraschen. Grabbe hatte sich vorhin ans Haus geschlichen und den Motor des Golfs lahmgelegt.

Gabi und Meier parkten weiter die Straße hinunter. Walde war sich nicht sicher, ob es Zigarettenqualm oder Nebel war, der ihren Wagen umwaberte.

»Ich bin mal gespannt, wie viele seiner Kunden sich melden werden, wenn wir den Kerl geschnappt haben.« Grabbes Worte drangen von weither in Waldes Bewusstsein.

»Mhm.« Zu mehr war er nicht fähig.

»Und wenn er gar nicht zu Hause ist oder seine Frau den Golf fährt?«, fuhr Grabbe fort. »Dann sitzen wir hier für die Katz.«

Walde spürte, wie seine Füße kalt wurden. Tante Martha hatte ihm früher mal erzählt, man könne mit kalten Füßen nicht einschlafen…

Grabbe rüttelte ihn wach. Vor Degrichs Haus leuchtete der Bewegungsmelder. Ein Mann mit Rucksack ging um den Wagen und schloss die Fahrertür auf. Als er sich in den Golf setzte und die Tür zuschlug, startete Grabbe den Wagen, setzte aus der Lücke, um gleich wieder links in die Einfahrt einzubiegen und hart hinter Degrichs Wagen zu bremsen. Walde blieb gerade soviel Zeit, seine Jacke zu öffnen. Eilig knöpfte er das Futteral seines Pistolenhalters auf, während Grabbe links aus dem Auto sprang. Wo blieb der zweite Wagen? Grabbe riss die Fahrertür des Golfs auf. Er machte dem Aussteigenden mit einem Schritt nach hinten Platz. Walde entsicherte seine Pistole. Jetzt sah er, dass Grabbe rückwärts stolperte und die Arme hoch riss. Aus den Augenwinkeln bemerkte Walde rechts eine Frau mit Kopftuch, die näher kam. Ausgerechnet jetzt! Die Augen auf Grabbe und Degrich gerichtet, sprang er aus dem Wagen. Er gab der Frau durch Handzeichen zu verstehen, zurückzubleiben. Blitzschnell nutzte Degrich die Gelegenheit und rannte quer über den Rasen.

»Halt! Stehenbleiben! Polizei!«, schrie Walde und richtete die Pistole auf den Flüchtenden, der im Nu die Passantin erreichte. Sie versperrte den schmalen Gehweg. Der Mann hob den Arm. Jetzt erkannte Walde das Messer. Er ließ die Pistole sinken. Schießen war zwecklos, wenn er die Frau nicht gefährden wollte.

»Geben Sie auf!«, rief Grabbe, der nun ebenfalls eine Waffe in der Hand hielt.

Der Mann schaute über die Schulter zu ihm zurück, dann richtete er sein Messer erneut auf die Passantin, die wie erstarrt auf dem Bürgersteig stand.

Endlich schoss der zweite Wagen heran. Er bremste quer auf dem Bordstein und blockierte den Fluchtweg. Nur keine Geiselnahme, dachte Walde. Für einen Moment bewegte sich niemand.

Als erstes löste sich die Passantin aus der Erstarrung. Blitzartig schnellte ihr Bein in die Höhe. Ihr Fuß traf die Hand des Mannes. Das Messer flog im hohen Bogen durch die Luft, streifte die Motorhaube des Wagen und schlitterte dann über den Asphalt. Sekundenbruchteile später krachte eine Handtasche an die linke Kopfseite des Mannes. Langsam sackte er zu Boden. Die Frau war sofort über ihm und legte ihm Handschellen an.

Grabbe half Gabi dabei, Degrich ins Auto auf die Rückbank neben Walde zu verfrachten. Während der Fahrt warf Degrich immer wieder einen verstohlenen Blick zu seinem Nebenmann, bis Walde sich vorstellte: »Falls Sie mich immer noch für einen Kneipenwirt halten, muss ich Sie enttäuschen, mein Name ist Bock, Hauptkommissar Bock, Kripo Trier, Dezernat Kapitalverbrechen.« Das ging Walde runter wie Öl. Er klärte den Mann ausführlich über seine Rechte auf.

»Ich sage nichts.« Walde fühlte sich unwohl, als Degrich das sagte. Dann roch er den Pfefferminzatem des Mannes.

*

Als die vier mit Degrich im Polizeipräsidium ankamen, lief die erkennungsdienstliche Maschinerie bereits auf vollen Touren. Degrichs Haus, Auto und Arbeitsplatz wurden durchsucht, seine Telefonanschlüsse überprüft, Familie, Nachbarn und Kollegen befragt. Monika hatte auf dem Besprechungstisch in Waldes Büro ein Frühstück angerichtet mit Kaffee, Orangensaft, Brötchen, Eiern und verschiedenen Brotaufstrichen. In der Mitte des Tisches stand ein Adventskranz, auf dem eine Kerze brannte.

Grabbe, Meier, Gabi und Walde saßen noch immer kauend

am Tisch und waren überrascht, Degrich schon wieder zu sehen, der bereits Fingerabdrücke, Speicheltest und Fotos über sich hatte ergehen lassen müssen.

Er wurde in einen Stuhl vor Waldes Schreibtisch gesetzt und starrte nun stur vor sich hin.

»Wir haben Sie gleich nach Ihrer Festnahme über Ihre Rechte aufgeklärt. Sie haben uns bereits mitgeteilt, dass Sie von Ihrem Recht auf Aussageverweigerung Gebrauch machen wollen.« Meier kaute, während er redete, ungeniert weiter. »Wenn Sie möchten, rufen wir Ihnen einen Anwalt.«

»Ich möchte, dass Rechtsanwalt Hecht gerufen wird.« Keine Spur von Akzent schwang mehr in Degrichs Stimme mit.

»Geht in Ordnung«, sagte Meier. »Möchten Sie sich zu uns setzen?« Er wies auf den freien Stuhl von Monika, die bereits erste Anfragen der Presse beantworten musste.

Degrich stand zögernd von seinem Stuhl auf und kam zum Tisch herüber. Er zuckte zusammen, als Gabi aufstand und seine Handschellen aufschloss.

»Nichts für ungut«, sagte Gabi und ließ die Handschellen in ihrer Tasche verschwinden. »Ich musste Sie etwas grob anfassen, aber Sie ließen uns sonst nur die Wahl, auf Sie zu schießen.«

Grabbe stellte ein frisches Gedeck vor Degrich und schenkte ihm Kaffee ein. Walde erkannte den Mann nicht wieder. Nichts war von dem brutalen Geldeintreiber zu spüren. Ihm gegenüber hockte ein Mensch, der in naher Zukunft nichts vom Leben erwarten konnte außer einer wahrscheinlich langen Gefängnisstrafe.

»Sollen wir außer Ihrem Anwalt noch jemanden benachrichtigen?«, fragte Walde.

Degrich schaute ihn ungläubig an.

»Was ist los?«, hakte Walde nach.

Degrich schüttelte den Kopf. »Ich hab' erwartet, dass ich was auf die Fresse krieg', und jetzt sitz ich hier gemütlich beim Kaffee.«

Walde verschwieg, dass er Genugtuung dabei empfunden hatte, als er sah, wie Gabi bei der Festnahme zugeschlagen hatte.

»Wir sind auch nur Menschen, die mal eine Pause in einer gemütlichen Büroecke brauchen«, sagte Meier. »Besonders, wenn man sich die halbe Nacht um die Ohren schlagen musste.«

»Was wird bloß aus meiner Frau und den Kindern?« Degrich ließ den Kopf hängen.

Darüber hätte er besser vor der ganzen Inkassogeschichte nachdenken sollen, sagte sich Walde.

»Sie waren der dritte Mann bei der Geiselnahme.« Meier nahm sich ein weiteres Brötchen aus dem Korb. »Der Geschäftsmann, der Ihnen aus dem Auto abgehauen ist, wird Sie ebenso wiedererkennen wie seine Frau, mein Kollege und der Bäcker, der gleich herkommen wird.« Meier sprach vollkommen emotionslos. »Sie haben befürchtet, dass Ihre beiden Komplizen bei der Verhandlung gegen Sie aussagen würden und da haben Sie Richter Harras erpresst. Dessen schwache Stelle war seine Tochter, das Einzige, das ihm nach dem Verschwinden des Sohnes und dem Tod der Ehefrau noch geblieben war.«

Degrich ließ weiter den Kopf hängen und zeigte keine Reaktion.

»Wir haben genügend Material in Hanna Harras' Wohnung gefunden«, nahm Grabbe den Faden auf. »Nur ein Haar oder eine Hautschuppe von Ihnen genügen, um Sie per DNA zu überführen.«

»Ich hab' der Hanna beim ersten Mal ein Stück vom Zopf abgeschnitten und an Harras geschickt. Beim nächsten Mal sollte es ein Finger sein, wenn er nicht spurte.«

Gabi fiel vor Überraschung das Brötchen auf den Rock.

»Und dann?«, fragte Meier.

»Richter Harras hat verstanden, dass es zwecklos war, die Polizei einzuschalten. Ich habe ihm deutlich gemacht, dass seine Tochter niemals hundertprozentig geschützt werden konnte.«

»Und Harras hat sich tatsächlich unter Druck setzen lassen?«, fragte Gabi.

»Wenn ich ihn selbst bedroht hätte, wohl nicht, aber seine Tochter war sein wunder Punkt. Der dachte, dass er es mit der Russenmafia zu tun hatte.«

»Und warum haben Sie Hanna umgebracht?«

»Ich wollte ihr nur ein wenig Angst machen. Weil sie Klavier spielte, bin ich auf die Idee mit dem Finger gekommen. Aber sie ist dermaßen ausgeflippt, als ich mit dem Messer gedroht habe.«

»Gedroht?«, unterbrach ihn Gabi. »Sie hatte einen Schnitt im Finger!«

»Richtig panisch ist sie geworden.« Degrich hob den Kopf. Er sprach jetzt sehr schnell »Ich wollte sie nur festhalten. Wenn ich wirklich den Finger hätte abschneiden wollen, dann hätte ich das nicht mit dem Messer gemacht.«

»Und dann haben Sie ihr das Genick gebrochen.«

»Sie ist gestürzt, das wollte ich nicht...«

Vor dem Haftrichter wiederholte Degrich sein Geständnis. Günther Hecht, sein Anwalt, schüttelte während der Ausführungen mehrmals den Kopf, ließ seinen Mandanten aber gewähren. Staatsanwalt und Richter waren beide in die Akten vertieft.

Walde hatte immer noch den Pfefferminzgeruch in der Nase. Er saß mit Meier hinter Degrich und Hecht. In immer kürzeren Abständen befiel ihn das Gefühl, neben sich zu stehen. Seine Umgebung kam bei ihm an wie durch eine Amateurkamera mit verwackelten Bildern und übersteuertem Ton.

»Der Hecht hat auch einen der beiden Erpresserkomplizen, die nun auf freiem Fuß sind, vertreten«, flüsterte ihm Meier zu.

»Woher kriegt er eigentlich das Honorar, das der ihm schuldig ist?«

»Zahlt alles Papa Staat. Aber blöd ist der Hecht nicht, obwohl er mehr Verstand versoffen hat, als der Haupenberg je hatte.«

»Ich glaube, da tust du dem Haupenberg Unrecht.«

Degrich berichtete, wie er sich finanziell mit dem Haus in Konz übernommen und die Inkassogeschichte als Nebenerwerb aufgezogen hatte. Wie einfach es war, die Schuldner unter Druck zu setzen und dass er seinen Forderungen höchst selten größeren Nachdruck verleihen musste. Erst im Falle des renitenten Geschäftsmannes hatte er schwereres Geschütz auffahren müssen. Er hatte sich die beiden Komplizen praktisch von der Straße weg engagiert. Es waren Amateure, die mehr als Staffage dienten. Als Degrich damals am Morgen in die Wohnung eindrang, war überraschend die Ehefrau noch anwesend, was seine ganzen Pläne über den Haufen warf. Sie hatte sich ausgerechnet an diesem Tag nicht wohl gefühlt und war deshalb nicht zur Arbeit gegangen. Degrich musste seine beiden Helfer als Bewacher bei der Frau zurücklassen und allein mit dem Mann zur Bank fahren. In einem unkonzentrierten Moment war ihm dieser aus dem Auto entkommen.

»Herzlichen Glückwunsch«, mit ausgestreckter Hand eilte der aufgeräumt wirkende Anwalt Hecht auf dem Gerichtsflur auf Walde zu.

»Danke.« Walde schnupperte, aber keine Alkoholfahne wehte zu ihm herüber, als er Hecht die Hand schüttelte. Der Anwalt, ein Quartalssäufer, war in nüchternen Phasen meist zurückhaltend bis muffig, von bissigen Attacken abgesehen, zu denen er jederzeit vor Gericht fähig war.

»Hat Doris alles gut überstanden?«

»Sie wird noch zehn Tage im Krankenhaus bleiben müssen.«

»Oh, das hätte ich nicht gedacht.«

»Na, hören Sie mal, nach einem Kaiserschnitt würden Sie wahrscheinlich auch nicht am nächsten Tag ins Büro gehen.«

»Ach«, Hecht lachte. »Da kann man ja gratulieren, was ist es denn geworden?«

»Ein Mädchen, Mutter und Tochter sind wohlauf.« Walde überlegte, ob Hecht noch von der letzten Nacht betrunken war. »Doppelt gratuliert hält wohl besser?«

»Nein, mein erster Glückwunsch war zur Scheidung. Das hat ja gerade noch geklappt, sonst wäre das Kind noch in der Ehe geboren worden.« Hecht registrierte das erstaunte Gesicht seines Gegenübers. »Ich gehe mal davon aus, dass ich jetzt nicht meine Befugnisse überschritten habe. Sie sind doch Doris' Lebensabschnittpartner...«, Hecht kam ins Stottern. »... der Kindsvater? Hat Doris Ihnen etwa nichts von der Scheidung erzählt? Oh!« Hecht hielt sich die Hand vor den Mund.

Walde sah, wie ein hagerer Mann, mit einer Robe bekleidet, an der Fahrstuhltür zu den dort wartenden beiden Justizbeamten und Degrich trat. Die Türen schoben sich auseinander und der Mann mit weißem Bürstenhaarschnitt stieg hinter den dreien ein. Walde überlegte eine Sekunde, dann stürmte er zur Treppe und rannte die Stufen hinunter. Unten sah er, wie die beiden Uniformierten aus dem Fahrstuhl gestoßen wurden. Bevor Walde es verhindern konnte, schlossen sich die Türen.

»Er hat eine Waffe«, rief einer der beiden Justizbeamten, als Walde ihn erreichte. Die Menschen in der näheren Umgebung waren aufmerksam geworden und blieben neugierig stehen. Sie zuckten ebenso zusammen wie Walde, als der Schuss fiel.

Walde lief zur Fahrstuhltür. Weitere dumpfe Schüsse hallten durchs Treppenhaus, sie kamen eindeutig aus dem Fahrstuhlschacht. Walde zählte fünf Detonationen.

Er rannte zur Kellertreppe. Noch bevor er den ersten Absatz erreicht hatte, fiel der sechste Schuss, lauter als die vorherigen. Im Keller angekommen, sah Walde, dass die Fahrstuhltür geöffnet war. In der Kabine lag Degrich in Embryonalstellung zusammengekauert, mit dem Rücken zur Tür. Neben ihm in der Ecke lehnte regungslos Richter Harras.

Walde roch beißenden Pulverdampf. Die Waffe glitt aus der herabhängenden Hand des Richters. Hart schlug sie auf dem metallenen Boden auf. Walde blickte in die leeren Augen von Harras, dann auf dessen linke Brustseite, wo sich die Robe noch dunkler färbte. Ganz langsam rutschte die hohe Gestalt an der Fahrstuhlwand nach unten, bis sie in sitzender Position verharrte. Unter Degrichs Körper breitete sich eine hellrote Blutlache aus.

*

Waldes Schlaf wurde von Träumen beherrscht. Er allein hatte das Volk von dem schrecklichen Drachen befreit. Die Menschen warteten draußen vor seinem Fenster, bis der Held wieder zu Kräften gekommen war. Sie wollten mucksmäuschenstill sein, obwohl sie ihre Freude kaum bändigen konnten. Walde verpasste nichts, solange er schlief. Erst wenn er wieder erwachte, würde das Fest beginnen.

»Du solltest dabei sein, schließlich hast du den entscheidenden Anstoß zur Lösung des Falls gegeben.« Gabi rüttelte Walde an der Schulter. Aus einem Nebenraum klang das Stakkato eines Druckers. Keine Menschenmenge hatte sich vor seinem Fenster versammelt...

Als Walde den großen Konferenzraum betrat, wusste er nicht, dass die Falten seines Hemdes ein Muster quer über seiner linken Wange bis zur Stirn hinterlassen hatten. Er überlegte, ob alle Anwesenden ebenfalls das mächtige Rauschen hörten, das in seinen Ohren klang. Ob auch sie es so störend empfanden, den Geruch einatmen zu müssen, der sich aus Zigarettenrauch, Kaffeedüften und trocknenden Regenjacken zusammensetzte?

Meier, wie immer mit unbewegter Miene, leierte mit monotoner Stimme den Tathergang in die Mikrofone: »Die Waffe des Richters, eine *Beretta*, Neun-Millimeter, war ordentlich angemeldet. Dr. Harras besaß seit Jahrzehnten einen Waffenschein. Die ersten fünf Kugeln waren Dum-Dum-Geschosse mit stumpf gefeilten Kugelspitzen, wodurch besonders großflächige Einschusslöcher verursacht werden. Zwei trafen den Kopf«, Meiers Stimme wurde lauter, »drei den Oberkörper des Opfers, eine davon zerfetzte die Herzarterie. Der Körper wurde regelrecht durchsiebt.« Im Raum war es totenstill. »Das Blut ist bis in den Fahrstuhlschacht geflossen.« Meier blickte in die Runde, wo einige Journalisten gespannt die Luft anhielten. »Die letzte Kugel, die sich Harras ins eigene Herz geschossen hat, war nicht präpariert.«

Gabi dachte, für die Mikrofone hörbar, laut vor sich hin: »Sein Herz war schon vorher gebrochen.«

Die Fragen der Journalisten überschlugen sich. Polizeipräsident Stiermann breitete die Arme aus, bis Ruhe einkehrte. »Bitte, meine Damen und Herren, stellen Sie Ihre Fragen nacheinander.«

Wieder ging das Geschrei los. Monika trat ans Mikro: »Ich bitte um Handzeichen.«

So kam die erste akustisch verständliche Frage zustande.

»Welches Motiv hatte Richter Harras?«

»Zum jetzigen Zeitpunkt der Ermittlungen können wir nur spekulieren«, antwortete Monika.

»Wurde der Richter erpresst?«

»Das ist möglich.«

»Hat Degrich seine beiden Komplizen freigepresst?«

»Auch das ist möglich«, war Monikas Antwort.

»Ging der Mord an Hanna Harras auf Degrichs Konto?«

»Nach dem jetzigen Stand der Ermittlungen«, antwortete Monika, »handelte es sich bei Degrich um den flüchtigen dritten Täter der Geiselnahme. Um seine Komplizen freizupressen, hat er Richter Harras mit einem Anschlag auf seine Tochter gedroht.«

»Gedroht?«, rief ein Journalist dazwischen.

»Zuerst ja, aber dann hat er die Drohung in die Tat umgesetzt.«

»Aber die starb doch, bevor die beiden freigelassen wurden«, rief einer der Journalisten.

»Da war die Gerichtsmaschinerie nicht mehr zu stoppen.«

»Warum hat der Richter nicht Anzeige erstattet, nachdem seine Tochter tot war?«

Monika schüttelte den Kopf: »Darüber liegen uns noch keinen Erkenntnisse vor.«

»Hat er die Selbstjustiz von Anfang an geplant oder wollte er seinen Richterkollegen beim OLG decken, der bei der Freilassung mitgewirkt hat?«

Stiermann tat so, als habe er die letzten Fragen nicht gehört und beendete den Pressetermin.

*

Auf dem obersten Parkdeck des Krankenhauses schaffte es Walde gerade noch, den Wagen zum Stillstand zu bringen, bevor ihn ein Niesanfall überkam. Er fasste ins Handschuhfach und hielt statt der Packung mit Papiertaschentüchern einen großen Briefumschlag in der Hand. Mist! Er hatte die Bankunterlagen aus dem Geheimfach in Hannas Wohnung vergessen!

Doris hatte bereits Besuch, als Walde in ihr Zimmer in der Wöchnerinnenstation kam. Marie, Jo und Philipp, der einen Zeichenblock auf den Knien balancierte, saßen um das Bett.

Das Baby schlief friedlich in Doris' Arm. Walde blieb am Fenster stehen und schaute Philipp über die Schulter.

»Das könnte glatt als Maria mit dem Jesuskind durchgehen, wenn du den Fernseher im Hintergrund weggelassen hättest«, kommentierte Walde Philipps Zeichnung.

Als erste fiel Marie Waldes mitgenommener Zustand auf. »Wenn ich nicht genau wüsste, dass Jo zur Zeit abstinent ist…«

»… das ist eindeutig Schlafmangel«, kam Jo seinem Freund zu Hilfe. »Wir haben wirklich noch keinen draufgemacht auf Gesine.«

»So wird sie ganz bestimmt nicht heißen«, sagte Doris.

Als ihre Freunde gegangen waren, erzählte Walde Doris, was sich ereignet hatte. Dabei ließ er auch die Vorgeschichte nicht aus. Sie hörte ihm aufmerksam zu. Zum Schluss erwähnte er das Treffen mit Hecht.

»Die Scheidung war letzten Mittwoch«, sagte Doris. »Leo und ich haben auf gegenseitige Ansprüche verzichtet. Es war eine reine Formsache und hat keine Viertelstunde gedauert. Es war spät, glaube ich, aber nicht zu spät. Mit Annika«, sie wies auf das Bettchen, in dem das Baby jetzt schlief, »hat ein neues Kapitel in meinem Leben begonnen.«

Er beugte sich zu ihr hinüber und küsste sie.

Donnerstag, 05. Dezember

Gleichzeitig mit dem Anklopfen wurde Waldes Bürotür im weiten Bogen geöffnet. Als erstes erschien ein riesiger Präsentkorb, der hoch bis zur Mitte des Henkels gefüllt war. Dahinter tauchte das breite Lächeln von Balzer auf. Er schien bemüht, sich nicht die Anstrengung des Gewichts, das er wie einen Bauchladen vor sich hertrug, anmerken zu lassen.

»Hallo, Walde, ich wollte mich ein wenig erkenntlich zeigen für deine Hilfe.«

»Keine Ursache, Herr Balzer, bringen Sie es bitte zur ‚*Tafel*' in die Johannisstraße. Ich glaube, die freuen sich ganz besonders über eine Extra-Lebensmittelspende, wo heute Nikolaus-Abend ist.«

Damit ließ er den verdutzten Besucher in der Tür stehen und widmete sich wieder der Internetseite auf seinem Bildschirm ‚Die Entwicklung des Säuglings in den ersten Lebenswochen'.

Klaus Jacobs

Jugend – was sonst?

Eine wahre Geschichte

Mit 15 Jahren meldet sich der Trierer Klaus Jacobs in jugendlichem Überschwang freiwillig zum Militär. Er landet – weil für die Wehrmacht zu jung – bei der SS. Nach einer aberwitzigen Odyssee kehrt er im Alter von 26 Jahren seelisch schwer angeschlagen heim.

ISBN 3-935 281-01-3 · € 14,90

SOKO MOSEL

ENDSTATION MOSEL

Ein Frachter rammt die Moselbrücke bei Mehring und sinkt.
Kommissar Walde macht im Rumpf des Wracks eine grausige Entdeckung – fünf illegale Einwanderer waren in einen Container eingesperrt. Die Spur führt zu einer Klinik in die Eifel.

Roman, 240 Seiten
ISBN 3-935 281-02-1
€ 8,90

TATORT MOSEL

Ein Promi aus der Trierer Geschäftswelt liegt ermordet auf der Moselinsel unter der Kaiser-Wilhelm-Brücke. Kommissar Walde und seine Kollegin Gabi stoßen bei ihren Ermittlungen auf einen Sumpf aus Korruption und Vetternwirtschaft.

Roman, 278 Seiten
ISBN 3-935 281-08-0
€ 8,90